Finkenmoor

Myriane Alice Angelowski, geboren 1963 in Köln. Nach einem Jahr in Israel folgte ein Studium der Sozialarbeit und nach mehreren Jahren Arbeit als Referentin für Gewaltfragen 2001 die Aufnahme einer selbstständigen Tätigkeit als Coach. Sie lebt und arbeitet in Köln. Im Emons Verlag erschienen »Gegen die Zeit«, »Tödliches Irrlicht« und »Der Werwolf von Köln«.
www.angelowski.de

Dieses Buch ist ein Roman. Handlungen und Personen sind frei erfunden. Ähnlichkeiten mit lebenden oder toten Personen sind rein zufällig.

MYRIANE ANGELOWSKI

Finkenmoor

KRIMINALROMAN

emons:

Bibliografische Information der Deutschen Nationalbibliothek
Die Deutsche Nationalbibliothek verzeichnet diese Publikation in der Deutschen Nationalbibliografie; detaillierte bibliografische Daten sind im Internet über http://dnb.d-nb.de abrufbar.

FSC www.fsc.org MIX Papier aus verantwortungsvollen Quellen FSC® C083411

Umschlagfoto: Stefanie Biel
Umschlaggestaltung: Tobias Doetsch
Druck und Bindung: CPI – Clausen & Bosse GmbH, Leck
Printed in Germany 2012
ISBN 978-3-95451-024-5
Originalausgabe

Die Veröffentlichung dieses Werkes erfolgt auf Vermittlung der Agentur Molden, Köln.

Für Renate und Peter

Es steigt die Flut; vom Ring des Deiches her
Im Abendschein entbrennt der Wasserspiegel;
Ihr schlafet schön! Das heimatliche Meer
Wirft seinen Glanz auf euren dunklen Hügel.

Theodor Storm

Teil 1

Bremen 2002

Die Haustür fiel laut ins Schloss und verschluckte sämtliche Geräusche im Parterre. Timms Zeichen zum Aufbruch, das ersehnte Signal. Er sprang aus dem Bett, sauste zum Fenster und blinzelte gegen die Julisonne hinunter zum Carport. Der tiefblaue Multivan rollte auf die verkehrsberuhigte Straße. In Wohngebieten hielt sich seine Mutter an Geschwindigkeitsvorgaben. Timm blieb so lange am Fenster stehen, bis der Wagen in der ersten Kurve verschwand.

Barfuß, nur in Unterhose, stürmte er die Treppe hinab in die Küche. Hier waren die Rollläden bis auf einen Spalt heruntergelassen. Seit Wochen fiel das Thermometer kaum unter dreißig Grad, was die Erwachsenen zum Stöhnen brachte. Timm verstand das Gejammer nicht, für ihn war die Hitze ein Segen.

Er goss Milch in ein Glas und rührte Kakaopulver hinein. Trinkend überflog er den Zettel auf dem Küchentisch: »Guten Morgen, Timmi, bring doch bitte den Müll raus, hol einen kleinen Sack Grillkohle im Supermarkt und nimm die leeren Flaschen mit, die in der Diele stehen. Küsschen!«

Seine Mutter konnte anwesend sein, auch wenn sie Kilometer entfernt war. Allerdings gelang es Timm immer besser, ihre Autorität zu ignorieren. Heute hatte er eigene Pläne, tilgte die Arbeitsaufträge deshalb sofort aus seinem Gedächtnis, zog einen Stuhl heran, kletterte hinauf und öffnete das kleine Fach über der Dunstabzugshaube.

Er musste sich auf Zehenspitzen stellen, um die schmale Blechdose zu fassen. Mit klopfendem Herzen hob er den Deckel. Zwei Zwanziger und drei Zehneuroscheine zauberten ein Lächeln auf seine schmalen Lippen. Zielgerichtet griff er einen Zehner und stellte die Dose zurück.

Ein kurzes Aufflackern seines Gewissens bügelte er ab. Das neue Medienbüro seines Vaters lief ausgezeichnet, das hatte Timm aufgeschnappt. Warum seine Eltern trotzdem nicht einsahen, dass er hundert Euro teure Markenturnschuhe brauchte und ein Handy heutzutage zur Grundausstattung gehörte, blieb Timm schleierhaft. Kein Wunder, dass er nie auf dem Laufenden war und seine Freunde ihn nicht für voll nahmen.

Diese verdammte Kohle. Um jeden Cent musste er betteln! Was blieb ihm da anderes übrig, als seine Eltern gelegentlich zu bestehlen? Bisher schienen sie nichts bemerkt zu haben. Timm wusste, dass es nur eine Frage der Zeit war, bis die Klauerei aufflog. Aber das Leben eines Elfjährigen ohne Geld war heutzutage kein Kinderspiel, davon konnte Timm ein Lied singen.

Wenn seine Eltern arm wären, klar, dann lägen die Dinge anders. Doch Timm hatte Kontoauszüge gesehen, neulich, im Flur auf der Kommode. Sein Vater verdiente einen Haufen Geld, obwohl das Geschäft angeblich erst anlaufen musste. Deshalb lief das Familienleben im Augenblick auf Sparflamme. Seine Mutter machte einen richtigen Wind deswegen. »Es ist nur vorübergehend, Papa hat bald wieder mehr Zeit.« Sie wurde nicht müde, dies zu beteuern, und versuchte Timm mit Aktivitäten aufzuheitern, obwohl er gar nicht aufgeheitert werden wollte. Es half nichts, samstags gehörte er seiner Mutter. Flohmarktbesuche, Kindertheater oder unendlich lange Wanderungen. Chancen, dem zu entrinnen, waren selten.

Heute bot sich eine seltene Gelegenheit.

Seine Mutter besuchte irgendwen im Krankenhaus und kam erst am späten Nachmittag zurück. Ein wunderbarer Tag lag wie eine ausgebreitete Picknickdecke mit lauter Köstlichkeiten vor ihm, und er konnte zugreifen, sich nach Herzenslust bedienen.

Timm faltete das Geld in seiner Hand.

Um sich wenigstens für den Schwimmbadbesuch abzusichern, den seine Mutter mit Sicherheit nicht erlaubt hätte, rief Timm seinen Vater an und hatte Glück. Georg Koranth ärgerte sich gerade über einen Kunden, erfragte keine Details und wünschte seinem Sohn viel Spaß.

Erleichtert lief Timm in sein Zimmer, warf ein Handtuch in den Rucksack, streifte Schwimmhose und T-Shirt über, schlüpfte in ausgelatschte Turnschuhe und rannte aus dem Haus.

Sonne empfing ihn. Das wunderbare Gefühl des Sommers hüllte ihn ein, als er sich auf sein Rad schwang. Der Fahrtwind brachte keine Abkühlung, sodass er schon nach wenigen Metern zu schwitzen begann. Trotzdem fuhr Timm zügig. Häuser, Menschen und Straßen flogen vorbei.

Im Handumdrehen erreichte er das Freibad. Die Suche nach einer Lücke im Fahrradständer gab er schnell auf und schloss sein Mountainbike an einen Laternenpfahl. Als er über die Straße zum Eingang ging, registrierte er Rolf Kallwitz, der in seiner Klapperkiste saß. Timm winkte. Rolf gehörte zum Umfeld der C-Jugend Fußballmannschaft, in der er seit Jahren trainierte. Der Betreuer hob die Hand und grüßte zurück.

Timm schlurfte in offenen Schuhen zum Eingangstor. Zweimal stolperte er über die losen Schnürriemen. Sie zu binden wäre uncool. Er lehnte sich gegen die Mauer des Kassenhäuschens und wartete auf seine Klassenkameraden. Die Shorts rutschten permanent von den schmalen Hüften, die fast schulterlangen Locken klebten feucht an seinem Nacken. »Lass dir die Haare schneiden« – seine Mutter hörte nicht auf zu nerven. Bisher hatte er sich gegen einen Kurzhaarschnitt gewehrt. Aber vielleicht war die Idee gar nicht so schlecht.

Schweißperlen rannen Timm unaufhörlich von der Stirn, während die Schlange vor dem Einlass immer länger wurde. Er zog das Shirt aus, stopfte es in den Rucksack und drückte sein Gesicht gegen den Maschendrahtzaun. Auf der Wiese schienen kaum noch Plätze frei zu sein. Bunte Handtücher lagen beinahe flächendeckend auf dem Rasen. Mist. Wo blieben nur die anderen? Timm sah Rolf Kallwitz davonfahren, entdeckte im gleichen Moment Paul in der Warteschlange, zog die Shorts hoch und lief zu ihm. »Hi! Wo sind die Jungs?«

Paul zog die Augenbrauen zusammen. »Drinnen! Wieso?«

»Aber wir wollten uns doch vor dem Tor treffen«, sagte Timm. »War jedenfalls so besprochen.«

»Dann heul doch.« Paul schubste ihn zur Seite und drängelte sich geschickt vor. Timm verlor ihn schnell aus den Augen. Als er endlich auch das Freibad betrat, hatte er Mühe, seine Freunde zu finden. Schließlich entdeckte er sie in der Nähe der Frauenumkleidekabinen.

Sie kugelten sich vor Lachen.

»Koranth«, rief Nick kichernd. »Bist du auch schon da!«

Timm mochte es nicht, wenn er beim Nachnamen gerufen wurde, aber er hatte aufgehört, sich dagegen zu wehren. Er breitete sein Handtuch aus und schluckte den Unmut herunter, den er empfand, weil er fast eine Stunde in der prallen Sonne vertrödelt hatte. »Worüber lacht ihr?«, fragte er stattdessen und so gelassen wie möglich.

»Siehst du die Oma da?«, kicherte Anton, pustete seinen Pony aus den Augen und zeigte auf eine ältere Frau. Sie stand nicht weit von ihnen breitbeinig auf der Wiese, die Hände in die fülligen Hüften gestemmt, beugte sich zu einem Mädchen hinunter und sprach mit erhobenem Zeigefinger auf die Kleine ein. »Ihr Badeanzug ist geplatzt, man sieht den halben Hintern!«

Timm lachte mit und vergaß endgültig seinen Groll, als Nick später Wassereis kaufte und ihm eins mitbrachte.

Beim Arschbombenwettbewerb, den sie anschließend veranstalteten, fühlte er sich wieder ausgeschlossen. Niemand äußerte sich zu seinen unglaublich gelungenen Platschern, bei denen echte Fontänen in die Luft schossen, die viel höher waren als Nicks, der einfach immer im Mittelpunkt stand.

Die Verschnaufpause auf dem Handtuch war kurz.

»Wir gehen Pommes holen«, sagte Nick und sprang auf die Beine. »Bleib bei den Sachen, Koranth! Du hast doch sowieso keine Kohle!«

Timm schnellte in die Höhe und stieß Nick zur Seite. »Hab ich doch, du Blödmann!«

»Cool bleiben, Alter!« Nick schüttelte den Kopf und schob seine Baseballkappe in den Nacken.

Timm war froh, dass er heute lässig wie die anderen Fritten und Cola bestellen konnte. Und als er zusammen mit Anton gegen fünfzehn Uhr zu den Umkleidekabinen schlich, wo sie versuchten, einen Blick auf nackte Frauen zu erhaschen, fühlte er sich super. Leider wurden sie erwischt und zum Bademeister zitiert, der mit wichtiger Miene ihre Namen und Telefonnummern notierte.

Sie blieben gelassen.

Es war nicht das erste Mal, dass sie diese Standpauke zu hören bekamen. Der Sommer hatte sie gelehrt, dass Schwabbelbauch keinen Kontakt mit ihren Eltern aufnehmen würde. Entweder war er vergesslich oder faul. Deshalb ließen sie seine wortgewaltige Ansprache mit gesenkten Köpfen über sich ergehen und versuchten, nicht zu lachen.

Vor den anderen schmückte Anton die Geschehnisse in der Umkleidekabine dann aus, denn die Wahrheit wäre keine große Sache gewesen. Timm kannte das schon. Anton besaß Phantasie. »Ich schwöre, der Busen der einen war so groß wie Wasserbälle.« Anton zog Timm am Arm. »Hast du doch auch gesehen, ne?«

»Voll dick!«, bestätigte Timm, genoss Pauls anerkennenden Blick und Nicks Schulterklopfer.

Kurze Zeit später verabschiedete er sich, was die Jungen ohne große Regung zur Kenntnis nahmen. Keiner fragte, warum er schon nach Hause musste. Auch Anton nicht, was Timm einen kleinen Stich versetzte, und so verließ er betrübt das Freibad.

Als er sich dem Laternenpfahl näherte, sah er sofort, dass sein Mountainbike verschwunden war. Trotz mangelnder Aussichten auf Erfolg suchte er die Umgebung ab. Fehlanzeige.

Völlig verschwitzt und sauer machte er sich schließlich auf den Heimweg. Vierzig Minuten latschen und dann noch die Strafpredigt, die ihn erwartete. Keine der Aufgaben war erfüllt, die seine Mutter ihm aufgetragen hatte. Auch deshalb war er nicht scharf drauf, nach Hause zu kommen. In Gedanken trottete Timm vorwärts, stolperte über seine Schnürsenkel.

Die Luft war erfüllt von gebratenem Fleisch. Timms Magen knurrte, ihm lief das Wasser im Mund zusammen, wenn er an Bratwurst mit Kartoffelsalat dachte. Zudem hatte er Durst. Riesigen Durst. Dieser blöde Fußmarsch. Das Geld fiel ihm ein. Hoffentlich hatte seine Mutter nicht bemerkt, dass ein Schein fehlte.

»Timm!« Der altersschwache Golf hielt direkt neben ihm. »Wo ist dein Rad?«

Rolf Kallwitz. Timm ging näher, lehnte sich in das Fenster der Beifahrerseite. »Geklaut!«

Das Gesicht des Aushilfstrainers glänzte, er schob die verspiegelte Sonnenbrille auf die Stirn. »Soll ich dich heimfahren? Es macht mir nichts aus, ehrlich!«

Timm zögerte. Der Betreuer hatte ihm neulich fünf Euro geliehen. Hoffentlich wollte er die Kohle jetzt nicht zurück.

»Los, komm!«

Timm stieg ein. Dankbar ließ er sich auf den Beifahrersitz fallen. Der Tag hatte Kraft gekostet und war noch nicht zu Ende. Seine Probleme türmten sich gerade haushoch. Wenn Rolf ihn fuhr, war er auf jeden Fall vor seiner Mutter zu Hause und konnte schnell ein paar Sachen erledigen, vielleicht sogar das Leergut wegbringen. Der Betreuer fuhr los und erwähnte das Geld nicht.

So sprudelten die Ungerechtigkeiten des Tages aus Timm heraus, während warmer Fahrtwind seine Haare zerzauste. Es überkam ihn weder Misstrauen noch eine dunkle Vorahnung, als Rolf eine fadenscheinige Erklärung murmelnd die Hauptstraße verließ und den Wagen in ein nah gelegenes Waldstück lenkte. Selbst als der Trainer das Auto an einer Stelle stoppte, die von dichten Hecken umgeben war, und den Motor ausmachte, plapperte Timm ahnungslos von seinen gigantischen Arschbomben und beschwerte sich über Nicks Hänseleien.

Der Schlag an die linke Schläfe überraschte ihn völlig.

Sein Kopf knallte gegen das halb geöffnete Fenster. Irritiert und erstaunt starrte Timm den Betreuer an. Im gleichen Moment wälzte sich Rolf auf ihn, riss ihm mit einer Hand die Shorts herunter und rammte ihm gleichzeitig seine behaarte Faust zwischen die Zähne.

Die Mundwinkel des Jungen rissen. Angst. Fassungslosigkeit. Entsetzt fixierte Timm den Trainer aus aufgerissenen Augen, strampelte mit den Beinen, rang verzweifelt unter Tränen nach Luft.

Als Rolf ihn ruckartig auf den Bauch drehte, jaulte Timm laut auf.

»Schnauze«, keuchte der Betreuer direkt an seinem Ohr. »Noch ein Mucks, und ich schlitz dich auf!«

Da lag Timm still, wie paralysiert.

Der Gestank von ekligem Schweiß war das Letzte, was er roch, bevor ein unbeschreiblicher Schmerz seinen schmächtigen Körper durchfuhr und er das Bewusstsein verlor.

So erfuhr Timms Geist nichts von den menschlichen Abgründen und dem Ausmaß an perversen Grausamkeiten, vor denen seine Eltern ihn bis zu diesem Tag erfolgreich beschützt hatten.

Cuxhaven 2012, Haydnstraße

Jasons Kopf kam kurz nach Neujahr mit der Post.

Norma schrie beim Anblick des kreideweißen Gesichtchens mit den toten Augen laut auf. Reflexartig warf sie den haarlosen Kopf in das Paket zurück und sackte bleiern auf einen Stuhl. Gedanken brausten auf und schleuderten sie mit Wucht zur Leichenhalle, so sehr glich dieses Antlitz einem Säugling, dem der Tod jedes Leben ausgehaucht hatte. *Sieh weg, schau einfach nicht hin.* Es gelang ihr nicht.

In Schockstarre saß sie da. Minutenlang.

Schließlich fand ihr Blick die Überschrift auf dem Beipackzettel. »Rebornset für Anfänger«. Norma schaffte es, die Augen zu schließen. *Halt dich an die Fakten. Es ist ein hochwertiges Vinylbaby. Kein echtes Kind.*

Reallife. Aber künstlich. *Du musst sachlich an die Sache herangehen. Denk an die Erfahrungsberichte in den Internetforen. Die meisten Menschen erschrecken beim Anblick ihrer ersten Lieferung.*

Norma wischte kalten Schweiß von ihrer Stirn, stand auf und näherte sich, diesmal vorsichtig, erneut dem Paket. Zögernd berührte sie den kleinen Kopf, legte ihn auf den Esstisch und konzentrierte sich auf den restlichen Inhalt.

Nach und nach wickelte sie zwei speckige Beine, Ärmchen und den weichen Flanelltorsosack mit Silikonpopo aus der Luftnoppenfolie.

Mehr schaffte Norma beim besten Willen nicht.

Sie hob den Deckel der Eckbank, griff eine Tischdecke und warf sie kurzerhand über die bleichen Körperteile. Den Karton samt Bauanleitung und Zubehör schob sie in den Freiraum zwischen Sofa und Wand.

Erleichtert atmete sie auf, als sie die Tür des Esszimmers Sekunden später hinter sich ins Schloss zog.

Zielstrebig, mit schweißnassen Händen, drückte sie die Nummer ihres bevorzugten Schnellimbisses und bestellte eine Pizza Funghi-Family mit extra Käse. Als der bullige Typ, der das Essen meist brachte, fünfundvierzig Minuten später klingelte, gab Norma reichlich Trinkgeld, ging in die Küche, schob die Pizza auf einen Teller und schnitt sie in fünf gleich große Teile. Trotz Heißhunger bemühte sie sich, die Stücke ordentlich zu kauen, und spülte sie mit Cola light runter.

Essen beruhigte Norma.

Zum Nachtisch gönnte sie sich zwei Becher Vanillesahnepudding und setzte Kaffee auf. Gesättigt und viel ruhiger wählte sie sich schließlich ins Internet ein. Sie chattete in den Foren, die sie regelmäßig besuchte, fand Trost, aufmunternde Worte, Zuspruch und Tipps. Norma blieb online, bis es dunkel wurde, und betrat das Esszimmer an diesem Tag nicht mehr.

Ronny klappte den Ordner zu und legte ihn beiseite. Das Hemd unter der Anzugjacke spannte über seinem Bauch, und unter den Achseln hatten sich feuchte Stellen gebildet.

Er roch seinen Schweiß.

Mit schnellen Griffen ordnete Ronny den Schreibtisch, sortierte Rechnungen, Lieferaufträge und die anstehenden Rabattaktionen in das Ablagesystem. Der Blumengroßhandel seines Vaters lief ausgezeichnet, aber Ronny hasste seinen Job. Er verfluchte sich oftmals dafür, dass er sich nach der Schule, ohne nachzudenken, auf den Juniorsessel hatte fallen lassen. Da hockte er nun und verschwendete seine Talente, wobei er nicht sagen konnte, worin diese eigentlich bestanden.

Die meiste Zeit bemühte er sich einfach, ein braver Junge zu sein. Junge. Seine Eltern nannten ihn so. Niemals Ronald und schon gar nicht Ronny. Junge. Auch wenn er nächsten Monat fünfundzwanzig wurde.

So lange er denken konnte, trug er Bundfaltenhosen und gebügelte Poloshirts. Alle vierzehn Tage ließ er sich die Haare nachschneiden, fuhr regelmäßig zur Maniküre in »Jennifers Nagelstudio« in der Nähe vom Bahnhof in Cuxhaven und hockte dort als einziger Mann an einem kleinen Tischchen zwischen all den Frauen, scherzte und verteilte Komplimente. Die Kundinnen schienen ihn zu mögen. *So ein netter junger Mann. Ein wenig übergewichtig, aber gepflegt.*

Ronny seufzte, leerte seinen Kaffeebecher und sah aus dem Fenster. Wind und leichter Regen. November. Der Kreisel an der Aldi-Filiale lag verlassen.

Ronny mochte den neuen Standort von Dallinger & Dallinger nicht. 2002 hatte sein Vater den Firmensitz im Alleingang von Cuxhaven-Döse hierher verlegt. Abschnede, ein Gewerbegebiet, nah an Cuxhaven und doch weit ab vom Schuss. Jedenfalls hatte sich Ronny auch jetzt, ein Jahr später, nicht an den neuen Standort gewöhnt.

Die gute Lage schätzten vielleicht Kunden mit Einparkproblemen oder Lieferanten, aber für Ronny war das einfach ein herzloses Stück Niemandsland mitten im Nirgendwo, umgeben von Feldern und Wiesen. Kein nettes Café, keine ordentliche Pommesbude, null Charme.

Er sah durch die Glasfront seines Office hinüber ins Großraumbüro der Mitarbeiter. Die Auszubildende, deren Namen er sich nicht merken konnte, stand Nägel kauend vor dem Kopierer, der alte Geseke telefonierte, offenbar hatte er eine Beschwerde in der Leitung. Ronny hörte förmlich, wie er sich bemühte, freundlich zu bleiben. Diese blöden Kunden.

Ungeduldig sah Ronny auf seine Armbanduhr. Gleich Mittag. Sein Blick streifte den Industrietacker, den einer der Angestellten auf seinem Schreibtisch liegen gelassen hatte. Die Pistole, wie er den Tacker nannte, glänzte durch enorme Durchschlagskraft. Neulich hatte sich jemand aus der Verpackungsabteilung damit durch den Stoffturnschuh in den Fuß geschossen. Die Klammer durchstieß den Nagel des dicken Zehs und musste herausoperiert werden. Ronny hatte den Arbeiter zum Arzt begleitet und sich die Wunde interessiert angesehen. Manchmal betonte er gern seine fürsorgliche Seite.

Geile Piercingmaschine, hatte Ronny gedacht und leise gekichert.

Um Punkt zwölf piepste sein Timer. Ronny öffnete die Schreibtischschublade und hob die lose Blattsammlung hoch. Blitzschnell nahm er das Fleischermesser darunter an sich, schob es in seinen linken Ärmel und fixierte es mit dem Gummiband, das er für diesen Zweck am Handgelenk trug. Ihm blieben genau fünfundvierzig Minuten bis zum Mittagessen mit seinen Eltern. Wenn er sich beeilte, konnte er das kleine Zeitfenster nutzen, um Dampf abzulassen. Ja, das war dringend nötig.

Die »Pistole« hielt er in der Hand, als er mit schnellen Schritten zu seinem Wagen ging. Das klobige Ding passte nicht in seine Anzugjacke. Egal. Konnte doch jeder sehen, dass er den Tacker mitnahm. Immerhin war er Juniorchef. Wer sollte ihm Vorschriften machen?

Zügig startete er den Motor seines Wagens und näherte sich dem Tor des Firmengeländes. Die schwarze Limousine seines Vaters kam ihm entgegen und hielt neben ihm.

Der Senior ließ die Scheibe hinunter. »Wo willst du denn hin?«

»Mittagessen, Mutter wartet.«

»Junge, daraus wird nichts!« Berthold Dallinger schob das Kinn vor. Ein untrügliches Zeichen dafür, dass Ärger ins Haus stand. »Besprechung in meinem Büro in zwei Minuten!«

Die Klinge des Messers, das Ronny im Ärmel seiner Anzugjacke verbarg, lag kalt auf seinem Unterarm. Am liebsten hätte er dem Alten den Stinkefinger gezeigt, Gas durchdrücken und mit quietschenden Reifen nichts wie weg. Aber Ronny holte tief Luft, wendete gehorsam und fuhr den Passat-Kombi zurück auf seinen persönlichen Parkplatz.

Cuxhaven-Lotsenviertel

»Das riecht gut«, sagte Maxi und stieg auf eine umgedrehte Wasserkiste.

Während die Butter zerlief, gab Diane unter der strengen Beobachtung des Kindes eine dünne Zuckerschicht auf zwei große Teller.

»Jetzt in die Pfanne«, rief Maxi aufgeregt, als sie sah, dass das Fett braun wurde. Diane ließ Zucker in die Pfanne rieseln, drehte parallel das Gas kleiner, während Maxi begann, die Masse gleichmäßig zu verrühren.

Die Kleine zog die Nase hoch. »Marvin hat gesagt, Mama ist tot, weil sie zu schnell gefahren ist.«

»Welcher Marvin?«

»Aus meiner Klasse.«

»Das stimmt nicht.« Diane drückte Maxi an sich. »Deine Mama ist gestorben, weil der Mann, der ihr ins Auto fuhr, zu schnell gefahren ist.«

»Ist meine Mama bei Gott?«

»Auf jeden Fall! Sie ist einer von Jesus' Engeln.«

»Mit Flügeln?«

»Natürlich, Süße. Mit riesigen weißen Federflügeln.«

Diane legte ihre Hand auf die des Kindes. Gemeinsam rührten sie die Butter-Zucker-Masse, bis sie hellbraun wurde, und verteilten sie dann mit Löffeln häufchenweise auf die Teller. Nach nicht einmal fünf Minuten war die Arbeit geschafft.

Karamellduft erfüllte die Küche.

Maxi hüpfte auf einem Bein durch die Wohnung, in jeder Hand eine Langspielplatte. Zu Dianes Freude war das Kind ganz verrückt nach ihren alten Märchen und ließ dafür jede DVD im Regal stehen.

»›Die Gänsemagd‹ oder ›Schneeweißchen und Rosenrot‹? Was sollen wir uns anhören?«

»Mir egal«, sagte Diane.

»Marvin hat gesagt, ich bin zu alt für Märchen.«

»Dafür ist man nie zu alt.« Diane drückte Maxi einen Kuss auf ihre dunklen Locken. »Ich mag Märchen immer noch, und ich bin viel älter als du.«

»Ja, du bist ziemlich alt«, stellte Maxi fest. »Kann ich Cola haben? Bitte.«

Diane ging zum Kühlschrank und goss Cola in ein Glas. Sie fand es schwierig, Maxi gegenüber konsequent zu sein.

»Tagesmutter gesucht«. Diese Anzeige hatte sie vor Jahren von Oldenburg ans Meer geführt. Mit gerade neunzehn hatte Diane den gut bezahlten Job begonnen, zu einem Zeitpunkt, als bei ihr gerade nichts rundlief.

Die Bernsens öffneten ihr Haus und Herz. Wie sie das Ehepaar damals überzeugt hatte, war Diane ein Rätsel geblieben, aber sie vertrauten ihr die kleine Maxi an und gaben ihr damit neuen Lebensinhalt.

Diane dankte es ihnen mit absoluter Zuverlässigkeit und Loyalität. Später vertraute sie Johann und Karen sogar ihr Geheimnis an, erzählte ihnen von den dunkelsten Stunden ihres Lebens und bereute es nie.

Karens Unfalltod hatte Diane noch enger mit der Familie zusammengeschweißt, die Grenze zwischen ihrem Leben und dem der Bernsens fast vollständig aufgehoben. Für Maxi da zu sein, sie zu beschützen, wurde Dianes oberstes Ziel und Lebensaufgabe.

Zurzeit holte sie die Kleine mindestens dreimal die Woche von der Schule ab, passte ihre Tage dem Rhythmus des Kindes an. Maxi übernachtete regelmäßig bei ihr. Allein aus diesem Grund war

Diane nach Karens Tod in eine größere Wohnung umgezogen. Maxi brauchte ein eigenes Zimmer.

Johann Bernsen zeigte sich erkenntlich für so viel Engagement, bezahlte Diane ordentlich und fragte sie bei Entscheidungen, die Maxi betrafen, um Rat. Seit dem Tod seiner Frau arbeitete er noch härter, war selten zu Hause und nahm sich wenig Zeit für seine Tochter.

Zudem machten Gerüchte die Runde.

Angeblich betrank sich Johann Bernsen regelmäßig und wurde handgreiflich. Diane konnte das nicht bestätigen. Im Haus fand sie keine Hinweise auf erhöhten Alkoholkonsum. Sollte Johann damit ein Problem haben, kaschierte er es hervorragend. Jedenfalls neigte Diane eher dazu, das Gerücht als Lüge zu werten. Schließlich dichteten böse Zungen ihr und Maxis Vater auch ein Verhältnis an. Und das war auf jeden Fall dummes Gerede. Johann verhielt sich korrekt. Es gab nichts, was Diane ihm vorwerfen konnte, außer vielleicht, dass er sich in der Regel zu wenig um Maxi kümmerte.

Maxi trank die Cola in kleinen Schlucken, rülpste und stellte das Glas in die Spüle. »Ich habe bald Geburtstag. Schenkst du mir einen Hund. Ich hätte so gern einen.«

»Da musst du deinen Vater fragen.«

»Paps schenkt mir keinen und Kili auch nicht, den habe ich auch schon gefragt.«

Maxis älterer Bruder ließ sich in letzter Zeit selten zu Hause blicken und erwies sich als höchst unzuverlässig. Mehrfach hatte er vergessen, Maxi irgendwo abzuholen oder hinzufahren. Eine Hilfe war er weder Diane noch seinem gestressten Vater.

»Hunde machen viel Arbeit und kosten einen Haufen Geld«, sagte Diane.

»Das sagt Paps auch immer.«

Diane kannte Maxis Wunsch, und wenn man es zuließ, hatte das Mädchen kein anderes Thema. Deshalb versuchte sie, die Kleine abzulenken. »Ich habe gehört, dass du eine Pyjama-Party planst. Wen lädst du denn ein?«

Maxi hob die Schultern und kaute auf der Unterlippe. Diane führte sie zum Sofa, kuschelte sie in eine Decke und legte »Schneeweißchen und Rosenrot« auf.

Das Kind tat sich mit Freundschaften schwer.

Über die Gründe gingen die Meinungen der Erwachsenen auseinander. Kontakt mit Gleichaltrigen hatte Maxi zur Genüge. Sie hetzte, wie viele Kinder, von Termin zu Termin. Ballett. Judo. Klavier. Seit einigen Wochen spielte sie nun auch noch Fußball in Sahlenburg.

Diane hatte die Hände über dem Kopf zusammengeschlagen, aber Johann war begeistert. Wenn es um Fußball ging, unterstützte er seine Tochter und bot sich sogar manchmal an, Maxi vom Training abzuholen. Aber wer stand bei den Spielen am Wochenende am Rasenrand und feuerte Maxis Team an? Diane. So wie sie auch meist im Publikum saß, wenn die Kleine ihr Talent am Klavier, beim Judo, beim Ballett unter Beweis stellte. Und so war sie es, die sich Gedanken darüber machte, warum Maxi auch hier nicht wirklich Anschluss fand.

»Die Fußballmädels freuen sich bestimmt über eine Einladung«, schlug sie deshalb vor, ging in die Küche und kam mit zwei Karamellbonbons zurück.

»Weiß nicht«, sagte Maxi lutschend. »Die verstecken immer meine Sachen. Ich glaube, die können mich nicht leiden.«

»Ach, Unsinn.« Diane setzte sich neben die Kleine aufs Sofa. »Hör zu, wenn du am Samstag wieder hier bei mir bist, dann malen wir Einladungskarten, und du verteilst sie einfach beim nächsten Training.«

»Ich hab am Donnerstag Fußball, dann nicht mehr. Winterpause, hat der Coach gesagt.«

»Okay.« Diane sprang auf. »Dann machen wir es eben jetzt! Das Märchen hören wir nebenbei. Ich hole Pappe, Stifte und Glitzerkleber aus dem Schrank!«

Sofort war das Kind Feuer und Flamme. Der Esstisch wurde zur Bastelwerkstatt. Diane schnitt bunte Karten zurecht, die Maxi beschrieb und verzierte. Nebenbei lief die Schallplatte. Maxi sprach ganze Textstellen mit, vor allem, wenn der gemeine Zwerg ins Spiel kam.

Als Johann Bernsen seine Tochter am frühen Abend abholte, war sie völlig aufgekratzt. Diane hörte sie im Treppenhaus plappern, winkte und lächelte, bis das Auto aus ihrem Blickfeld verschwunden war. Anschließend räumte sie auf, machte sich bettfertig und überlegte, was sie Maxi zum Geburtstag schenken konnte. Eine Hundepatenschaft war eine Idee. Dann könnte Maxi einen Vierbeiner ausführen, ohne andere Pflichten zu übernehmen. In der Nähe von Altenwalde gab es ein Tierheim. Diane nahm sich vor, dort anzurufen und Johann vor vollendete Tatsachen zu stellen.

Glücklich über diesen Einfall ging sie früh zu Bett, schaltete den Rekorder ein und sah sich zum hundertsten Mal die DVD an, auf der Gina zufrieden in die Kamera lächelte, während sie gewickelt wurde. Schon nach wenigen Minuten weinte Diane hemmungslos. Immer wieder hielt sie die DVD an, speicherte jede einzelne Einstellung in ihren Gedanken und fragte sich, ob sie jemals aufhören würde, ihre süße Tochter zu vermissen.

Cuxhaven, Heinrich-Grube-Weg

»Vier Minuten zu spät, Junge.« Berthold Dallinger schaute nicht einmal auf, als Ronny umgezogen und ordentlich gekämmt das Esszimmer betrat, um mit seinen Eltern zu Abend zu essen.

»Entschuldigt«, sagte Ronny, nahm Platz und begann, Bouillon zu löffeln. Es kostete ihn wieder einige Überwindung, gepflegt am Tisch zu sitzen. Sein Vater hatte ihm die Mittagspause gestohlen, ihn den ganzen Tag mit Belanglosigkeiten genervt, was bedeutete, dass er keine Chance gehabt hatte, Dampf abzulassen.

In der Suppe schwammen Nudelbuchstaben.

Als kleiner Junge hatte er diese Brühe sehr langsam gegessen und in Gedanken Worte zu den Buchstaben gesucht. A wie Affe. W wie Winnetou. In der Pubertät ersetzte er Affe und Winnetou durch Arschloch und Wichser. Heute schwammen ziemlich viele Ks und Bs in der Suppe. Krepieren. Blut. Kaltmachen. Krepieren. Blut. Ronny schlang die Suppe im Rhythmus der gedachten Worte hinunter. Schneller und schneller. Schlürfte und schmatzte. Erst als er den Löffel auf die weiße Tischdecke legte, bemerkte er, dass seine Eltern ihn anstarrten.

Ronny presste eine Entschuldigung hervor. Lächelnd. *Was gibt es da zu glotzen.* In seinen Gedanken musste er nicht nett sein, kein Blatt vor den Mund nehmen, bediente sich überwiegend einer ordinären Sprache, mit Kraftausdrücken, die er in Gegenwart seiner Eltern niemals benutzte. Er konnte morgens an den Frühstückstisch treten, sich zu seiner Mutter hinunterbeugen, ihr einen Kuss auf die Stirn geben und ein freundliches Guten Morgen über die Lippen bringen. Lächelnd und glaubwürdig. Die Eingebungen, die ihn dabei häufig überkamen, waren alles andere als manierlich.

Gelegentlich stellte er sich vor, wie er seine Mutter vom Stuhl riss und ihr Schinkenspeck in den Mund stopfte, bis sie würgte. Oder er zwang seinen Vater, sich mit dem nackten Hintern in eine Schüssel kochender Erbsensuppe zu setzen, die Ronny hasste und trotzdem jeden Samstag schweigend aß, weil er eben ein guter Junge war.

Seine Mutter erhob sich, räumte die Suppenteller ab und brachte den Hauptgang in Schüsseln auf den Tisch.

Die Fleischplatte reichte sie gleich herum.

Unter ihrem missbilligendem Blick nahm Ronny zwei Steaks, vier große Löffel Kartoffelpüree und beinahe alle Erbsen. Er wusste, dass sie innerlich explodierte, auch wenn sie kaum eine Miene verzog.

»Junge, warum bist du bei den freiwilligen Sanitätern ausgetreten?« Sein Vater stellte diese Frage beiläufig, goss Butter aus der Sauciere über die Kartoffeln und nippte anschließend am Weißwein.

Nicht jetzt. Nicht dieses Thema. Dem enttäuschten Blick seiner Mutter wich Ronny aus.

»Ich brauche einfach mehr Zeit für mich«, murmelte er, als er die Stille nicht mehr aushielt, und piekte ein paar Erbsen mit seiner Gabel auf. Seine Eltern brauchten nicht zu wissen, dass er sich unter den Jungs unwohl fühlte. Die ständige Verarsche kotzte ihn an, die Arbeit selbst machte Spaß. Blut, Tote, Menschen, die um ihr Leben kämpften, das war schon sein Ding. Aber der Rest war einfach Scheiße.

»Zeit für dich?« Die Stimme seines Vaters zeugte von reinstem Unverständnis. »Und die ganze Lernerei, dein Wissen über Anatomie? Mensch Junge, du könntest so viel Gutes bewirken …«

»Und vielleicht sogar einmal Medizin studieren«, ergänzte seine Mutter.

Berthold Dallinger warf seiner Frau einen missbilligenden Blick zu. Er mochte es nicht, wenn sie das Arztthema anführte. Früher hatten sie sich deswegen häufig gestritten. Annemarie Dallinger empfand es als Verschwendung, dass ihr Sohn in der Firma seines Vaters versauerte. »Der Junge bleibt weit unter seinen Möglichkeiten.« Diesen Spruch sagte sie gebetsmühlenartig auf, wenn sich die Möglichkeit ergab, und scherte sich nicht darum, dass kaum jemand ihre Meinung teilte.

Einen Moment lang herrschte erneut Schweigen am Tisch.

»Die Kleine von gegenüber zieht aus«, sagte Dallinger, vielleicht um ein weniger brisantes Thema anzuschneiden.

»Wer?« Seine Mutter klang gereizt. Im Allgemeinen verbat sie sich Tischgespräche.

»Gerhards Tochter.«

Ronny saß steif, augenblicklich waren die Muskeln seines Körpers angespannt, und den Dialog seiner Eltern vernahm er nur noch dumpf.

Heike Monreal. Groß, schlank, mit braunen schulterlangen Haaren, einem unglaublich sinnlichen Mund und einem Lachen, das die Welt anhalten konnte. Seit Jahren nahm sie jede Windung seines Gehirns ein. Für Ronny hieß sie Kimberly. Heike fand er einfach nicht passend, zu trivial für so viel Schönheit. Kimberly ging nicht, sie schwebte. Sie sprach nicht, sie sang. Kimberly Monreal, die zukünftige Frau Ronald Dallinger. Allein ihren Namen auszusprechen bedeutete Glück. Jeden Wunsch las Ronny seiner Traumfrau von den wallnussbraunen Augen ab. Er schwor ihr jeden Tag seine Liebe, führte sie in noble Restaurants, lenkte die Jacht seines Vaters Richtung Westen und trank mit ihr Champagner im glühenden Sonnenuntergang. In der Vollkommenheit seiner Wunschvorstellung lag sie nachts bei ihm. Blutüberströmt, mit klaffenden Wunden, aber lächelnd, während er ihr vorlas.

Kimberly liebte ihn.

Früher im Gymnasium hatte sie ihn verteidigt, wenn Klassenkameraden ihn Fettklops nannten. Sie bot sich als seine Partnerin in der Tanzschule an, als sich alle anderen Mädchen kichernd wegdrehten. Kimberly winkte ihm heute noch jeden Morgen zu, wenn sie ihr Elternhaus verließ, bevor sie in ihren funkelnagelneuen Peugeot 206 stieg und zur Arbeit fuhr.

»Püree?« Seine Mutter hielt ihm die Schüssel entgegen, holte ihn mit einem Wort an den Esstisch zurück.

Er zuckte zusammen.

Annemarie Dallinger drehte sich zu ihrem Mann. »Was treibt die Heike denn nach Hannover?«

»Sie zieht zu ihrem Verlobten. Der hat da einen Handyladen oder so …«

Ronny schielte zum Holzkreuz über der Tür. Vater unser. Vater mein. Vater am Arsch. Vater halt's Maul. Sein Herz schlug laut. Lauter als die Standuhr. *So ein Quatsch, du musst dich beruhigen. Einatmen, ausatmen. Ganz gleichmäßig.*

»Junge, noch Erbsen?« Die Stimme seiner Mutter klang jetzt schrill. »Es sind noch welche in der Küche.«

»Danke, nein.«

»Aber hat die Kleine nicht studiert?«, fuhr seine Mutter im Plauderton fort.

Berthold Dallinger nahm die Stoffserviette, tupfte sie gepflegt über seine Lippen und trank einen Schluck, bevor er antwortete.

Wülstige Lippen. Ekelhaft feuchte Dreckslippen, die leider zu selten einen Schlund verschlossen, aus dem minütlich stinkende Verwesungsgerüche emporstiegen und die Luft verpesteten.

»Doch, doch, sie war auf der Universität in Bremen.«

»Dann war ja das ganze Studium umsonst.« Aus dem Tonfall seiner Mutter klang Enttäuschung. »Hoffentlich bereut sie das nicht eines Tages. Schade, so ein kluges hübsches Ding.«

»Ja, sie sieht ganz passabel aus.« Dallinger lachte. »Hat sich ja auch ganz schön ausgetobt, wie man hört. Aber letztlich landen sie doch alle hinter dem Herd. Emanzipation hin oder her, da hat sich nichts geändert.«

»Ach, diese jungen Dinger. Wie heißt es doch: Am Tag ist die Eule blind, bei Nacht die Krähe. Wen aber die Liebe verblendet, der ist blind bei Tag und Nacht.« Seine Mutter schüttelte den Kopf und sah zu ihm herüber. »Du kennst die Heike doch. Was hat sie noch mal studiert?«

»Kimberly! Sie heißt Kimberly, verdammte Scheiße!« Ronny schlug mit der Faust auf den Tisch. Teller und Gläser hüpften.

Die Eltern schraken zurück.

Ruckartig öffnete Ronny den oberen Knopf seines Hemdes. Mit zittrigen Händen schnitt er das blutige Steak in hauchdünne Scheiben. Hellrotes Blut mischte sich mit dem Sud der Erbsen.

Abendrot. Abendbrot. Eltern tot.

Seine Schläfen pochten. Ronny zwang sich, am Tisch sitzen zu bleiben, und schaufelte die restliche Mahlzeit in den Mund. Erst als seine Mutter die Zitronencreme servierte, beruhigte er sich. Es fiel kein Wort mehr. Nach dem Abendessen verschwand Ronny kurz auf sein Zimmer, überließ seine Eltern den Spekulationen, die sein Verhalten mit Sicherheit ausgelöst hatte, und verließ das Haus, als sie das heute-journal einschalteten.

Cuxhaven, Wernerwald

Es gab nicht viele Möglichkeiten, mit dem Auto in das Naturschutzgebiet hineinzufahren. Autofahrer unerwünscht. Ronny scherte sich nicht darum. Jetzt, um diese Uhrzeit lag der Wald sowieso schweigend und einsam.

Tagsüber vermied er Augenkontakt mit Fußgängern, wenn er Verbotsschilder missachtete oder Schranken umfuhr. Sein moosgrüner Kombi erleichterte die Angelegenheit. Auf der Heckscheibe klebte die Silhouette eines Jägers. So hoffte Ronny, als Mitarbeiter des Forstbetriebes durchzugehen. Bisher mit Erfolg. Noch nie hatte ihn jemand aufgehalten oder angesprochen. Einheimische wie Touristen grüßten freundlich, wenn er ihnen im Wald entgegenkam.

Jetzt fuhr Ronny über den Berenscher Weg direkt in den Wernerwald. Als er die Stelle erreichte, an der die geteerte Straße in einen Schotterweg überging, setzte Nieselregen ein.

Ronny drosselte das Tempo und fuhr behutsam im Licht der Scheinwerfer um größere Schlaglöcher. Nach gut fünf Minuten bog er nach rechts auf einen schmalen Waldweg, der auf beiden Seiten von dichten Tannen gesäumt wurde. Nach weiteren fünf

Minuten tauchte das alte Blockhaus seiner Eltern zwischen Kiefern auf. Ronny parkte, schnappte sich den Tacker, der noch auf dem Sitz lag, und stieg aus. Fröstelnd schlug er den Kragen seiner Jacke hoch.

Gewaltige Tannen knarrten im Wind.

Ronny spürte das Messer im Ärmel, sprang die Stufen zur Veranda hinauf, drehte den Türknauf und sammelte sich einen Moment. Es roch modrig. Staubpartikel schwebten in der spärlichen Beleuchtung und legten sich auf die wenigen Möbel. Seine Eltern nutzten das Wochenendhaus seit Jahren nicht mehr, schienen es völlig vergessen zu haben, und Ronny hütete sich, es ihnen ins Bewusstsein zurückzubringen.

Rasch ging er auf die niedrige Tür zu, die erst auf den zweiten Blick auffiel, weil sie sich fast perfekt in die tapezierte Wand einfügte. Ronny öffnete sie mit kräftigem Ruck. Eine steile Steintreppe führte in die Tiefe. Kratzgeräusche, Gebell und ein markerschütterndes Wimmern drangen an sein Ohr. Er drehte den altertümlichen Lichtschalter, griff nach der Gummischürze am Haken, zog sie über die Jacke, schnürte sie vor dem Bauch fest und eilte die Stufen hinab.

Die Schreie der Katze glichen denen eines Kleinkindes, kamen allerdings gegen das aufgeregte Hundegebell kaum an.

»Maul halten!«, zischte Ronny, als er an einem soliden Stahlkäfig vorbeikam, in dem ein Basset versuchte, seine Schnauze zwischen den Gitterstäben durchzuschieben.

Ronny nahm den Tacker in die rechte Hand, hob den Deckel einer Sperrholzkiste, die auf einer Truhe stand, und feuerte eine Salve auf die Katze, die ihm aus blutunterlaufenen Augen entgegenstarrte. Silberne Klammern schossen in das gescheckte Fell des Tieres. Die Katze schrie, versuchte, sich in Sicherheit zu bringen.

»Ratatatata!«, schrie Ronny, auch um das ohrenbetäubende Bellen des Hundes zu übertönen, das unaufhörlich weiterging.

»Ratatatata!« Die Katze fauchte und krümmte sich. Einige Minuten machte Ronny weiter, verlor dann das Interesse, knallte den Deckel zu, fuhr herum und stellte sich breitbeinig vor den Hundekäfig. Der Basset bellte sich die Seele aus dem Leib und sprang aufgeregt umher. Ronny zielte mit seiner Pistole, drückte ab und verfehlte das Tier. Wütend sprang er einen Schritt vor und betätigte erneut den Abzug.

Volltreffer. Der Hund winselte, sprang jedoch noch aufgebrachter gegen das Gitter und fletschte die Zähne. Ronny lachte, ballerte gnadenlos weiter. Er schoss dem Tier in Nase, Hals und Rumpf, zielte auf die Pfoten. Jaulend drängte sich der Hund rückwärts, doch er konnte Ronny nicht entfliehen. Erst als der Basset schließlich schwer auf den Boden sackte, ließ Ronny den Tacker sinken. Der Hund blutete, winselte und jaulte. Aus sicherer Entfernung beobachtete Ronny fasziniert das Leiden der Kreatur.

Das Theater, das manche Menschen wegen eines Hundes machten, konnte er nicht nachvollziehen. Letztlich ergab ihr Dasein doch gar keinen Sinn. Ob Katzen oder Hunde, da sah Ronny keinen Unterschied.

Obwohl, anfangs hatte er sich manchmal wirklich noch bemüht, den Tieren Fressen gebracht, versucht, sie abzurichten, einige sogar wieder laufen lassen, einfach so, weil er ihr Herr und Gebieter war. Diesen kleinen Katzen damals hatte er sogar vorgelesen. Lächerlich, klar, und das hatte er auch schnell aufgegeben. Die Stinker hielten ja einfach nicht die Schnauze. Eine Zeit lang hatte ihn die Situation hier unten im Keller schlichtweg überfordert. Er hatte den ganzen Mist eben nicht zu Ende gedacht. So etwas kannte Ronny. Er folgte einem Impuls und wusste dann nicht weiter.

Doch mittlerweile war er klarer.

Ronny hatte Kisten besorgt, fing nicht mehr ganz so viele Tiere, quälte sie, verpasste ihnen Tritte oder schleifte sie an den Ohren hinter sich her. Den Tod der Tiere nahm er dabei in Kauf, stopfte ihre Kadaver in Mülltüten und warf sie ins nah gelegene Finkenmoor.

Friedhof der Kuscheltiere, so nannte Ronny den Ort.

Dort schlummerten bereits siebzehn Katzen, neun Zwergkaninchen, diese beiden undefinierbaren Pinscher, der Dobermann, der ihn ins Handgelenk gebissen hatte, sowie der graue Pudel, den er totprügelte, weil er nervte. Pudel mochte Ronny einfach nicht.

Kimberly hatte mal einen besessen und den kleinen Kläffer ständig mit sich herumgeschleppt, ihm ihre Aufmerksamkeit geschenkt. Das lag Jahre zurück. Kimberly. Ronnys Mund wurde trocken. *Sie zieht zu ihrem Verlobten. Der hat einen Handyladen.*

Er zog einen kleinen Schlüssel aus seiner Hosentasche und steckte ihn in das verrostete Vorhängeschloss. Aber es ließ sich mal wieder nicht öffnen. Schnell verlor er die Geduld, rüttelte daran herum. Als das Schloss schließlich aufsprang, riss er das Messer aus seinem Ärmel, packte den Basset am Genick und stach wahllos auf das verängstigte Tier ein.

Cuxhaven, Abschnede

Am nächsten Morgen stand Ronny um kurz nach sieben in der Küche, trank stehend Kaffee und ignorierte seine Mutter, die kopfschüttelnd neben ihm stand. »Ohne ordentliches Frühstück, Junge!«

Ronny murmelte eine Entschuldigung und fuhr bei klarem Wetter in die Firma, bevor sein Vater die Treppe zum Frühstück herunterkam.

Der alte Geseke saß bei Zeitung und Tee. Ansonsten lag das Großraumbüro der Mitarbeiter verlassen da. Ronny legte das Messer in die Schreibtischschublade und den Tacker auf die Ablage über dem Kopierer.

Er schaffte es kaum, sich auf seine Arbeit zu konzentrieren. Stattdessen starrte er geistesabwesend aus dem Fenster. Wäre das Firmengelände noch in Döse, hätte er jetzt ans Meer gehen können, vielleicht sogar zusammen mit Kimberly, sie hätten einen Milchkaffee getrunken. *Hätte, hätte, Fischbulette.* Stattdessen saß er hier fest, und daran war der Alte schuld. Die Unruhe vom Vortag kam schlagartig zurück.

Ronny drückte die Spitze eines Bleistifts in seinen Handrücken. Er hasste die Alleingänge seines Vaters. Aber darin war Stinkemaul einsame Spitze.

Ronny erinnerte sich an den Umzug von Bremen nach Cuxhaven. Als er dreizehn Jahre alt war, kaufte Berthold Dallinger ein Haus im Ortsteil Döse. Kurz entschlossen, im Alleingang. Nicht einmal seine Frau hatte er eingeweiht. Eines Sonntags packte er die

Familie in den alten Mercedes und präsentierte ihnen voller Stolz einen schmucklosen Bungalow mit angrenzenden Lagerhallen. Niemals vergaß Ronny das Gesicht seiner Mutter, als sie vor den Gebäuden stand. Sie trug ein Sommerkleid mit Blumenmuster und einen albernen Strohhut.

Berthold Dallinger war völlig außer sich. »Ich habe es gekauft und gleich komplett bezahlt!« Dabei rannte er umher und spielte sich auf wie ein Großgrundbesitzer. In seiner Euphorie schien er nicht zu bemerken, wie blass und schweigsam seine Frau wurde. Annemarie Dallinger rang um Fassung, das bekam sogar Ronny mit. Beim Rundgang durchs Haus stützte sie sich auf seine Schultern und bohrte ihre langen Fingernägel in seine Haut. Beim Anblick der grünen Fliesen im Bad brach sie in Tränen aus. Freudentränen, interpretierte Dallinger.

Ronny wusste es besser.

Dieses eine Mal waren er und seine Mutter sich ganz nah gewesen. Sie wollte nicht umziehen, genauso wenig wie er. In Bremen lag sein kleiner Bruder begraben, er hatte nur wenige Tage gelebt. Sie ruhten nebeneinander, der Kleine Berti und Ronnys heiß geliebte Oma, seine Bezugsperson ab dem zweiten Lebensjahr. Sie starb einen Tag vor Ronnys achtem Geburtstag. Einfach so. Morgens, am Küchentisch. Herzinfarkt. Auch für Ronnys Mutter ein Schock und gleichzeitig Aufruf, sich stärker zu engagieren. Kirchenbasar, Jugendchor, Seelsorge. Annemarie Dallinger sah sich als wichtigen Pfeiler im Bremer Hilfesystem.

»Bedürftige findest du hier auch.« Mit diesem Satz bügelte Dallinger den vorsichtigen Einwand seiner Frau ab.

Zwei Monate später fuhr der Umzugswagen vor. Ronny rebellierte auf seine Weise, ließ die Wasserhähne im neuen Haus absichtlich laufen, warf Steine in die Fenster, sorgte dafür, dass die Toiletten ständig verstopften.

Es nutzte nichts. Sie kamen und blieben.

Mit einer Schleuder schoss Ronny auf Igel, Vögel und Hasen. Genau wie früher in Bremen, nun aber mit mehr Eifer. Einmal kochte er zwei Hamster und zog ihnen das Fell über die Ohren. Ein Klassenkamerad hatte ihm geholfen, dann aber kalte Füße bekommen und gepetzt. Die Aktion hatte Wellen geschlagen und

Konsequenzen nach sich gezogen. Kinderpsychologe, Stubenarrest und monatelanges Fernsehverbot. In dieser Zeit gelangte Ronny zu einer wichtigen Erkenntnis: Seine Eltern konnten nicht hinter seine Stirn blicken.

Seitdem machte er die Faust in der Tasche und lächelte. Mit den Jahren hatte sich herausgestellt, dass dies die beste Strategie war. Seine Eltern ließen ihn am ehesten in Ruhe, wenn er scheinbar nach ihrer Pfeife tanzte.

Widerworte oder Streit führten nicht zum gewünschten Erfolg.

Sein Vater forderte ihn zwar zu Diskussionen auf, letztlich akzeptierte er aber nur seine eigene Meinung, egal wie klug Ronny seinen Standpunkt begründete. Deshalb behielt er seine Ansichten in der Regel für sich, widersetzte sich nur in Ausnahmefällen den Gesetzen des Vaters oder den Wünschen der Mutter. Er fühlte sich fremdbestimmt und dennoch frei. Aus Ronnys Sicht kein Widerspruch, denn er verstand es, die Freiräume zu nutzen.

Damals, in den Monaten des Hausarrests, hatte er auch seine Sexualität entdeckt. Anfangs war Langeweile der treibende Motor gewesen. Er stellte fest, dass ihn Gedanken an die gequälten Tiere erregten. Deshalb onanierte er, sooft es ging, fand Gefallen daran, entwickelte Phantasien. Totes Fleisch, Tiere und Blut. Solche Sachen törnten ihn an. Im Wesentlichen war das bis heute so geblieben, nur dass er meist in seinen Phantasiespielen die toten Tiere durch Kimberly ersetzte. Er rieb sie mit Blut ein und las ihr vor. Ein überwältigender Gedanke.

Kimberly. Wie konnte sie ihn nur verlassen und zu diesem Fatzke nach Hannover gehen?

Das Verlangen, wieder zum Blockhaus seiner Eltern zu fahren, wurde übergroß. Blöd, dass er diesen Basset schon abgestochen hatte. Er brauchte Nachschub, die Katze war mit Sicherheit über Nacht krepiert. Verdammt schade, dass diese blöden Tiere nicht denken und sprechen konnten. Ronny hätte ihnen gern richtig Angst gemacht. Um Hilfe sollten sie winseln und nicht nur blöd glotzen. Ihn anflehen, um Gnade betteln. Danke und Bitte sagen. Höflich, trotz aller Ängste. Artig, auch in der Not.

Ein Einfall, der ihm immer wieder durch den Kopf schoss,

drängte sich jetzt in sein Bewusstsein. Vielleicht war es einfach an der Zeit, ganz neue Wege zu beschreiten.

Ronnys Herz klopfte vor Aufregung. Wenn er nun wirklich diesen nächsten Schritt wagte, seine Idee in die Tat umsetzte, dann begab er sich auf ein höheres Level. Der Gedanke setzte sich fest, wühlte ihn auf.

Ja, diesmal wollte er die Sache angehen.

Auf einmal fühlte er sich großartig. Schlagartig lief die Arbeit wie von selbst. Er half sogar der Auszubildenden geduldig beim Wechseln der Druckerpatrone für den PC, schloss nachmittags zwei neue Lieferverträge ab und machte freiwillig eine Überstunde.

Bevor er schließlich nach Hause fuhr, warf er einen kurzen Blick ins Werkstofflager. Hier wurden auch Düngemittel und Schädlingsbekämpfungsmittel aufbewahrt. Ronny fand einen Kanister Natriumhypochlorit, und füllte eine kleine Menge dieser Chemikalie ab, die von den Arbeitern zur Beseitigung von Schimmel auf Tontöpfen benutzt wurde.

Sein Plan nahm Gestalt an. Aceton hatte er schon vor Wochen online bestellt. Es konnte nicht schwer sein, aus diesen beiden Stoffen Chloroform herzustellen, jedenfalls hatte er im Internet eine genaue Anleitung hierfür gefunden.

Ronny empfand so etwas wie Vorfreude, fühlte sich tatkräftig und innovativ, als er sich auf den Heimweg machte. Allein der Gedanke an seine Idee beflügelte ihn, und er konnte nicht aufhören zu grinsen.

Cuxhaven-Holte-Spangen

Die Kaffeemaschine lief. Maxi stellte die Pfanne auf den Herd und drehte das Gas hoch. Während das Öl zu brutzeln begann, bohrte sie gedankenverloren in der Nase. Es war nicht einfach, sich zu konzentrieren, wenn einem Bernhardinerbabys im Kopf herumschwirrten. In Maxis Vorstellung hielt sie einen Welpen im Arm und ließ sich von ihm durchs Gesicht lecken. Lächelnd dachte sie über Namen nach. Daniel. Sie wollte auf jeden Fall einen der Hunde nach Daniel Radcliffe nennen. Der Harry-Potter-Darsteller war einfach zu süß. Dummerweise fiel ihr jetzt Daniel Möller ein. Der ging in ihre Klasse und war einfach nur bescheuert.

Das streng riechende Fett verscheuchte die Gedanken und zwang Maxi, sich zu konzentrieren. Sie kletterte auf den Hocker neben dem Herd, riss die inzwischen angetaute Pappschachtel auf und legte Fischstäbchen in die Pfanne. Das Fett zischte und spritzte, Maxi zuckte leicht zurück.

Minuten später war sie auf dem Weg zum Schlafzimmer ihres Vaters. Sechs Stäbchen sahen ziemlich schwarz aus, und den Kaffeebecher hatte sie zu voll gemacht, er schwappte bei jedem Schritt über.

Maxi schob die angelehnte Tür mit dem linken Fuß auf und ging zielstrebig auf das Bett zu. Ihr Vater schnarchte unter einer dicken Daunendecke. Sie stellte das Tablett auf die Wäschetruhe unter dem Fenster und zog die Vorhänge zurück.

»Aufwachen, Schlafmütze!«

Johann Bernsen rührte sich nicht.

»Paps! Dein Kaffee wird kalt.«

Ihr Vater lugte unter der Decke hervor. Sein Gesicht war völlig zerknittert, die grauen Locken standen zu Berge.

Maxi hielt ihm die Tasse entgegen. »Kaffee mit zwei Löffel Zucker.«

Johann setzte sich wortlos auf, nahm den Wachmacher entgegen und trank. Maxi reichte ihm die Fischstäbchen.

»Zum Frühstück?«

»Du hast doch gesagt, du liebst Fischstäbchen.« Maxi biss sich auf die Unterlippe.

»Mag ich auch, sehr sogar, aber … Ach, egal, gib her!«

Maxi kroch zu ihrem Vater unter die Decke, beobachtete, wie er ein Fischstäbchen nach dem anderen verdrückte und an seinem Kaffee nippte. Zufrieden wanderte ihr Blick zum Gipsabdruck ihrer rechten Hand, der über dem Bett hing. Wie winzig ihre Finger damals gewesen waren, nicht größer als die Tatze eines Hundebabys. Jetzt betrachtete sie das Foto im Rahmen auf dem Nachttisch. Mama lachend im Watt. Barfuß, mit hochgekrempelten Hosenbeinen.

»Wir haben alle Locken«, stellte Maxi fest und nahm das Bild in beide Hände.

Ihr Vater legte einen Arm um sie. »Stimmt. Und du hast Mamis Augen, genauso eine süße Stupsnase und die gleichen niedlichen Füße.«

Maxi lachte. »Quatsch mit Soße!«

»Wirklich!«

»Mochte sie Fischstäbchen?«

»Ab und zu, allerdings nicht zum Frühstück.«

Maxi gab ihrem Vater einen Kuss auf die Wange. Bartstoppeln kratzten. Sein vertrauter Geruch umfing sie.

»Paps, in zwei Wochen habe ich Geburtstag.«

»Ich weiß.«

»Dann werde ich neun. Ich wünsche mir einen Hund.«

»Ich weiß.«

»Kaufst du mir einen Bernhardiner, nur einen ganz kleinen?«

»Ich glaube nicht.«

»Warum denn nicht?«

»Ach Maxi.« Es folgte ein Vortrag über Verantwortung. »Außerdem musst du Klavier üben und zum Fußball, wie willst du dich da auch noch um einen Hund kümmern?«

Maxi stellte ihre Ohren auf Durchzug, ihre Augen fixierten die kleine goldene Walze, die auf dem Nachttisch stand. »Kann ich die Melodie spielen?«, fragte sie und griff gleichzeitig nach dem Kästchen.

»Nur einmal.«

Vorsichtig legte Maxi Daumen und Zeigefinger auf die Kurbel und drehte sie. »Lalelu« erklang. »Das hat mir Mama abends immer vorgespielt.«

Johann drückte seine Tochter an sich und gab ihr einen feuchten Kuss auf die Stirn.

»Kann ich die Walze haben?«

»Lass sie hier stehen, ansonsten verlierst du sie nur, und das wäre doch schade.«

»Bitte, Paps!«

Johann nahm Maxi die Walze aus der Hand und stellte sie auf das Schränkchen. »Es ist gleich sieben.« Die gemütliche Morgenstimmung verflog endgültig, als ihr Vater die Bettdecke zur Seite schlug. »Los, du musst den Bus nehmen, ich kann dich heute nicht fahren.«

Maxi machte keine Anstalten aufzustehen. »Und Kili?«

»Dein Bruder ist gestern Abend nicht nach Hause gekommen, wahrscheinlich hat er bei seiner Freundin übernachtet.«

Früher hatte Kili ihr vorgelesen, sie huckepack getragen und Kissenschlachten mit ihr gemacht. Sie vermisste ihn, er war nur noch bei seiner blöden Josie.

Ihr Vater hob sie aus dem Bett und drückte sie an sich.

»Ich werde mich wirklich gut um Harry kümmern«, flüsterte Maxi in sein Ohr.

»Harry?«

»Mein Hund.«

»Maximiliane! Beeil dich jetzt lieber! Und denk daran, heute ist Donnerstag, du hast Fußball. Nimm deine Trainingssachen mit.«

Fünfundzwanzig Minuten später trat Maxi aus der Haustür. In ihrem Rucksack hatte sie die gebastelten Einladungskarten für ihre Pyjama-Party und in der Hüfttasche ihrer Hose die goldene Walze ihrer Mutter. Die Sonne schien, aber es blies ein scharfer Wind, während sie dem Schulbus entgegenlief.

Cuxhaven 2012, Haydnstraße

Vom Zuspruch der Internetgemeinschaft gestärkt und von innerer Aufregung getrieben, startete Norma einen zweiten Versuch, das Vinylbaby zu modellieren. Gründlich studierte sie noch einmal die Bauanleitung und beschäftigte sich mit den Fakten.

Reborn. Der Kleine maß, wenn die Gliedmaße gefüllt und die anatomisch korrekte Bauchplatte angelegt war, einundfünfzig Zentimeter, bei einem Gewicht von 2.850 Gramm. Kostenfaktor: neunundsiebzig Euro inklusive Mehrwertsteuer. Eine Baby-Puppe, nach Fertigstellung von einem echten Säugling kaum zu unterscheiden. Unikat. Herstellungsland: USA. Handarbeit.

Für viele Menschen einfach ein Hobby, Zeitvertreib ohne weitere Ambition. Andere betrachteten Reborn als Lebensinhalt, Seelentröster oder sogar Kinderersatz. So oder so offenbar ein lukratives Geschäft. Manche Modelle kosteten über zweihundert Euro, trotzdem gab es Lieferengpässe wegen der großen Nachfrage.

Norma drehte die Heizung hoch, auch wenn sie Angst vor der nächsten Kostenabrechnung hatte, und breitete das Reborn-Set auf dem Esstisch aus. Plastikbecher mit verschiedenen LCD-Skin-Acrylfarben, die speziell zum Anmalen von Vinylbabys entwickelt worden waren, Soft-Granulat, Füllwatte, Stift für die Nagelzeichnung, Bastelkleber und ein Präzisionsmesser. Der zwanzig Zentimeter lange Wimpernstrang und die Mohairperücke lagen ebenfalls griffbereit. Den Rohling zu modellieren würde viel Zeit in Anspruch nehmen. Norma schreckte das nicht. Zeit besaß sie im Überfluss und investierte sie gern.

Als alle Utensilien an ihrem Platz standen, nahm sie das Tuch von den Körperteilen. Für einen Moment wurde ihr etwas flau im Magen, doch diesmal war sie besser vorbereitet.

Es ist eine Puppe. Kein echtes Baby.

Um sich selbst zu beweisen, dass sie die ganze Sache konsequent und möglichst unemotional angehen konnte, stellte sie sich gleich einer der schwierigsten Aufgaben. Sie musste die Nasenlöcher des Vinylbabys und dessen Augen öffnen.

Doch trotz stärkender Instruktionen sträubte sich Norma, in die weiche Puppenhaut zu schneiden, und schlich in der Wohnung umher. *Du musst es tun. Der Rohling ist ganz und gar auf dich angewiesen. Nur du kannst ihn zum Leben erwecken.*

Nach mehreren Ermutigungen und einem Whiskey-Soda gelang es Norma schließlich, den Kopf des Kleinen in die Hände zu nehmen. Laut Anleitung verwendete man zum Ausbohren der Nasenlöcher am besten einen Akkubohrer. Hierfür spannte sie den Kopf vorsichtig in einen Schraubstock, den sie eigens für die Prozedur angeschafft hatte, und schaltete einen hellen Strahler ein.

Das Surren des Bohrers erinnerte sie an ihren letzten Zahnarztbesuch. Mit zittriger Hand konzentrierte sie sich auf die Stupsnase und höhlte die Löcher aus. Viermal musste sie ihre feuchten Hände trocknen, bis es geschafft war. Die leicht ausgefransten Ränder glättete sie mit einer Rundfeile. Erleichtert, zufrieden und ermutigt widmete sich Norma ohne Pause nun den Augen. Bevor sie der Mut verließ, setzte sie das scharfe Bastelmesser an. Aber ihre Hand gehorchte nicht.

Es war eine Sache, dem Kleinen die Nasenlöcher zu öffnen, eine ganz andere war es, in die Lider zu schlitzen. Wiederholt wollte Norma beginnen, aber sie schaffte es nicht. Seufzend gab sie schließlich auf, entschied, den Rohling zu einem schlafenden Baby zu modellieren und damit die Aufgabe, der sie sich momentan nicht gewachsen fühlte, zu umgehen.

Erlöst durch ihren Einfall legte sie das Bastelmesser zur Seite. Ein schlummerndes Baby konnte ebenso niedlich aussehen. Das bestätigten auch die Beiträge im Internet.

Stolz und ermutigt durch den ansonsten geglückten Start ging Norma in die Küche, ließ handwarmes Wasser in eine Plastikschüssel laufen, gab etwas Babyschaum hinein und wusch die einzelnen Vinylteile sorgfältig mit einem Schwamm. Voller Hingabe reinigte sie Falten, Löcher, Kniekehlen, Armbeugen, Zehen und die kleinen speckigen Finger. Danach spülte sie alle Teile mit klarem Wasser ab und stellte sie zum Abtropfen kopfüber auf zwei Küchentücher. Anschließend wickelte sie Kopf, Beine und Arme in einen kuscheligen dunkelblauen Bademantel mit Bärchenmotiv.

Entspannt brühte sie koffeinfreien Kaffee auf und schmierte drei Leberwurstbrötchen. Sie aß mit Heißhunger und trank zwei Tassen Kaffee, bevor sie Einweghandschuhe überzog, die eine erneute Einfettung der Vinyleinzelteile verhindern sollten, ehe sie dazu überging, den Rohling gründlich mit einem Fön zu trocknen.

Überglücklich betrachtete Norma schließlich ihr Werk. Beine, Arme und Kopf steckten jetzt auf dünnen Holzstangen. Über Nacht mussten sie komplett trocknen.

Erst am nächsten Tag konnte sie damit beginnen, die Real-Skin-Farben aufzutragen. *Du schaffst es. Das wird schon.* Mit Vorfreude löschte Norma weit nach Mitternacht das Licht. Als sie im Bett lag, umfing sie tiefe Zufriedenheit, und sie schlief augenblicklich ein. Das war seit Jahren nicht vorgekommen.

Cuxhaven-Duhnen

Nach Feierabend schlenderte Ronny durch Duhnen. Touristen verirrten sich zu dieser Jahreszeit selten hierher. Die wenigen Hartgesottenen trieb ein böiger Wind jetzt zielstrebig vom Strand in Restaurants oder scheuchte sie in kleine Läden, in denen Windspiele, Regenjacken und Kaffeebecher mit Nordseemotiven auf Käufer warteten.

Am Abend zuvor war Ronny die Herstellung des Betäubungsmittels gelungen. Zuerst hatte er die Wirkung in einem Selbstversuch ausprobieren wollen, es dann aber nur halbherzig eingeatmet. Allein davon brannte ihm immer noch die Nase. Aufgekratzt war er zu Bett gegangen, hatte sich wie unter Strom gefühlt und versucht, seiner Idee Struktur zu geben. Tausend Fragen hielten ihn wach, Bedenken flammten auf. Angst und Hochgefühl kämpften um die Vorherrschaft. Schließlich überwog Begeisterung. Sein Vorhaben versetzte Ronny in einen rauschähnlichen Zustand.

Zum Leidwesen seiner Mutter hatte er wieder ihr Frühstück verschmäht und war förmlich aus dem Haus geflohen. Der Arbeitstag zog sich dann allerdings wie Kaugummi und verlangte seiner Geduld einiges ab. Immerhin hatte er nun Feierabend, der Rest des Tages gehörte ihm.

Der silberne Toyota parkte auf dem Gehweg. Schon deshalb fiel er ihm auf. Den Jungen, der aus dem Auto kletterte, schätzte Ronny auf höchstens sechs Jahre. Unter der roten Mütze guckten weißblonde Haare hervor, die Buddelhose steckte in Gummistiefeln mit Starwars-Motiven.

»Hast du deine Jacke zugemacht?« Eine Frau mit akkuratem Pagenkopf, die auf dem Fahrersitz saß, tippte auf ihrem Navigationsgerät herum und schien damit vollauf beschäftigt.

Der Kleine beantwortete ihre Frage nicht. Stattdessen hüpfte er summend über den Bürgersteig. In der Hand hielt er einen dieser altmodischen Drachen aus dünner Plastikfolie, mit dem Konterfei eines Adlers bedruckt, der durch das Einschieben dreier dünner Stäbchen seine Flügel spreizte.

Im Vorbeigehen las Ronny den vergilbten Aufkleber an der Heckscheibe. »Jan-Luca on Tour«.

Er vermied es, den Knirps weiter anzusehen, und betrat Metschers Selbstbedienungsrestaurant in der Ortsmitte. Wenige Minuten später saß Ronny an einem der Tische, Kaffee sowie ein Krabbenbrötchen vor sich, und starrte auf die Straße. Die Linie 1001 hielt direkt vor dem Fenster und spuckte drei Fahrgäste aus. Ronny aß mit Genuss. Äußerlich wirkte er ruhig. Lediglich das leichte Zittern seiner Hände verriet seine Anspannung. Die Blondine hinter der Theke polierte Wasserflecken von Gläsern. Im Radio lief »Somewhere over the rainbow«. Ronny mochte das Lied nicht und ahnte, dass er diese Melodie den Rest des Tages nicht aus dem Kopf bekommen würde.

Als eine Gruppe junger Männer lautstark hereinkam, verließ Ronny das Bistro und stieg keine Minute später die Stufen zur Düne hinauf. Über der Nordsee hing feuchter Nebel. An klaren Tagen konnte man in der Ferne Containerschiffe und Überseedampfer sehen, die wie riesige Geisterschiffe in der Elbfahrrinne fuhren. Auch Neuwerk lag in Sichtweite. Pferdewagen brachten Urlauber während der Saison durch das Watt zu der vorgelagerten Insel, kutschierten in Kolonne durch die Ebbe. Parallel machten sich Horden von Wanderern durch den Schlick auf den Fußmarsch. Tagtäglich das gleiche Schauspiel.

Dabei wurden die Gefahren im Watt nicht selten unterschätzt. Blitznebel, unerwartet tiefe Priele, die plötzlich einsetzende Flut, überschätzte körperliche Kräfte. Jedes Jahr kam es zu Rettungsaktionen und auch Todesfällen. Erst in diesem Sommer war ein Rentner im Watt zusammengebrochen. Trotz Wiederbelebungsversuchen durch herbeigeeilte Urlauber keine Chance. Mit solchen Katastrophen war es nun erst einmal vorbei. In den Wintermonaten atmeten die Cuxhavener durch, bevor sie sich für den nächsten Ansturm rüsteten.

Mit großen Schritten näherte sich Ronny dem »Leuchtfeuer«. Einerseits war das Restaurant nicht nach seinem Geschmack. Gerichte wie Ziegenkäsestrudel mit Mangochutney oder Möhren-Koriander-Suppe hielt er schlichtweg für überflüssig. Er mochte es deftig und bodenständig, da glich er ausnahmsweise seinem Vater. Andererseits boten die Panoramafenster einen wunderbaren Blick auf das Meer. Deswegen saß er hier manchmal bei Kaffee und Kuchen. Heute ließ er das Restaurant links liegen und sprang die wenigen Stufen zum Strand hinunter.

Er musste lächeln, als er den Jungen wiedersah. Jan-Luca kämpfte am Strand mit seinem Drachen, dessen Schnur sich verheddert hatte. Allein. Der Pagenkopf war nirgends zu sehen. Es war überhaupt niemand sonst am Strand. Ein Adrenalinstoß durchfuhr Ronnys Körper. Sollte er den Knirps einfach packen? Konnte es so leicht sein, seinen Plan in die Tat umzusetzen?

Mit klopfendem Herzen überquerte er den schmalen asphaltierten Weg und schob seine Hände in die Jackentaschen. Seine Linke umschloss eine kleine Plastiktüte. Darin lag das in Chloroform getränkte Stofftaschentuch. Die Finger seiner rechten Hand spielten mit dem brüchigen Leder einer Hundeleine. Die meisten Kinder mochten Tiere, und diesen Umstand wollte Ronny nutzen.

Jan-Luca anzusprechen konnte nicht schwer sein, aber wie sollte er ihn in den Wagen kriegen? Seine Karre stand zwar in der Nähe, doch wie brachte man einen Jungen dazu, mitzugehen? Ihm wurde klar, dass sein Plan Lücken hatte. Trotzdem instruierte er sich, es wenigstens zu versuchen.

Betont langsam schlenderte Ronny über den feuchten Sand, die Umgebung fest im Blick, während sein Gehirn fieberhaft arbeitete. Alles in Ordnung. Sie waren immer noch allein im Nebel, er und der kleine Drachenbändiger.

Nicht zu nah ran, bloß nicht erschrecken. Stell ihm einfach eine Frage, die meisten Menschen haben dann das Gefühl, antworten zu müssen. Kinder werden dazu erzogen. Möchtest du noch Erbsen? Nein danke, Mutter.

Ronny begann unter seiner Wollmütze zu schwitzen. Vorsichtshalber blieb er einige Meter vor dem Jungen stehen, die Lederleine in der Hand. Jan-Luca schien völlig in den Kampf mit der Drachenleine versunken.

Er räusperte sich. »He Kleiner, hast du meinen Hund gesehen?«

Der Junge reagierte nicht.

Ronny spürte eine leichte Verstimmung, als er einen weiteren Schritt auf den Knirps zumachte. Unhöflichkeiten gingen ihm gegen den Strich. Dieses Kind beantwortete offenbar nicht unbedingt gestellte Fragen. Konzentriert versuchte der Kleine, die Schnur seines Drachens zu entwirren, ein ziemlich sinnloses Unterfangen, wie Ronny jetzt sah. Die Kordel war voller Knoten.

Wind frischte auf.

Du kennst seinen Namen, du musst ihn mit seinem Namen ansprechen. »Hallo, Jan-Luca«, sagte er ruhig und lächelnd. »Mein Collie ist verschwunden, und ich habe drei Hundebabys im Auto, die brauchen dringend Milch. Kannst du mir helfen, meinen Hund zu suchen?«

Jan-Luca sah auf, kniff die Augen zusammen. Vorn fehlten zwei Schneidezähne. Die rote Pudelmütze hing über den Augenbrauen. Ronny klopfte sich innerlich auf die Schulter. Woher nahm er nur die Einfälle? Collie. Hundebabys. Nichts von dem hatte er sich vorher zurechtgelegt.

»Wie heißt dein Hund?«

Ronnys Lächeln erstarb. Zum einen fehlte das höfliche Sie, Erwachsene duzte man nicht einfach, und dann wusste er ehrlich gesagt nicht, was er antworten sollte. Welche Namen hatten denn Hunde?

»Du bist ziemlich dick«, stellte Jan-Luca fest.

Ronny erstarrte. *Fettklops.* Er zog das Taschentuch aus dem Beutel.

»Jan-Luca!« Die Stimme klang scharf.

Ronny fuhr herum. Der Pagenkopf stand auf der obersten Treppenstufe direkt vor dem »Leuchtfeuer«. Ihr übergroßes Regencape flatterte im Wind. »Jan-Luca, komm bitte her! Wir müssen los.«

Der Junge gehorchte sofort, lief der Frau entgegen, ohne sich noch einmal umzudrehen.

Fettklops, so ein unverschämter Bengel. Ronny hätte ihm zu gern sein vorlautes Maul gestopft. Der Hosenscheißer hatte unheimliches Glück, dem hätte er Manieren beigebracht. Ronny schob das Taschentuch in die Jacke. So ein verdammter Mist. Das hätte etwas werden können, das Bürschchen hatte eine Strafe verdient. Ronny rügte sich, schimpfte sich zögerlich, tölpelhaft, phantasielos. Wenn er weiter so stümperhaft vorging, konnte er die Sache genauso gut auch ganz sein lassen. Für einen Moment stand er unschlüssig da, atmete tief durch und versuchte, seine Gefühle in den Griff zu bekommen.

Fettklops. So ein kleiner Pisser.

Cuxhaven-Sahlenburg

Coach Dieckmanns jagte die Mädels beim letzten Außentraining des Jahres im Kommandoton über den Rasen. Eltern beschwerten sich deswegen, schließlich trainierte Dieckmanns nicht die Bundesliga, sondern kleine Mädchen. Sie sollten Spaß am Fußball haben und nicht durch Druck und ehrgeizige Ziele des Coachs demotiviert werden.

Zahlreiche Gespräche hatten deswegen stattgefunden.

Umsonst. Dieckmanns konnte nicht aus ihrer Haut. Sie hatte die Damenmannschaft des TSV Sachsenross Hannover als Co-Trainerin 1988 ins Halbfinale geführt und ein Jahr später mit der Mannschaft die Meisterschaft der Oberliga Nord gefeiert. Die spätere Auflösung des Teams hatte der Coach nie verwunden, sich viele Jahre mit Trainerinnenjobs in kleinen Vereinen über Wasser gehalten und trainierte jetzt, eigentlich nur zum Vergnügen, die Mädchen des S.V.S. Sahlenburg.

Wie selbstverständlich fuhr sie jeden Donnerstag die gut siebzig Kilometer von Stade nach Cuxhaven, nur um ihr Team zu coachen, und erwartete dafür vollen Einsatz von ihren Schützlingen. Da konnte Dieckmanns nicht aus ihrer Haut. Sie machte keine halben Sachen, lief Marathon, schwamm auch im Winter in der eiskalten Nordsee, gönnte sich kaum Pausen, verlangte viel von sich und anderen.

An diesem Tag hatte sie es nicht besonders eilig mit dem Schlusspfiff. Sie liebte das Außentraining, ließ sich mit Vergnügen jedes Wetter um die Nase wehen und zog sich ungern vor dem Winter in die Turnhalle zurück. Aber in dieser Sache entschieden die Eltern.

Als es jetzt zu nieseln begann, beendete der Coach schweren Herzens das Training, rief die Mädchen zusammen, bildete mit ihnen einen Kreis und fand für jedes Teammitglied anerkennende Worte. Anschließend halfen einige Kinder beim Einsammeln der Bälle, andere ließen sich erschöpft auf den Rasen fallen. Dieckmanns scheuchte die Mädchen vom feuchten Rasen hoch und bedankte sich bei den Helferinnen.

Gemeinsam erreichte sie mit den üblichen Nachzüglerinnen das altersschwache Gebäude und hörte ihr Handy ab. Ihre Schwester hatte Gulasch gemacht. Das waren gute Aussichten. Nun hatte es der Coach auf einmal eilig. Mit den Jahren war der Familienzusammenhalt für sie wichtiger geworden. Wichtiger als jedes Fußballspiel, wichtiger als Sieg und Niederlage.

***

Innerhalb von Minuten herrschte heilloses Durcheinander in der kleinen Umkleidekabine. Sportsachen, Jeans, Pullover, Jacken und Handtücher lagen verstreut auf dem Boden. Es war kaum vorstellbar, dass sich das Gewirr innerhalb der nächsten halben Stunde lichten konnte, dass jedes Kind am Ende tatsächlich seine eigenen Sachen anhatte. Doch letztlich war es jedes Mal so, und zurück blieben nur ein paar stumme Zeugen des vorangegangenen Chaos: Haargummis, ein einzelner Strumpf und eine Handvoll Bonbonpapier.

Jetzt kreischten die Mädchen durcheinander, lachten und knufften sich in die Seiten. Die Strapazen des Trainings schienen vergessen.

Maxi saß abseits und drehte die Einladungskarten für ihre Pyjama-Party in den Händen. Das Training war heute super gelaufen. Dieckmanns hatte sie besonders gelobt, eine Seltenheit. Eigentlich fürchtete sich Maxi immer ein bisschen vor dem Coach, deshalb hatten ihre Schulterklopfer doppelt gutgetan. Das Augenrollen und Grimassenziehen der anderen war ihr trotzdem nicht entgangen. Maxi fielen Dianes Worte ein. »Die sind neidisch, weil du ziemlich gut bist. Ich habe mit dem Coach gesprochen, du kannst es weit bringen.«

Maxi wollte es nicht weit bringen. Dazuzugehören schien ihr viel erstrebenswerter. Zögernd stand sie auf, gab sich einen Ruck und drückte jedem Kind eine Einladung in die Hand. Zu ihrer Verwunderung freuten sich alle, sogar Jana und Sina, die Maxi normalerweise keines Blickes würdigten.

Erleichtert stopfte Maxi Schal, Mütze und Handschuhe in die Sporttasche und stahl sich nach draußen. Unbemerkt verließ sie das eingezäunte Gelände und lief mit offener Jacke auf den Butendieksweg nach links. Maxi steuerte geradewegs auf den alten Esel zu, der bibbernd auf der Weide stand. Damit entfernte sie sich ein gutes Stück vom Sportplatz.

Das Tier wirkte dünn und klapprig, die Rippenbögen waren sichtbar. Eine Unterstellmöglichkeit gab es nicht, der Futtertrog war leer. Maxi ließ ihre Tasche fallen, kletterte auf eine Latte des Zauns und zog einige Möhren aus ihrer Daunenjacke, die sie beim Mittagessen in der Schulkantine eingesteckt hatte. Weit hinten am Sportplatz fuhren Autos vor, Scheinwerfer streiften das Gatter, wendeten, luden Taschen und Kinder ein.

Der Esel schwenkte träge den Kopf in Maxis Richtung. Sein Fell war von Dreck verkrustet und struppig.

»Komm her!« Maxi hielt das Gemüse in der ausgestreckten Hand. Das Tier trottete heran und schnappte nach einer Möhre. Sie klopfte ihm auf den Hals, während sie beruhigend auf ihn einsprach. Nach und nach verschwanden die Leckereien im Maul des Esels, wurden von ziemlich schwarzen Zähnen zermalmt. Maxi kicherte. Zahnpflege war offenbar ein Fremdwort für den Esel.

Sina und Jana riefen und winkten von Weitem, stiegen in einen großen Van. Maxis Herz hüpfte. Mit der Einladung zur Party wurden sie und die anderen Mädchen vielleicht doch Freundinnen. Sie konnte es kaum abwarten, Diane davon zu erzählen.

Die großen Knopfaugen des Esels erinnerten Maxi an Welpen. Bernhardinerbabys. Ob sie wohl einen zum Geburtstag bekam? Paps kannte ihren Wunsch, aber das musste nichts heißen. Zum einen vergaß er oft Dinge, und zum anderen hielt er viele Sachen, die wirklich bedeutsam waren, für überflüssig.

Maxi seufzte. Seit Mamis Tod war alles viel schwerer.

Der Esel hatte die letzte Möhre im Maul. Maxi sprang vom Zaun, bedachte das Tier noch einmal mit einem Lächeln, rannte zum Sportplatz zurück und näherte sich dem Tor.

Zu ihrer Überraschung war das Gelände wie leer gefegt, sämtliche Lichter erloschen. Maxi bemerkte, dass nicht einmal Coach Dieckmanns Auto neben dem roten Holzgebäude parkte. Vielleicht wäre es besser gewesen, Bescheid zu sagen. Aber mit Sicherheit hätte die Trainerin die Eselfütterung nicht erlaubt. Erwachsene konnten einem jeden Spaß verderben.

Maxi stand unschlüssig da, bemerkte erst jetzt die einbrechende Dunkelheit. In den Häusern zur rechten Seite brannten Lichter. Ansonsten war es ziemlich düster, und der Wind, der über die Felder kam, wehte eisig.

Bei Cuxhaven-Altenwalde

Kilian schlug die Augen auf. Sofort stieg ihm der Geruch von Urin in die Nase. Der durchdringende Gestank lag wie ein unsichtbarer Schleier auf den wenigen Habseligkeiten, die der Raum barg, und transpirierte durch die Bahnen der teils abgerissenen Blümchentapeten. Drei leere Bierdosen lagen in Reichweite. In einer Ecke türmten sich fettige Pappschachteln mit Pizzaresten. Er nahm sich vor, sie endlich zu entsorgen.

Ratten hatten ihnen gerade noch gefehlt.

Der Anblick des Koffers beruhigte ihn. Darin lagen einige Gegenstände, die er zu Geld machen konnte. Allerdings nur, wenn ihm nichts anderes einfiel. Es waren geklaute Dinge. Einige gehörten seinem Vater, andere hatte er bei Freunden oder in Läden mitgehen lassen. Im Notfall musste man eben zum Äußersten bereit sein.

Nach dem Tod seiner Mutter war ihm klar geworden, wie schnell alles vorbei sein konnte und wie wenig Notiz die Welt davon nahm, wenn ein Mensch die Erde verließ. Ihr Unfalltod führte ihm die Bedeutungslosigkeit seines Seins vor Augen. Was auch passierte, die Welt drehte sich weiter. Schule, Partys, Sommerferienstau. Alles lief, als hätte seine Mutter nie gelebt, als wäre sie nicht an diesem wunderbaren Sommertag in ihrem Fahrzeug verblutet.

Der Aufprall war so heftig gewesen, dass sie unter einen Lkw krachte. Dabei wurde ihr Körper in zwei Hälften getrennt. Die geteilte Frau. In der Welt der Magier ein Klassiker, im realen Leben klatschte niemand.

Seine Welt hatte sich seitdem drastisch verändert. Lebe im Jetzt, lautete nun seine Devise. Dazu gehörte auch, sich alles zu nehmen, was er brauchte. Diebstahl war das in seinen Augen nicht. Über Konsequenzen dachte er kaum nach. Aus seiner Sicht besaßen die meisten Menschen sowieso zu viel, und immerhin machte er ja auch eigene Sachen zu Geld. Seinen nagelneuen Apple iPod mit sämtlichem Zubehör zum Beispiel oder die Citizen-Promaster-Solar-Uhr, Wert über fünfhundert Euro, von den beiden Special-Snowboards ganz zu schweigen. Er brauchte den ganzen Schrott nicht. Statussymbole, anerzogenes Prestige. Da hatte ihm Josie die Augen geöffnet.

Sein Blick streifte ihren schmalen Körper, die rot gefärbten Wuschelhaare und das frische Nasenpiercing. Vielleicht hätten sie es nicht selbst stechen sollen, die Einstichstelle schien sich entzündet zu haben. Josie zitterte im Schlaf.

Kilian zog die Decke über ihre Schultern.

Es gab Tage, da konnte er immer noch nicht fassen, dass Josie neben ihm lag. Seit er das Gymnasium besuchte, war sie ihm nicht aus dem Kopf gegangen. Unerreichbar, zwei Stufen über ihm. Cool. Unnahbar. Er kannte einige Jungs, die ihretwegen nachts wach lagen, und niemals, selbst in seinen kühnsten Vorstellungen, hätte er sich Chancen bei ihr ausgerechnet.

Josie umgab etwas Dunkles und Geheimnisvolles. Bei einer Begegnung in der Disco vor sieben Wochen hatte seine Stunde geschlagen, als Josie ihre Stempelkarte beim Rausgehen nicht zahlen konnte. Ohne einen Augenblick zu zögern, war er eingesprungen und hatte die Rechnung von über vierzig Euro beglichen. Seitdem wich sie kaum von seiner Seite.

Und Kilian kam sein bisheriges Leben unglaublich farblos und banal vor. Frühstück mit der Familie, Nachmittage vor dem Computer und Brettspiele mit seiner kleinen Schwester schienen Lichtjahre entfernt. Die Anhäufung von materialistischen Gütern, einfach lächerlich. Sein Wunsch nach einem Swimmingpool im Garten, geradezu infantil. Zu dumm, dass Bauarbeiter längst eine

Grube ausgehoben und dabei den Rosengarten seiner Mutter zerstört hatten. Heute fand Kilian das unverzeihlich.

Die Vergangenheit, nichts als alberne Zeitverschwendung. Er fuhr nur nach Hause, wenn er frische Sachen brauchte oder heiß duschen wollte. Bei solchen Besuchen packte Kilian den Rucksack mit Lebensmitteln voll und ließ etwas Geld mitgehen. Sein Vater ließ ihn in Ruhe. Solange er zur Schule ging, schien Johann Bernsen alles egal zu sein.

Aber Kilian spielte mit dem Gedanken hinzuschmeißen, wie Josie. Sie schwänzte seit Wochen die Schule. Seit über drei Monaten bewohnte sie dieses leer stehende Haus nahe Altenwalde. Es stand einsam im Feld, nur einen Steinwurf von der A 27 entfernt.

Kilian wusste nicht, warum Josie von zu Hause abgehauen war. Von ihren Eltern sprach sie abfällig. Aus den wenigen Andeutungen, die sie machte, reimte er sich zusammen, dass sie in Otterndorf lebten, eine gut gehende Arztpraxis besaßen und von ihr erwarteten, dass sie sich als netter, vorzeigbarer Teenager präsentierte. Anscheinend hatte es immer wieder heftige Auseinandersetzungen gegeben. Als Höhepunkt der Eskalation gab Josie an, dass ihre Mutter sie mit Drogen erwischt hatte. Eine Wohngruppe für schwer erziehbare Mädchen sollte die Lösung sein. Da hatte Josie ihren Rucksack gepackt und sich in diesem alten Haus eingenistet.

Kilian fragte sich, wem das Gebäude gehörte und ob der Besitzer vielleicht eines Tages vor der Tür stehen und sie davonjagen würde. Josie lachte nur, wenn er solche Bedenken äußerte. »Schisser«, sagte sie. »Wer will denn schon in so einer Bruchbude hausen?«

Es schien plausibel, das Haus war marode und feucht. Davor türmten sich Schrott und Gerümpel. Offenbar wurde hier regelmäßig illegal Müll abgeladen. Alte Kloschüsseln, Waschbecken, profillose Reifen, Kühlschränke, mehrere Autobatterien und fleckige Matratzen erschwerten den Zugang zum Gebäude. Kilian hatte die Sachen zur Seite räumen wollen, aber Josie hatte ihn davon abgehalten. »Lass alles so. Ich finde es gar nicht schlecht, dass man nicht so einfach ins Haus kommt.«

Drinnen war es einigermaßen gemütlich, jedenfalls, wenn man

keine Ansprüche stellte. Obwohl Kilian Josie zugutehalten musste, dass sie wirklich versuchte, Ordnung zu halten. Nach jeder Mahlzeit wusch sie das schmutzige Geschirr in einer Plastikschüssel, kehrte täglich die Räume und bestand darauf, dass er die Schuhe vor der Tür auszog.

Das fand Kilian einfach lächerlich.

Egal, wie oft man die Bude fegte, sie blieb ein Drecksloch. Bewohnbar war im Prinzip nur ein Zimmer. Es lag im unteren Stockwerk, hatte sogar Fenster und einen gemauerten Kamin, der zwar nicht richtig zog, aber immerhin konnte man dort Holzscheite verbrennen. In einer Ecke lag eine Matratze auf dem Steinboden, über deren Herkunft sich Kilian lieber keine Gedanken machen wollte. Dann gab es noch einen Tisch, der als Ablage für sämtlichen Kram diente. Stühle besaßen sie nicht.

Kilian und Josie hielten sich überwiegend im Bett auf, dem wärmsten Ort im Haus. Sobald es dunkel wurde, erhellten Grablichter den Raum. Josie hatte sie im ganzen Zimmer verteilt. Dreiundfünfzig Stück. Aus Langeweile hatte Kilian sie gezählt. Josie und er brauchten ewig, wenn sie alle anzündeten.

Kilian organisierte die meisten Dinge, die sie zum täglichen Leben brauchten, und fühlte sich für Josie verantwortlich, obwohl sie ein Jahr älter war. Er fand es rührend, wie sie sich bemühte, ihnen ein Zuhause zu schaffen, und wollte seinen Teil beitragen.

Leider trank sie ziemlich viel, pumpte sich mit Drogen voll und wurde dann aggressiv. Das nervte Kilian allmählich. In letzter Zeit dachte er sogar darüber nach, einfach nicht mehr zu Josie zurückzufahren.

Der Gedanke schockte ihn.

Er hatte sie gewollt, von Anfang an. Aber so faszinierend er sie auch fand, im Grunde hatte er genug mit sich selbst zu tun und konnte sich nicht auch noch mit ihren Gefühlsschwankungen belasten. Außerdem besaß Josie offenbar das Talent, sich in verheerende Situationen zu bringen, und dabei lief dann alles aus dem Ruder.

Neulich hatte sie zufällig einen alten Mann beobachtet, der Geld am Automaten der Dresdner Bank in Cuxhaven zog. Sie folgte ihm bis in die Bahnhofstraße, drängte ihn in einen dunklen Hauseingang, hielt ihm ihre täuschend echt aussehende Softair-Pistole unter die Nase und verlangte seine Kohle. Fassungslos hatte Kilian sich ihr aufgekratztes Gekreische angehört, als sie nach Hause kam.

»Wieso machst du so eine Scheiße?«, hatte er gebrüllt. »Bist du völlig hirnlos? Du kannst doch nicht einen Menschen mit einer Waffe bedrohen und sein Geld klauen!«

»Softair-Pistole! Keine echte Waffe!«

»Das sieht man aber nicht! Was ist, wenn die Bullen dich finden? Hast du wenigstens eine Maske getragen?«

»Alter, chill mal!«

Kilian war außer sich vor Wut. »Ach, du bist doch bescheuert. Wenn du so weitermachst, landest du noch im Knast!«

Und wirklich. Zwei Tage später hing überall in Cuxhaven Josies Phantombild mit der Bitte um Hinweise. Zugegeben, darauf war sie nicht wirklich zu erkennen, aber seitdem verbrachte sie die Tage vorsichtshalber im Haus, scheuerte wie eine Verrückte die Böden und wusch mehrmals täglich das Geschirr, auch wenn es eigentlich sauber war. Die restliche Zeit verschlief sie, während er die notwendigen Besorgungen machte. Dabei fuhr er mit einem mulmigen Gefühl durch die Gegend, und der Gedanke, Josie zu verlassen, nahm immer mehr Raum ein. Wenn sie nur nicht so verdammt sexy wäre. Und wenn sie ihn Süßer nannte und mit ihm schlief, lösten sich all seine Vorbehalte in Wohlgefallen auf.

Frierend tastete er jetzt nach einer Bierdose und überlegte, wann er am besten losführe, um Stoff zu besorgen. Josie brauchte den, sonst war der Abend gelaufen.

Entschlossen drückte er die Handynummer seines Dealers und erfuhr, dass er sich im Café gegenüber vom »Fischer Treff« im Hafen aufhielt. Kilian streifte Klamotten über und stieg keine fünf Minuten später in seinen Wagen. Noch bevor er den Motor starten konnte, klingelte sein Handy.

»Maxi hatte Fußball und wartet darauf, dass ich sie abhole.« Johann Bernsen klang gereizt. »Ich stehe im Stau kurz hinter Bremerhaven und komme hier so schnell nicht weiter!«

»Und Diane?«

»Sie hat heute frei und ist jetzt beim Pilates. Du musst deine Schwester vom Training abholen.«

»Ich? Wo denn, ich –

»In Sahlenburg auf dem Sportplatz!«

»Aber –«

»Keine Diskussion! Fahr los. Sofort!«

Cuxhaven 2012, Haydnstraße

Der Rohling hatte die Nacht auf dem Trocknungsgestell gut überstanden. Nun beschien die Januarsonne den Esstisch, streifte verschiedene Wasserschalen, Schwämme, Pinsel in unterschiedlichen Größen.

Nach einem reichhaltigen Frühstück mischte Norma LCD-Farbtöne auf einer Palette an. Es war unglaublich lange her, dass sie sich so beschwingt gefühlt hatte. Ihre Sorgen schienen sich in Luft aufgelöst zu haben. Übergewicht, Schulden und überhaupt diese ständige Leere in ihrem Leben, Schnee von vorgestern.

Als ihr der Grundhautton gefiel, nahm sich Norma das linke Bein vor, färbte es blassrosa und wischte zu dick aufgetragene Stellen mit einem Schwämmchen fort. Um eine möglichst reale Wirkung zu erzielen, trug sie mehrere Schichten auf und tupfte neue Farbe nur über ausgesuchte Stellen. Dadurch erreichte sie, wie in den Anleitungen beschrieben, das realistische, plastische Aussehen des Körperteils.

Um den Trockenvorgang zu beschleunigen, föhnte sie das bemalte Beinchen. Zu ihrem Schreck verfärbte es sich in Sekundenschnelle grell orange. Es sah aus, als habe sie es mit Jod eingerieben.

Hastig blätterte Norma in ihren Unterlagen und las, dass die mit Farbe behandelten Vinylteile vierundzwanzig Stunden an der Luft trocknen mussten und niemals geföhnt werden durften. Zu spät. Das Bein wies hässliche Flecken auf, die sich nicht wieder entfernen ließen.

Völlig geknickt öffnete Norma eine Schachtel Mon Chéri, stopfte sich die Schokoladenstückchen nacheinander in den Mund und tröstete sich schließlich mit dem Gedanken, dass kaum jemand jemals dieses Bein zu sehen bekommen würde.

Um weitere Fehler zu vermeiden, überflog sie noch einmal sämtliche Warnhinweise und erfuhr, dass Hitze oder Sonne den Vinylteilen im getrockneten Zustand nichts anhaben konnten. Es beruhigte sie, dass die Färbung auf der Haut generell nicht verblassen oder sich abnutzen konnte.

Erleichtert verschlang sie noch zwei Plastikschalen mit Heringssalat, widmete sich danach hingebungsvoll den anderen Körperteilen und vergaß die Zeit. Als sie endlich ins Bett fand, träumte sie davon, ihr Baby in einem Kinderwagen auszufahren.

Am nächsten Tag wuchtete sich Norma gegen elf aus dem Bett, begierig darauf, die Arbeit vom Vortag zu begutachten. Das Ergebnis zauberte ihr ein Lächeln ins Gesicht. Langsam vollzog sich die Verwandlung des Rohlings. Seine Haut glänzte matt und fühlte sich samtig weich an. Voller Tatendrang schlüpfte Norma in einen ihrer Hausanzüge.

Als es an der Haustür klingelte, schreckte sie regelrecht zusammen. Intuitiv flog ihr Blick zum Anrufbeantworter. Sieben Mitteilungen. Ihre Mutter war der einzige Mensch, der sie auf diese Weise tyrannisierte und wahrscheinlich jetzt vor der Haustür stand.

Norma stöhnte. Es gab kein Entkommen, sie konnte die Klingel nicht ignorieren. Ihre Augen huschten über den Tisch. Der Rohling musste verschwinden. Keiner sollte ihn sehen. Sie wollte ihn mit niemandem teilen. Hastig suchte ihr Hirn nach einem Ausweg. Wenn sie die Körperteile wegräumte, gliche die Szenerie einer unspektakulären Malaktion. Norma schoss vor, griff Kopf, Beinchen, Arme und den Flanellkörper, hob den Deckel der Eckbank und verstaute das Vinylbaby eilig zwischen gestärkten Tischdecken und Stoffservietten.

»Draußen ist es bitterkalt«, sagte ihre Mutter anstelle einer Begrüßung, als sie das Wohnzimmer betrat. »Auf dem Finkenmoor fahren die Leute Schlittschuh.«

Norma reagierte nicht, sie saß am Tisch und bemalte einen Tontopf.

»Was ist los? Warum öffnest du nicht die Tür?« Ihre Mutter befreite sich von Schal, Mütze sowie Handschuhen, legte einige Briefe auf die Kommode und hielt zwei Umschläge in die Höhe. »Vom Arbeitsamt! Hast du wieder Ärger mit denen?«

Norma antwortete nicht. Die Vergangenheit hatte sie gelehrt, dass dies die beste Reaktion auf Einmischung jeder Art war. Druck wirkte sich sehr negativ auf Norma aus. Stressfaktoren waren unbedingt zu vermeiden. Auch deshalb bohrte ihre Mutter meist nicht weiter nach, ließ schwierige Themen verebben.

Norma bemerkte aus den Augenwinkeln, dass ihre Mutter die beiden Kuverts auf die Kommode legte, an den Tisch trat und ihr einen flüchtigen Kuss auf die Stirn drückte. »Was machst du denn da?«

»Malen.«

Stirnrunzeln, ein Kommentar blieb jedoch aus.

Ihre Mutter marschierte in die Küche und kramte einen Topf aus dem Unterschrank. Dabei redete sie ununterbrochen, platzierte ein paar Seitenhiebe wegen der Fastfoodkartons, die sich im Altpapier stapelten, und verfiel anschließend in einen monotonen Singsang. Sie stellte Fragen und gab sich die Antworten selbst.

Norma hasste es, wenn ihre Mutter sie derart überfiel, ihre Wohnung stürmte und jeden Winkel belagerte wie eine Besatzungsmacht.

Trotzdem ließ sie sich ihren Missmut nicht anmerken. Solche Stürme saß sie aus. Damit war der Abzug ihrer Mutter am ehesten zu erreichen. Stattdessen lobte Norma aus taktischen Gründen den Geruch der kräftigen Rinderbrühe, die bereits auf der Gasflamme köchelte.

Später schlang sie das Essen hinunter und schaffte es sogar, eine Art Gespräch zu führen, welches mit Banalitäten gefüllt war, aber dennoch den Ansprüchen ihrer Mutter zu genügen schien. Belohnt wurde Norma mit der Nachricht, dass sie zwei Wochen ungestört bleiben würde.

»Deine Tante ist krank, ich muss mich mal ein bisschen um sie kümmern.«

Jetzt schluckte Norma einen Kommentar herunter. So wie sie die Schwester ihrer Mutter kannte, kam diese wunderbar allein zurecht und legte bestimmt keinen Wert auf eine zweiwöchige Invasion, egal wie krank sie war.

Als ihre Mutter endlich ging, war es später Nachmittag. Norma warf die beiden Briefe vom Arbeitsamt ungeöffnet zu den anderen hinter die Kommode, stürzte zur Eckbank und befreite den Rohling.

Sie widmete sich nun einem komplizierten Verfahren, bei dem die Vinylteile die Pigmentierung der Haut erhielten. Mit einem feinen Pinsel zeichnete sie Äderchen und Hautirritationen, verteilte anschließend Spezialfarbe in Speckfalten und zwischen die Zehen und strich sie später mit einem Schwamm aus.

Sie manikürte Finger- und Fußnägel, zeichnete haarfeine elfenbeinweiße Nagelenden und dachte sogar auch an die winzigen Halbmonde am Nagelansatz. Danach erhielten Handinnenflächen, Ohrmuscheln und Fußsohlen die typische Rötung. Für das Anmalen der Lippen mischte Norma die Farbtöne Lila und Burgund. Auch hier trug sie mehrere Schichten auf. Der Effekt trieb ihr Tränen in die Augen, denn er übertraf all ihre Erwartungen.

Euphorisch begann sie damit, die Extremitäten zu beschweren, und füllte dazu feinstes keimfreies Granulat in dünne Plastikbeutel, die sie auf ihrer Küchenwaage abwog. Nach und nach gab sie die kleinen Säckchen in Arme, Beine und den Kopf. Auch den Flanelltorsosack polsterte sie so auf und achtete darauf, dass der Kleine am Ende exakt 2.850 Gramm wog. Bevor sie die Körperteile endgültig zusammensetzte, klebte Norma im Inneren des Kopfes, auf der Höhe der Lippen, einen Magneten fest. So konnte später von außen ein Schnuller angesetzt werden.

Ein schlummernder Säugling. Wie süß. Schließlich, und dies war ein wirklich erhebender Augenblick, passte sie an den Gliedmaßen Scheibengelenke ein. Sie ermöglichten reale Babypositionen in allen möglichen Lagen. Spätestens jetzt wandelten sich Normas Gefühle.

In diesem Moment wurde der Rohling zu ihrem Baby. Jason.

Mit rosigen Wangen trug Norma den Kleinen ins Schlafzimmer, legte ihn auf die Wickelkommode und schaltete die Wärmelampe ein. Hingebungsvoll zog sie Jason ein weißes Leibchen über und kitzelte die kleinen Speckzehen, während sie ihm seine erste Pampers anlegte. Sie ließ sich Zeit, genoss jeden Augenblick, nahm Jason immer wieder hoch und drückte ihn an sich. »Ich werde auf dich aufpassen«, hauchte sie. »Du bist mein kleiner Engel.«

Noch am gleichen Abend zeichnete Norma ganz sanft mit Bleistift eine Markierung auf Jasons Kopf, klebte das dunkelblonde Mohairtoupet auf und brachte die beiden Wimpernstränge an. Die Freude, die Norma überkam, ließ sich nicht in Worte fassen.

Schließlich brachte sie ihren Liebling ins Bett und summte Melodien in sein weiches niedliches Ohr. Gegen Mitternacht verschwand sie noch einmal in der Küche und kam mit Wein, einem Potpourri bestehend aus Gorgonzola, Pecorino sowie Tiroler Graukäse zu Jason zurück.

»Happy birthday, mein Herz«, flüsterte Norma und aß genüsslich. Sie konnte den Blick nicht von dem Kleinen lösen, der friedlich in ihrem Arm lag. Norma fand ihn wunderschön, wie er so dalag, nuckelnd, in seinem blauen Strampler mit Sternchen.

Cuxhaven-Duhnen

Feuchter Nebel hing über dem Watt. Die Sicht betrug weniger als drei Meter. Ronny ging mit strammem Schritt am Strand entlang Richtung Kugelbake und versuchte, Jan-Luca aus seinem Kopf zu verbannen. Die Idee, ein Kind hier direkt am Strand, gegenüber der Promenade anzusprechen, erschien ihm im Nachhinein nicht besonders klug und unglaublich riskant. Die Sache hätte wirklich schiefgehen können. Er konnte doch nicht einfach einem Impuls folgen, nicht bei einer solch wichtigen Angelegenheit.

Natürlich lebte sein Plan bis zu einem gewissen Grad von Zufällen. Wenn sich eine Gelegenheit bot, musste er sie beim Schopf fassen, nicht zögern und besonnen reagieren. Ronny instruierte sich.

Der Regen wurde stärker. Er fror.

Wie aus dem Nichts spuckte der Nebel ein Mädchen aus dem Watt. Augenblicklich begann sein Puls zu rasen. Wieder eine Möglichkeit zuzuschlagen. Das konnte kein Zufall sein.

Sieben, älter war die Kleine nicht. Ihre kurzen Beine steckten in gelben Gummistiefeln. Sie hielt einen Eimer in der Hand. Pferdeschwanz. Übergewicht.

Ronnys Gedanken überschlugen sich. Vertrauen fassen? Wozu? Tuch auf die Nase. Schnell. Zielstrebig. Keine Fragen. Keine Antworten. Packen und ab ins Auto. Das Kind würde nach kurzer Gegenwehr wie schlafend in seinen Armen liegen, nicht heulen, nicht treten. Los. Jetzt oder nie.

Entschlossen machte Ronny einen Satz auf sie zu. Noch einen Schritt, und er konnte ihre Jacke berühren, das Chloroformtuch in der Hand. In ihrem Blick las er Schrecken.

Schnapp sie dir!

Stimmen machten alles zunichte. Die Silhouette eines Paares löste sich aus dem Nebelschleier. Hand in Hand kamen sie aus dem Watt. Sofort drehte Ronny um, stopfte das Tuch in seine Jackentasche und schritt davon, ohne sich noch einmal umzudrehen.

Schluss. Für heute hatte er genug.

Verdammte Kinder. Bescheuerte Eltern. So lief die Sache nicht. Er ging zurück zu seinem Wagen und machte sich schlecht gelaunt auf den Heimweg, trommelte während der Fahrt mit den Daumen auf das Lenkrad. Schneeregen setzte ein.

Die SMS seiner Mutter erreichte ihn, als er fast zu Hause war. »Junge, denk an das Fischfutter.«

Er wendete mit quietschenden Reifen. Auf der Fahrt ins Zentrum beruhigte er sich und pfiff schließlich »Somewhere over the rainbow«, ohne es zu merken.

Cuxhaven-Sahlenburg

Maxi klatschte in die Hände. Der erste Schnee. »Schneeflöckchen, Weißröckchen, wann kommst du geschneit …«

Lachend streckte sie die Arme aus. Flocken legten sich auf ihre Hände und schmolzen sofort. So stand sie eine Weile, aber richtig genießen konnte sie das Geriesel nur für einen kurzen Moment, denn ihre Hände wurden eiskalt, ebenso die Zehen.

Wo Paps nur blieb?

Als der Schnee dichter fiel, beschloss Maxi, ihm entgegenzugehen. Ihr Vater verspätete sich manchmal, nicht so oft wie Kili, aber in letzter Zeit kam es immer wieder vor. Häufig war sie die Letzte, die von der Schule, vom Judo oder Klavierunterricht abgeholt wurde. Nach dem Fußballtraining stand er meist am Tor, da war er ziemlich pünktlich. Ab und zu hatte Paps Termine, wichtige, bei der Bank oder so.

Maxi verstand, dass solche Dinge länger dauern konnten. Trotzdem weinte sie gelegentlich deswegen. Vor allem dann, wenn sich Paps mit diesem Johnnie Walker traf. Soweit Maxi verstanden hatte, kannten sie sich von früher, und seitdem Mami tot war, kam er regelmäßig vorbei. Maxi kannte ihn nicht und wollte ihn auch nicht kennenlernen. Denn immer wenn Paps und Johnnie unterwegs waren, vergaß er sie schlicht und ergreifend. So viel begriff sie längst, da konnte er noch so sehr den Kopf schütteln. Maxi nahm sich vor, mit Diane über Johnnie zu sprechen.

Mami hatte sie nie vergessen. In all den Jahren nicht.

Maxi schulterte ihre Sporttasche und machte sich auf den Weg, auch wenn sie Ärger bekommen sollte. Immerhin wurde sie bald neun, und außerdem musste sie dringend etwas essen. Ihr Magen knurrte ziemlich laut.

Dazu war es mittlerweile richtig dunkel.

Maxi ging an dem dreistöckigen Mehrfamilienhaus vorbei, das unmittelbar neben dem Sportplatz lag, und bog dann rechts in den Von-Elm-Weg ein. Nach wenigen Minuten erreichte sie die Nordheimstraße. Hier herrschte reger Verkehr. Der Schnee glich nun eher einem kalten Regen. Autos rasten vorbei und bespritzten sie mit Pfützenwasser. Einige Minuten fand Maxi das lustig, dann machte ihr die Kälte zu schaffen.

Sie wollte nach Hause unter ihre Kuscheldecke.

Scheinwerfer näherten sich. Der Fahrer verlangsamte das Tempo, bremste und kam neben ihr zum Stehen. Paps, endlich. Auf der hinteren Seitenscheibe klebten zwei Dalmatinerköpfe. Aber auf Paps' Auto gab es keine Hunde, und überhaupt, er fuhr einen ganz anderen Wagen. Maxi spähte ins Fahrzeug. Den Mann hinter dem Steuer kannte sie nicht. Sie kämpfte mit den Tränen, als das Auto wendete und davonfuhr.

Zitternd überquerte sie die Straße. Mit knurrendem Magen näherte sie sich drei Kaugummiautomaten und grub ihre kalten Finger tief in die Taschen ihrer Jeans.

Sie benötigte mindestens ein Zwanzig-Cent-Stück.

Aber außer einem gelben Einkaufchip, den sie am Mittag auf dem Pausenhof gefunden hatte, kam nichts zum Vorschein. Missmutig trottete sie weiter, dachte an Spaghetti mit Tomatensoße, Pfannkuchen, Milchreis mit Zimt und Zucker. Sie wollte nach Hause oder zu Diane, heiße Schokolade trinken, essen und die Geschichte von Sternenschweif weiterlesen.

Als sie an der Bushaltestelle vorbeikam, überlegte sie einen kurzen Moment, mit dem Bus zu Diane zu fahren. Aber wenn Paps sie doch noch holen kam, dann fuhren sie aneinander vorbei.

Außerdem war weit und breit kein Bus zu sehen.

Frierend setzte sie ihren Weg fort. Die Sporttasche wurde schwerer und schwerer, ihre rechte Schulter schmerzte. Sie schielte zum Nordseehotel auf der anderen Straßenseite. Die Fischbude, die am Rande des Parkplatzes stand, hatte geöffnet. Fischbrötchen, Seelachs und Sahneheringe lagen in der Auslage, das wusste

Maxi, weil Paps nach dem Training manchmal dort anhielt und Abendessen kaufte. Sie biss sich auf die Unterlippe. Bei dem Gedanken an Fischburger lief ihr das Wasser im Mund zusammen.

Sie war völlig in Gedanken, als ein Fahrzeug neben ihr hielt und hupte.

»Kili!«

Ihr Bruder öffnete die Beifahrerseite. »Warum hast du nicht am Sportplatz gewartet?«

Maxi ließ die kurze Standpauke über sich ergehen, froh, dass Kilian sie auf der Straße gesehen hatte und sie nun angeschnallt neben ihm saß, sicher und warm. Der Schneeregen fiel jetzt dicht, das konnte Maxi im Licht der Scheinwerfer deutlich sehen.

»Ich hab Bärenhunger«, flüsterte sie.

Kilian zündete sich eine Zigarette an. »Paps wird ein Riesentheater machen, wenn er hört, dass du einfach losgelaufen bist!«

»Zigaretten töten«, sagte Maxi.

»Bullshit. Wer erzählt dir so einen Mist?«

»Ich kann lesen.«

»Kümmer dich um deinen Scheiß!«

Maxi drückte die Lippen aufeinander. Sie liebte ihren Bruder, aber in letzter Zeit meckerte er nur herum.

»Wohin fahren wir?«, fragte Maxi, als sie sah, dass Kilian nicht nach Holte-Spangen abbog.

»Ich muss noch was besorgen.«

»Was denn?«

Kilian drückte die Zigarette aus. »Geht dich nichts an!«

Maxi zog es vor, den Mund zu halten. Kilian war komisch drauf, das kannte sie schon.

Cuxhaven-Ortsmitte

Als nach kurzer Fahrt der Bahnhof von Cuxhaven in Sicht kam, wurde Maxi allerdings lebendig. »Fahren wir zu ›Schnuffi&Co‹?«

»Was?«

»Die Tierhandlung neben dem Real-Markt! Fahren wir hin? Bitte, die haben bestimmt Hundebabys!«

»Nee!«

Kilian fuhr an dem Einkaufsmarkt vorbei. Die blaue Leuchtreklame von »Schnuffi & Co« blinkte in der Dunkelheit. Maxi konnte das hell erleuchtete Schaufenster sehen, und wieder liefen ihr Tränen über die Wangen. »Du bist doof. Doof. Doof. Doof!«

»Und du nervst!«

Maxi wischte sich die Tränen mit dem Handrücken weg, während Kilian im Hafengelände hielt. »Warte hier.« Er stieg aus und verschwand in einem kleinen Café.

Maxi schielte auf die andere Seite der Straße zu den alten Lagerhallen. Hier gab es ein Restaurant neben dem anderen, Verkaufsstände mit fangfrischem Fisch, Pommes, Burgern und anderen Köstlichkeiten. Das Wasser lief Maxi im Mund zusammen, und sie hoffte, dass Kilian ihr etwas zu essen mitbringen würde. Doch als er nur wenige Minuten später zum Wagen zurückkam, hatte er nichts Essbares dabei und schien noch gereizter als vorher.

»Scheiße, Scheiße, Scheiße.« Er fluchte, schlug aufs Lenkrad, startete den Wagen und fuhr rückwärts auf die Straße. Ein anderes Fahrzeug hupte. Kilian zeigte dem Fahrer einen Vogel.

Maxi saß ganz still.

Ihr Bruder fuhr die Strecke zum Einkaufsmarkt zurück, und diesmal hielt er, zu Maxis Verwunderung, vor der Tierhandlung. Ihr Herz klopfte vor Aufregung.

Kilian öffnete die Fahrertür. »Komm mit. Ich denke, du willst Hundebabys sehen!«

Maxi konnte ihr Glück kaum fassen, stieg schnell aus und hüpfte neben ihrem Bruder bis zum Geschäft. Vor der Tür hielt er sie am Arm und ging in die Hocke. »Okay. Du darfst dir Hundebabys ansehen. Aber du bleibst im Laden, bis ich zurückkomme. Verstanden?«

»Allein?«

»Ja, ich muss etwas besorgen und hole dich dann wieder ab.«

Maxi wollte in den Laden, wirklich, aber ganz allein? Sie zögerte. »Paps würde es nicht erlauben«, gab sie zu bedenken.

»Wir müssen es ihm ja nicht sagen«, antwortete Kilian. »Genauso wenig braucht er zu wissen, dass du nicht am Sportplatz gewartet hast, okay?«

Maxi verstand. Ihre Lippen waren verschlossen und der Schlüssel verschwunden.

»Also, willst du nun Welpen sehen oder nicht?« Kilian zog sie am Ärmel.

Sie fiel ihm um den Hals und drückte sich an ihn. »Du bist der beste Bruder der Welt. Ich hab dich lieb.«

Der Geruch von Trockenfutter und Stroh stieg Maxi in die Nase, als sie mit großen Augen das Geschäft betrat. In den schmalen Gängen drängte sich die Kundschaft. Kinder standen staunend vor großen Glasscheiben, hinter denen Meerschweinchen, Kaninchen und Ratten versuchten, ihren Blicken zu entkommen. Erwachsene hievten Futtersäcke auf Einkaufswagen. Maxi und Kilian drängelten sich an einem Jungen vorbei, der einen Hasen auf dem Arm hielt und sich weigerte, ihn zurück in den Käfig zu setzen. Eine junge Frau redete geduldig auf ihn ein.

Kilian zog Maxi zu einem großen Glaskasten, auf dem junge Hunde abgebildet waren, und beugte sich zu seiner Schwester hinunter. »Du bleibst hier, bis ich dich abhole! Klar?«

Maxi reckte den Hals und sah sich suchend um. »Wo sind denn die Hundebabys?«

»Die müssen hier irgendwo sein«, sagte Kilian. Jetzt klang er wieder gereizt.

Maxi beschloss, keinen Ton mehr zu sagen. Schließlich wollte sie nicht, dass ihr Bruder auf die Idee kam, sie wieder mitzunehmen.

»Ich bin in zehn Minuten zurück«, sagte er, gab ihr einen Kaugummi, steckte sich selbst einen in den Mund und verließ »Schnuffi & Co«.

***

Ronny parkte seinen Wagen auf dem Alten Deichweg, schlenderte umher und betrat »T&M-Mode« nur, weil es heftig zu schneien begann. Sofort stürzte sich eine Verkäuferin auf ihn. Notgedrungen probierte er ein Polohemd an, obwohl er dazu nicht die geringste Lust hatte.

Vor dem Spiegel betrachtete er sich dann äußerst kritisch. An

Hüften und Bauch zeichneten sich neue Rollen ab. Auch sein Gesicht kam ihm breiter vor, runde Wangen, Schlitzaugen. Vom Aussehen näherte er sich diesen Strongman-Typen, die Baumstämme und hundert Kilo schwere Steinkugeln hoben oder Lkw hinter sich herzogen. Nur dass diese Männer muskelbepackte Kraftsportler waren, wovon Ronny meilenweit entfernt war.

Das Shirt kaufte er letztlich nicht. Flieder schien ihm zu feminin, und als die Verkäuferin versicherte, dass diese Farbe seinem stattlichen Äußeren eine weiche Note gab, bestärkte ihn diese Äußerung nur. Weich wollte er nicht wirken.

Genervt verließ er das Geschäft, ging zu seinem Wagen und fuhr die wenigen Meter auf die andere Seite des Bahnhofs, weil der Schnee in Regen überging. Als er gerade vor »Schnuffi & Co« parkte, kam eine weitere Kurzmitteilung von seiner Mutter. »Junge, bring auch gleich eine kleine Reinigungsbürste für die Scheiben des Aquariums mit.«

Quiekende Meerschweinchen übertönten die Stimmen der Anwesenden. Die Gänge zwischen den Regalen waren überfüllt. Mädchen und Jungen zerrten ihre Begleitpersonen hinter sich her, schrien wild durcheinander, kraulten Tiere oder weinten, weil ihrem Wunsch offenbar nicht entsprochen wurde. Ronny ging zielstrebig zum Regal mit Zubehör für Zierfische. Auf dem kurzen Weg zur Kasse fiel ihm ein Mädchen auf. Sie saß weinend auf einem Schemel, trug dicke Moonboots, Jeans und eine rote Daunenjacke.

Sofort scannte Ronny die Umgebung.

Eine dürre Verkäuferin, die ihre Brille an einer Kette um den Hals trug, bediente mit hochrotem Kopf eine Familie, die sich offensichtlich nicht einig darüber war, ob sie sich für einen Papagei oder doch eher einen Hamster interessierte. Ein Mann mit weißen Haaren stand hinter der Ladentheke und kassierte mit unglaublicher Gelassenheit eine nicht enden wollende Schlange Kunden ab.

Ronny trat an das Regal mit Trockenfutter für Nagetiere, die Kleine fest im Blick. Minuten verstrichen. Das Kind blieb allein. Niemand sprach es an, niemand schien es zu beachten.

Einen Versuch war es wert. Er konnte ein paar unverbindliche

Worte mit ihr wechseln, Interesse heucheln. Allerdings war Vorsicht geboten. Kameras konnten überall sein. Ronny drängelte sich an einer Gruppe Jugendlicher vorbei, die vor einem riesigen Aquarium standen, und checkte nochmals die Lage. Alles okay.

»Warum weinst du denn?«, fragte er, hielt gebührenden Abstand und lächelte.

Verheulte braune Augen fanden seinen Blick. »Die Hundebabys sind alle futsch.«

Ronny reichte dem Kind ein Papiertaschentuch. Sie nahm es und putzte sich geräuschvoll die Nase. »Wolltest du einen Welpen streicheln?«

»Ja.«

»Soll ich mal mit dem Verkäufer sprechen? Vielleicht sind die nicht hier im Geschäft, sondern hinten im Lager.«

Das Mädchen schüttelte den Kopf und zeigte auf mehrere leere Glaskästen, über denen rote Wärmelampen leuchteten. »Die verkaufen gar keine Hundebabys.« Sie zeigte auf die Verkäuferin. »Die hat eben gesagt, dass man sie woanders kriegt. Ich weiß aber nicht, wo! Du?«

Ronny überhörte das Du, ging in die Hocke und zog die Hundeleine aus seiner Jackentasche. »Du hast Glück. Meine Sandy hat vor ein paar Tagen vier Welpen auf die Welt gebracht. Ich bin hier, um Halsbänder für sie zu holen.«

»In echt?« Die Tränen von eben waren Vergangenheit.

»Möchtest du die kleinen Racker sehen?«

Das Kind sprang auf. »Ja. Wo sind sie denn?«

»Im Auto bei ihrer Mutter.«

»Ich darf das Geschäft aber nicht verlassen. Mein Bruder holt mich gleich hier ab.«

»Ach, wann denn?«

Maxi hob die Schultern.

Sofort begann Ronny zu schwitzen und dachte darüber nach, wie er das Mädchen in Sicherheit wiegen konnte. »Ich werde dem Mann an der Kasse sagen, dass wir beide zum Parkplatz gehen, du dir die Welpen ansiehst und ich dich dann sofort wieder herbringe, okay?«

»Okay.«

»Ich bin Dennis«, log Ronny und reichte ihr die Hand. »Und wie heißt du?«

Sie sagte brav ihren Namen.

»Gut, Maxi, dann warte an der Tür auf mich, ich spreche kurz mit dem Herrn an der Kasse.«

Die Kleine marschierte zum Ausgang.

Ronny verlor keine Zeit, schob sich an den Wartenden vor der Kasse vorbei und lehnte sich über den Verkaufstresen. Aus dem Augenwinkel sah er, dass Maxi ihn beobachtete.

»Ich brauche eine Beratung bei den Zierfischen«, sagte er leise.

Der Verkäufer blickte kurz auf. »Ich komme gleich.«

»Haben Sie siamesische Kampffische?«

»Ich bin gleich bei Ihnen.«

Ronny ließ den Mann stehen und ging zu Maxi zurück. »Alles in Ordnung. Er sagt deinem Bruder Bescheid.«

Mit diesen Worten hielt er ihr die Tür auf, aber ihm war klar, dass er nicht mit dem Kind gemeinsam den Laden verlassen und zum Parkplatz gehen konnte. Deshalb hielt er sie am Arm. »Hör zu, ich muss noch die Halsbänder für die Hundebabys holen.«

»Du bist aber vergesslich.«

Ronny lächelte breit und zeigte auf seinen Wagen, der direkt vor der Tür stand. »Lauf schon mal vor, ich komme sofort nach.«

Maxi verließ das Geschäft.

»Wollen Sie jetzt die Beratung wegen der Kampffische?«, fragte der Verkäufer dicht hinter ihm.

Ronny fuhr herum. »Nein, danke. Hat sich erledigt.«

Zum Glück kümmerte sich der alte Mann nicht weiter um ihn und schlurfte davon. Ronny griff wahllos ein paar Hundehalsbänder, zahlte und verließ ebenfalls »Schnuffi & Co«.

Als er sich der Kleinen näherte, hielt er in der einen Hand die Halsbänder, in der anderen das mit Chloroform getränkte Taschentuch.

***

Kilian betrat die Tierhandlung. Seine Gedanken kreisten um Josie. Er konnte es kaum erwarten, das Strahlen ihrer Augen zu sehen, wenn er ihr den Stoff brachte. Sein Blick flog durch den Verkaufsraum, in dem es immer noch ziemlich hektisch zuging.

Seine Schwester entdeckte er nicht.

Kilian schritt eilig die schmalen Gänge ab und wurde immer ungehaltener. Zuerst rief er leise nach Maxi, dann lauter. Einige Kunden drehten sich von ihm weg, andere glotzten mit offenen Mündern. Kilian riss einen Vorhang zur Seite, doch dahinter verbargen sich nur leere Kartons. Auf dem Weg zur Kasse rempelte er eine Frau an und warf einen Jungen zu Boden, der sofort zu weinen begann. Kilian kümmerte sich nicht um die Beschimpfungen der Mutter, steuerte zielstrebig auf die Kasse zu und fasste den Verkäufer unsanft am Arm.

»Ich suche meine Schwester«, sagte er mit Nachdruck. »Sie hat lockiges Haar, ist ungefähr einen Meter dreißig groß und trägt eine knallrote Daunenjacke.«

»Wie Sie sehen, bediene ich gerade eine Kundin! Stellen Sie sich bitte in der Schlange an!«

»Sie haben mich wohl nicht verstanden! Maxi ist erst acht. Sie sollte hier auf mich warten, und jetzt ist sie verschwunden.«

Der Mann kassierte unbeeindruckt weiter.

Kilian drehte sich um und stellte sich auf einen Schemel. »Alle mal herhören! Ich suche meine Schwester, braune Haare, rote Jacke. Hat irgendjemand sie gesehen?«

Eine Sekunde herrschte betretene Stille. Augenpaare starrten Kilian entgegen, doch der Moment verflog, und einer nach dem anderen wendete sich ab.

Jetzt schnellte der Verkäufer vor. »Hören Sie mir mal zu, Freundchen! Wir haben Ihre Schwester nicht gesehen, und jetzt machen Sie, dass Sie aus meinem Laden verschwinden. Sie verschrecken uns nur die Kunden!«

»Idiot!«, schimpfte Kilian und stapfte aus dem Laden. Draußen packte ihn Verzweiflung.

Er rannte über den Parkplatz, jagte jeder roten Jacke hinterher, sprach Passanten an und rief nach Maxi. Schließlich wählte er Josies Handynummer und war froh, ihre Stimme zu hören. Hastig schilderte er die Ereignisse. Sie riet ihm, cool zu bleiben und erst einmal nach Hause zu kommen.

Bei Cuxhaven-Altenwalde

Wie in Trance machte sich Kilian auf den Rückweg. Diesmal hatte er Scheiße gebaut, und zwar ganz gehörig. Mit überhöhter Geschwindigkeit raste er über den Feldweg und spürte Erleichterung, als das Haus in Sicht kam. Als er den Motor abstellte, bahnte sich Josie einen Weg über das Gerümpel. Sie trug sein blaues Gap-Sweatshirt, Boots, Jogginghose und schwankte leicht. Offenbar hatte sie getrunken.

»Scheiße, was ist los? Ich habe kein Wort verstanden.«

Er kletterte an ihr vorbei ins Haus und ließ sich auf die Matratze fallen. »Maxi ist verschwunden.«

»Wie verschwunden?«

Er zitterte, konnte kaum sprechen. »Ich wollte … ich habe dir Ecstasy besorgt und hab Maxi in dem Laden gelassen, dieses Tiergeschäft und –«

»Du hast Pillen? Wo?«

»Verdammt, ist doch jetzt egal. Du hörst mir ja gar nicht zu!«

Sie ließ sich neben ihm aufs Bett fallen, schmiegte sich an ihn. »Klar höre ich dir zu, aber wenn ich mir was reingezogen habe, kann ich mich noch besser konzentrieren.«

Er griff in seine Hosentasche, zog ein Päckchen heraus und schmiss es auf das fleckige Laken. Josie wickelte drei hellblaue Tabletten mit eingeprägtem Herz aus, schluckte eine und kuschelte sich wieder an ihn. »Also, jetzt mal ganz langsam. Wo ist Maxi?«

Er schüttelte sie ab und setzte sich auf. »Was soll ich denn jetzt machen? Mein Vater bringt mich um!«

»Chill erst mal, Mann! Vielleicht ist sie mit dem Bus nach Hause gefahren.«

Kilian stieß Josie von sich. »Du bist doch total bescheuert. Maxi ist acht. Die fährt doch nicht mit dem Bus in der Gegend herum.«

»Als ich sieben war, bin ich ganz alleine mit dem Zug nach Bremen gefahren«, konterte Josie und hielt Kilian eine Pille hin. »Schluck die, du bist ja voll durch den Wind.«

Kilian sprang auf, raufte sich die Haare. »Nein, ich muss meinen Vater anrufen, oder besser noch die Bullen. So eine Scheiße! Verdammt!«

»Chill doch endlich«, sagte Josie seelenruhig. »Und vergiss die Bullen, klar! Oder willst du, dass ich in den Knast wandere?«

Kilian spürte, wie sich sein Magen drehte.

»Wenn du zur Bullerei rennst, fliegen die doch als Erstes hier ein, und dann klammern die mich, ist doch logo!« Josie stand auf. »Oder bin ich dir auf einmal egal?«

»Quatsch!«

Sie nahm zwei Bierdosen von der Fensterbank und warf Kilian eine zu. »Okay. Dann lass uns erst mal was trinken, und dann sehen wir weiter.«

»Aber ich kann doch nicht einfach so tun, als wäre nichts gewesen!«

»Sagt doch keiner. Du bist nur völlig am Arsch. Du musst runterkommen, am besten bei ein paar Bier. Und dann helfe ich dir suchen. Versprochen.«

Kilian steckte eine Pille in den Mund und spülte sie mit Bier hinunter.

Josie reichte ihm dazu die Kornflasche, aus der sie während seiner Abwesenheit offensichtlich kräftig getrunken hatte, denn vorher war deutlich mehr in der Flasche gewesen. Kilian kippte den Schnaps in seine Kehle.

Wahrscheinlich hatte Josie recht. Jetzt nur nichts überstürzen. Für Maxis Verschwinden konnte es eine ganz logische Erklärung geben.

In gewisser Weise war sie ein selbstständiges Kind. Und immerhin hatte er den bescheuerten Dealer fast eine Stunde in drei Kneipen suchen müssen. Vielleicht war Maxi in den Real-Markt gegangen und hatte sich etwas zu essen besorgt. Sie tat immer das, was ihr gerade in den Kopf kam. Vor einem Jahr war sie im Kaufhof in Hamburg verloren gegangen. Verrückt vor Angst hatten er und sein Vater den ganzen Laden durchsucht, aber Maxi hatte sich ganz selbstständig an eine Verkäuferin gewandt und ausrufen lassen.

Kilian öffnete die zweite Dose und trank dazu Schnaps. Okay, ja, so gesehen ließ sich die Situation heute mit der im Kaufhof vergleichen. Er wurde ruhiger. Bier und Schnaps halfen ihm runterzukommen. Maxi war klug, gescheiter als er. Wahrscheinlich saß sie jetzt zu Hause frisch gebadet in ihrem pinken Bademantel vor dem Fernseher und lachte über irgendeine Zeichentrickserie. Der Gedanke gefiel ihm. Er leerte die Dose, sein Blick wurde glasig.

Sollte er seinen Vater anrufen, sich Gewissheit verschaffen? Josie schmiegte sich an ihn und schob ihre Zunge in seinen Mund. Kilian schwirrte der Kopf. Das Handy blieb aus, und er vergaß alle Probleme, als sich Josie auszog, ihm seinen Pullover über den Kopf streifte und ihre weichen Brüste gegen seinen kalten Oberkörper drückte.

Cuxhaven-Wernerwald

Schneeregen erschwerte die Sicht. Scheibenwischer schwangen über die Windschutzscheibe. Ronnys schweißnasse Hände rutschten immer wieder vom Steuer. Ohne den Blick von der Straße zu nehmen, drehte er das Radio an. »Sweet Dreams« von den Eurythmics dröhnte aus den Boxen.

Sein Blick streifte den Rückspiegel. Scheinwerfer näherten sich. Das Fahrzeug fuhr dicht auf, klebte beinahe an seiner Stoßstange. Polizei! Oder nicht? Ruhig bleiben, ermahnte er sich, drehte die Musik lauter und rutschte auf seinem Sitz hin und her. Ronnys Augen hetzten zwischen Straße und Rückspiegel. Keep cool, Alter, jetzt bloß keinen Fehler machen. Weiterfahren. Langsam.

Die Stelle, an der er abbiegen musste, kam in Sicht. Behutsam nahm er den Fuß vom Gas, setzte den Blinker kurzfristig und bog mit etwas zu viel Schwung von der Spanger Straße in den Lerchenweg ein.

Das Fahrzeug folgte ihm nicht.

Erleichtert atmete Ronny auf. Am Ende des Wohngebiets fuhr er in den Wernerwald und machte die Musik aus. Der Refrain von »Sweet Dreams« hatte ihn schon immer genervt.

Die Wohnsiedlung lag dunkel und wie ausgestorben. Augenblicklich fühlte er sich wieder stark und überlegen. Er hatte Mut bewiesen, seinen Plan in die Tat umgesetzt. Sie konnten ihn Fettsack nennen, auslachen, ignorieren oder hänseln. Heute hatte er bewiesen, dass er Schneid besaß, dass mehr in ihm steckte, als ihm anzusehen war. Ronny triumphierte innerlich, ließ sich von einem seltenen Hochgefühl überrollen.

Nach einer Fahrt, die ihm endlos erschien, tauchten die Umrisse des Blockhauses auf. Zielstrebig ging er um den Wagen und öffnete den Kofferraum. Nun hatte er es ein bisschen eilig. Zum Abendessen durfte er nicht zu spät kommen. Er wollte weder eine Abweichung von seinen Gewohnheiten noch Auffälligkeiten riskieren. Ronny hob das betäubte Kind aus dem Kofferraum und trug die Kleine ins Haus. Diesmal würde alles anders laufen. Ganz anders.

Bei Cuxhaven-Altenwalde

Kilian zog die Decke über den Kopf, aber es half nicht. Er fand nicht in den Traum zurück. Sein Schädel brummte, und ihm war speiübel. Dazu zitterte er vor Kälte, sehnte sich nach einem dicken, warmen Plumeau.

Fröstelnd erhob er sich schließlich, trat an das nächste Fenster und pinkelte im hohen Bogen nach draußen. Dichter Nebel hing über den Feldern.

Maxi. Mit einem Schlag holte ihn das Gestern ein. Schrecken und ein schlechtes Gewissen klammerten sein Herz. Er ging zum Bett und fischte sein Handy aus der Jeans, gab den Pin-Code ein, fixierte wie gebannt das Display.

Einundzwanzig Kurzmitteilungen.

Kilian warf das Handy aufs Bett, als hätte er sich daran verbrannt. Er wollte die Nachrichten nicht lesen, die Mailbox nicht abhören. Einundzwanzig Mitteilungen. Das sprach für Probleme, er war erledigt, tot.

»Josie«, flüsterte er.

Sie rührte sich nicht.

Er fasste sie unsanft am Arm. »Josie! Verdammt noch mal, wach auf!«

Sie lallte unverständliche Worte im Halbschlaf.

Panisch machte Kilian das Handy aus und dachte fieberhaft nach.

Er konnte nicht sofort nach Hause. Unmöglich. Zuerst musste er wissen, was los war. Wenn Maxi etwas passiert war, dann stand es mit Sicherheit in der Zeitung. Klar. Gute Idee. Auf der Brockeswalder Chaussee gab es eine große Tankstelle. Da herrschte mit Sicherheit reger Betrieb, und er fiel nicht auf.

Keine fünfzehn Minuten später stoppte er den Wagen vor dem Shop, huschte hinein, blieb vor den Tageszeitungen stehen und überflog die Headlines. Nichts. Keine einzige Zeitung schrieb etwas von einem vermissten Kind. Vielleicht sorgte er sich umsonst.

Kilian entspannte ein wenig und sah sich um. Vor dem Bistrobereich hatte sich eine Schlange gebildet. Alle wollten Kaffee und belegte Brötchen. Er setzte die Kapuze seines Sweatshirts auf und wartete geduldig, bis er an der Reihe war. Der überhitzte Raum wärmte seine Glieder.

Zuversicht stellte sich ein.

Er nahm sich vor, zum Haus seines Vaters zu fahren und sich davon zu überzeugen, dass es kein Problem gab. Schneller als ihm lieb war, kam er an die Reihe und bestellte Kaffee und Fleischwurstbrötchen. Anschließend ging er ohne Eile zu seinem Fahrzeug, startete den Motor, trank einen Schluck Kaffee und atmete erleichtert auf, als er auf die Theodor-Heuss-Allee auffuhr.

Er war noch keinen Kilometer gefahren, als ihn zwischen den Feldern ein Streifenwagen überholte und aufforderte, stehen zu bleiben. Kilian unterdrückte den Impuls, das Gaspedal einfach durchzutreten, als er einen zweiten Streifenwagen mit Blaulicht von vorn auf sich zurasen sah.

Cuxhaven-Wernerwald

Als Ronny an diesem Morgen besonders langsam in den Wernerwald fuhr, kamen ihm zwei Wanderer entgegen. Sie nickten ihm zu, und er erwiderte den Gruß. Eine dünne Schneedecke bedeckte die schmalen Wege. Als er das Versteck erreichte, stieg er aus.

Wind fuhr in die Bäume. Ronny bemerkte, dass erst wenige Blätter gefallen waren. Ungewöhnlich für Mitte November. »Sitzt im November noch das Laub, wird der Winter hart, das glaub.« Bauernweisheiten. Seine Mutter textete ihn mit solchen Sprüchen zu.

Ronny hörte den Wind, der die Äste der Bäume schüttelte, und spürte die kalte Klinge in seinem Ärmel. Er war gespannt, wie es der Kleinen ging. Mit einem Ruck öffnete er die schmale Tür zum Untergeschoss. Maxi weinte, also hatte sie die Nacht überstanden.

Das Verlangen, die Angst in den Augen der Kleinen zu sehen, war jetzt übergroß. Ronny hastete die Stufen hinab. Der Gestank war grauenvoll. Offenbar hatte Maxi Durchfall, wie die Viecher, die vor ihr in den Stahlkäfig gekackt hatten. Er zog eine Taschenlampe hervor, trat vor die robusten Gitterstäbe und leuchtete dem Kind direkt ins Gesicht. Sie drückte sich in die hinterste Ecke.

Angeekelt ging Ronny in die Hocke und zog den Schlüsselbund aus seiner Hosentasche. Das verdammte Schloss hakte wieder, diesmal ließ es sich einfach nicht öffnen. Voller Ungeduld riss Ronny am Schloss. Maxis Geschrei wurde lauter. Als er den Verschluss endlich entriegelt hatte, war Ronny schweißgebadet.

»Halt endlich die Schnauze«, schrie er. Zu seinem Erstaunen verstummte das Kind sofort.

Sie sah erbärmlich aus. Die Jeans pitschnass, wahrscheinlich hatte sie sich in die Hose gemacht. Ihre knallrote Daunenjacke war durchtränkt von Nässe und dunklen Flecken. Der Geruch war grauenvoll, und nun ging die Heulerei von vorne los.

»Was hast du denn?«, fuhr er sie an. »Warum heulst du? Kannst du mir das bitte mal verraten?«

»Ich … ich will zu meinem Paps!«

Ronny schnellte vor und gab ihr eine Ohrfeige. Für einen Moment herrschte Ruhe, dann fing sie wieder an, flennte lauter als zuvor.

Er hatte einen Fehler gemacht, das dämmerte ihm. Die Kleine war zu jung, mit ihr konnte es keine richtige Unterhaltung geben. Zudem war sie äußerst weinerlich. Seine Nerven ertrugen Schreierei nicht, da war er einfach unheimlich empfindlich. Ihm fiel ein, dass er ihr etwas zu essen mitgebracht hatte. Schinkenspeck, in Küchenpapier eingerollt.

»Hier, nimm, du hast doch sicher Hunger.«

Zu seinem Ärger reagierte Maxi darauf überhaupt nicht, jammerte weiter und rief mit heller Stimme nach ihrem Papa.

»Ich hab dir Essen mitgebracht, und das wirst du auch gefälligst runterschlucken!«

Ronny warf ihr den Speck in den Käfig. Doch Maxi krümmte sich auf dem Boden, würgte und übergab sich, ohne den Speck überhaupt angefasst zu haben.

Ronny beobachtete sie. Fasziniert und angeekelt zugleich. Wenn nur dieser Gestank nicht wäre. Er lehnte sich gegen einen Holzbalken und zog sein Messer aus dem Ärmel.

Maxi rutschte möglichst weit von ihrem Peiniger weg.

»Möchtest du, dass ich dir eine Geschichte vorlese? Ja, das gefällt dir bestimmt.«

Maxi lag in ihrem Erbrochenen, wimmerte jetzt nur noch leise und starrte ihn an, ohne ein Wort zu sagen.

»Ich finde es wirklich nicht schön, dass du mir niemals eine Frage beantwortest, aber du wirst sehen, mit der Zeit werden wir Freunde.«

Mit dem Messer in der Hand setzte er sich im Schneidersitz vor den Käfig und zog ein dickes Buch hinter einem Regal hervor. Der Einband war schmutzig, die Seiten vergilbt. »Also, die Geschichte heißt ›Sterntaler‹ und ist von den Gebrüdern Grimm, auch bekannt unter dem Titel ›Das arme Mädchen‹.« Ronny lachte. »Das gefällt mir besser und passt zu dir. Hab ich mir vorher gar nicht überlegt, ich kenne dieses Märchen schon lange. Meine Oma hat es mir immer vorgelesen, als ich klein war. Nun hör gut zu: ›Es war einmal ein armes, kleines Mädchen, dem waren Vater und Mutter gestorben, es hatte kein Haus, in dem es wohnen, und kein Bett mehr, in dem es schlafen konnte, und nichts mehr auf der Welt als die Kleider, die es auf dem Leibe trug …‹«

Maxi übergab sich wieder, hörte gar nicht auf. Ronny hielt inne. Wie viel Flüssigkeit in so einem kleinen Menschen steckte.

Er räusperte sich und las weiter. »Also, ›… es hatte nichts außer die Kleider, die es am Leib trug, und ein Stückchen Brot in der

Hand, das ihm ein Mitleidiger geschenkt hatte; es war aber fromm und gut‹.« Er lehnte sich vor. »Bist du fromm? Betest du zum lieben Gott?«

Maxi rührte sich nicht.

In dem Augenblick klingelte Ronnys Handy. Die Nummer, die im Display erschien, kannte er nur zu gut.

»Nicht jetzt!«, stöhnte er und versuchte, das Klingeln zu ignorieren.

Es gelang ihm nicht.

Ronny wurde zusehends nervöser und klappte schließlich entnervt das Buch zu. Wenn sein Vater sich festgebissen hatte, war er wie ein Terrier. Maxi lag mit geschlossenen Augen in ihrer Kotze. Im Licht der Taschenlampe sah er, dass sie blutete. Der Grund war ihm schleierhaft, sein Mund wurde trocken. Leider brach der Klingelton nicht ab, sein Vater ließ nicht locker. Es hatte keinen Zweck, er musste los.

Fluchend stellte Ronny das Buch an seinen Platz und schloss die Käfigtür. Als er das Schloss verriegeln wollte, hakte es wieder. Diesmal bekam er es einfach nicht zu. Er hantierte sich in Rage, wurde aggressiver, trat gegen den Käfig.

Er musste ihn verschließen. So schwach das Kind auch war, sie würde versuchen zu fliehen, da machte er sich nichts vor. Ronny leuchtete mit der Taschenlampe umher und atmete erleichtert auf, als er in einer Ecke die alte Seemannskiste stehen sah. Siebzig Zentimeter tief, über einen Meter lang, solide aus Holz gebaut und mit Leder beschlagen. Sie eignete sich hervorragend als Gefängnis. Der Deckel hatte schmale Schlitze, Luft konnte also zirkulieren. Widerwillig und voller Ekel griff Ronny nach Maxi. Sie strampelte und schrie, bis er ihr eine Ohrfeige verpasste. Unsanft warf er sie in den sperrigen Koffer, den er mit zwei Riegeln verschloss.

Auf dem Weg zur Firma seines Vaters dachte er angestrengt nach. Das Kind nervte tierisch. Am liebsten hätte er sie gepackt und einfach irgendwo ausgesetzt. Aber das ging nicht. Dummerweise hatte sie sein Gesicht gesehen. Daran hatte er vorher keinen Gedanken verschwendet. Er hätte eine Maske tragen sollen, so eine aus dem Karneval. Clown, oder besser noch eine dieser Horrorfratzen. Da hätte sich die Kleine aber mit Sicherheit erst recht in die Hose geschissen. Zu spät. Sie hatte sein Gesicht gesehen. Er konnte sie nicht freilassen. Wahrscheinlich musste er die Heulsuse letztlich auch auf seinen Friedhof der Kuscheltiere werfen.

Cuxhaven 2012, Haydnstraße

Claire brachte der DHL-Paketservice an einem sonnigen Tag Ende Februar. Nach langem Zögern hatte Norma sie schließlich bestellt. Jason lag bei ihrer Ankunft im Laufstall und schmollte.

Norma spürte seine Eifersucht, versuchte, den Ängsten des Jungen Raum zu geben und chattete sogar im Internet zu diesem Thema. Mittlerweile ausschließlich mit Dorit, einer Reborn-Mama aus Hannover, die Einzige, von der sie sich im Forum wirklich ernst genommen fühlte.

Sie schienen auf einer Wellenlänge, teilten ähnliche Ansichten und Gefühle. Dorits Zeilen taten gut, machten Mut und bestärkten Norma in ihrem Vorhaben, ein weiteres Baby aufzunehmen. Jason konnte schließlich nicht wissen, was ihm entging. *Geschwister sind etwas Wunderbares, du wirst schon sehen.*

Lange Abende hatte Norma vor den Onlinekatalogen verbracht und mehr als siebzig Babyprofile angeklickt, bis sie sich schließlich für Claire entschieden hatte. Seit der Bestellung hüpfte ihr Herz vor freudiger Erwartung. Rosa Babysachen ersteigerte Norma bei eBay. Fast täglich kamen Sachen mit der Post, und einmal traute sie sich sogar in das Kindermodengeschäft in der Hans-Claußen-Straße.

Jason hatte das Nachsehen. Ein ums andere Mal kürzte Norma die Abendrituale mit ihm ab oder nahm ihn ungewaschen mit ins Bett. Wenn es ihr auffiel, schämte sie sich dafür und widmete sich umso hingebungsvoller ihrem Liebling.

Norma versuchte zu ergründen, woran es liegen konnte, dass Jason manchmal für Stunden schlichtweg aus ihren Gedanken verschwand. Aber sie fand keine Antwort, schimpfte sich eine schlechte Mutter, verbarg das Thema auch vor ihrer Chat-Freundin und fieberte Claires Ankunft entgegen.

Als Norma diesmal den Karton öffnete, schockte sie der leichenhafte Anblick des Rohlings nicht. Wesentlich routinierter als bei Jason ging sie zu Werke, wusch die Einzelteile der Kleinen, ließ sie trocknen und öffnete ihr sogar die Augen, leicht zitternd, aber tapfer. Da das Material in den Augenhöhlen auf Spannung gearbeitet war, riss es während des Schneidens mandelförmig auseinander, ein Kinderspiel. Auch wenn Claire in diesem Moment einem Säugling glich, dem die Augen entfernt worden waren. Zugegeben, der Anblick der hohlen Löcher hatte etwas Erschreckendes, aber hellblaue, extra große Kristallglasaugen lagen zum Einsetzen bereit und fügten sich bildschön in Claires Gesichtchen ein. Guten Mutes feilte Norma die Schnittstellen der Lider, trug später die verschiedenen Farbtöne auf die Haut auf, malte neben Äderchen auch Augenfalten und täuschend echt aussehende Tränensäcke.

»Du wirst wunderschön«, flüsterte Norma und registrierte, dass sie zu diesem Vinylbaby schneller als zu Jason Nähe aufbaute. Gleichzeitig bremste sie sich ein wenig, mahnte sich, die Kleine nicht zu rasch fertigzustellen. Diese Zeit war die intensivste, die sie mit Claire erlebte, und sie sollte möglichst lange dauern. Auch aus diesem Grund entschied sich Norma dafür, diesem Baby nicht einfach ein Toupet aufzukleben. Claire wollte sie, in einer extrem zeitintensiven Prozedur, einzelne Echthaarsträhnen mit einer Nadel auf der Kopfhaut implantierten.

In allen einschlägigen Zeitschriften und Internetforen lobten Babymütter das Ergebnis des aufwendigen, dafür aber überaus lohnenswerten Verfahrens. Norma nahm sich die Zeit. Verteilte das sogenannte Rooting auf mehrere Tage, kümmerte sich besonders liebevoll um Jason, ging einkaufen, wimmelte ihre Mutter ab und bestellte Fertiggerichte.

Sie ertappte sich dabei, dass sie Claires Fertigstellung hinauszögerte, aber schließlich war die letzte Haarsträhne gesetzt. Das regelrecht eingepflanzte weizenblonde Haar ließ ihre Süße noch echter, natürlicher wirken als Jason. Und Norma nahm sich vor, ihrem Jungen irgendwann die gleiche Behandlung zukommen zu lassen.

Schließlich füllte sie auch Claires Körper mit Granulatsäckchen, gab aber auf das Füllmaterial diesmal einige Spritzer Babyduftöl, das sie sich extra besorgt hatte. Jetzt maß Claire zweiundfünfzig Zentimeter, wog 2.540 Kilogramm und duftete wie ein echter Säugling. Norma streifte ihrem kleinen Mädchen einen süßen Nickizweiteiler über und legte sie, nach über einer Woche intensiver Arbeit, zu Jason in die Wiege.

»Keine Angst«, sagte sie mit Blick auf den Jungen, »es ist nur vorübergehend. Claires Bettchen wird in den nächsten Tagen geliefert.«

Auch ihrem Mädchen sang Norma ein Geburtstagsständchen. Diesmal hatte sie sogar ein Geschenk besorgt, holte die Schachtel von der Hutablage in der Diele, ging zurück ins Schlafzimmer und öffnete die Verpackung. Ein gelber Plüschhalbmond kam zum Vorschein. Sie hängte ihn über dem Bett an die Wand und zog an der Schnur.

»Der Mond ist aufgegangen.«

In dieser Nacht blieb Norma lange an der Wiege sitzen, schaukelte Jason und Claire, bis Müdigkeit sie überrollte. Zum ersten Mal seit ihrem Einzug schlief sie bei offenem Fenster. Die Geräusche der Autos, die auf der Umgehungsstraße unterwegs waren, störten sie kein bisschen.

In den folgenden Wochen freute sich Norma an den beiden, las ihnen Märchen vor, steckte sie in warme, süße Babysachen und zeigte ihnen das Meer.

So vergingen die Tage. Normas Glück schien perfekt. Hin und wieder chattete sie mit Dorit, rief sogar ihre Mutter an und bereute es gleich wieder, weil sie ihr ständig mit der Arbeitsagentur in den Ohren lag.

Als Claire beinahe sieben Wochen bei ihr lebte, verspürte Norma den Drang, eine neue Bestellung aufzugeben. Diesmal zögerte sie nicht und entschied sich für ein Zwillingspaar. Jasons und Claires negative Befindlichkeiten in Bezug auf den Familienzuwachs erstickte Norma im Keim. Sie hatte keine Lust auf Diskussionen.

Als die Rohlinge ankamen, machte sich Norma gleich an die Arbeit, perfektionierte ihre früheren Ergebnisse, legte Amy und Brandon kleine Perlenarmbändchen mit ihren Namen an. Für fremde Augen sahen sie sich mit Sicherheit zum Verwechseln ähnlich. Aber Norma konnte sie natürlich auseinanderhalten, wobei ihr unterschiedliche Leberflecken halfen, die sie kreativ auf der Vinylhaut anbrachte.

Mit ihren vier Kindern fühlte sie sich endlich ausgelastet. Ein

Gefühl wie Glück stellte sich ein. Sooft es ging, packte sie ihre Schützlinge ins Auto, fuhr mit ihnen zum Dünenhof in Berensch und parkte gegenüber den Gästehäusern. Obwohl Ostern nun vorbei war und die Hochsaison begonnen hatte, blieb dieses Gebiet von Touristen weitestgehend verschont, selbst Einheimische verirrten sich selten hierher.

Berensch und Arensch, einsam gelegene Häuser, Landwirtschaft, Hofverkauf. Zwei kleine gemütliche Orte, nur einen Steinwurf voneinander entfernt. Gesäumt zur Meerseite von einer herrlichen Küstenheide, die sich wie riesige sumpfige Teppiche bis zur Nordsee erstreckte. Ein Paradies für Brandgänse, Silbermöwen oder Steinwälzer, das so manchen Ruhe suchenden Gast lockte und sich wunderbar mit dem Rad erkunden ließ. Flächendeckende Gastronomie und Infrastruktur suchte man allerdings vergebens. Hier konnte jeder seiner Wege gehen.

Der perfekte Ort für Norma.

Unbehelligt schob sie den großen Kinderwagen über einen schmalen Weg in Richtung Meer und achtete darauf, dass sie nicht neben die Steinplatten geriet. Zum einen, weil sie sich im Naturschutzgebiet befand, und zum anderen, weil sie nicht im Morast stecken bleiben wollte. Die Menschen, die ihr begegneten, warfen höchstens einen flüchtigen Blick in die himmelblaue Kinderkutsche und waren ganz angetan von den niedlichen Kleinen.

Um Pfingsten wurde Norma mutiger, wagte sich mit Claire und Jason auf den Spielplatz in der Nähe ihrer Wohnung oder nahm die Zwillinge mit auf den Wochenmarkt.

Niemand sprach sie an.

Entspannen konnte sie sich trotzdem nicht ganz. Früher oder später konnten Fragen kommen. Davor warnte Dorit sie jedenfalls eindringlich. Eine Nachbarin hatte sie neulich auf die Babywäsche angesprochen, die zum Trocknen auf der Wäscheleine im Garten hing. Seitdem schlich Dorit mit einem komischen Gefühl durchs Treppenhaus.

Norma verstand das Problem.

Ihre Mutter war bekannt wie ein bunter Hund, und dadurch geriet auch Norma hin und wieder ins Blickfeld der Einheimischen. Viele Leute kannten ihr Schicksal und wussten, dass sie keine Kinder hatte. Aber da sie niemals angesprochen wurde, geschweige denn negative Erfahrungen machte, wurde Norma selbstbewusster.

Zudem bot ihr jetziger Wohnort mehr Privatsphäre. Anders als in Sahlenburg konnte Norma in Cuxhaven-Zentrum vor die Tür gehen, ohne gleich einer Bekannten zu begegnen. Wirklich glücklich war sie mit der Lage ihres neuen Zuhauses allerdings nicht. Eine Wohnung an der viel befahrenen Umgehungsstraße, die auch als Anschluss an die A 27 diente, war kein Ort, an dem man mit gutem Gewissen wohnen konnte, wenn vier Kinder im Spiel waren. Deshalb dachte Norma darüber nach, noch einmal umzuziehen.

Cuxhaven, Heinrich-Grube-Weg

Behutsam verschloss Ronny am nächsten Morgen seine Zimmertür, schob den Schlüssel in die Hosentasche und stand mit vier großen Schritten am Fenster. Um diese Uhrzeit war die Straße zwischen der Stadt und Duhnen stark befahren. Autogeräusche störten Ronny, er wollte sich durch nichts ablenken lassen und schloss deshalb das gekippte Fenster.

Wenn Kimberly sich heute pünktlich blicken ließ, blieben ihm noch zwei Minuten. Mit zittrigen Händen zog er den Vorhang zur Seite und spähte zum Nachbarhaus. Das leise Ticken des Weckers, der auf dem Nachttisch stand, drang an sein Ohr. Jede Zelle seines Körpers war angespannt.

Kimberly. Er flüsterte ihren Namen im Rhythmus des Sekundenzeigers. Ronny hoffte immer noch, dass die Sache mit der Verlobung eine Erfindung seines Vaters war und die Anzeige in der Zeitung ein Versehen. Denn wenn nicht, kam er sich ziemlich verarscht vor. Kimberly flirtete in seinen Augen schamlos mit ihm weiter, starrte hier zu ihm herauf und warf ihm Küsse zu. Fast jeden Tag. Entweder spielte sie mit ihm, oder sie wollte ihm etwas mitteilen, etwas, das es zu entschlüsseln galt, etwas, das sie nonverbal ausdrückte. Rette mich. Ich will dich. Kämpfe um mich. In diese Richtung gingen ihre stummen Schreie, ganz eindeutig.

Sieben Uhr. Auf die Minute schwang die Haustür auf. Da war sie. Endlich. Für einen Augenblick vergaß Ronny die Welt.

Kimberly trug Minirock, dazu eine weiße Bluse. Sie tanzte die wenigen Stufen der Treppe hinab und stolzierte auf diesen atemberaubenden roten Pumps, die er so liebte, in Richtung Carport. Ihr Haar wehte im Wind. In der linken Hand hielt sie lässig die Aktentasche und ihren dünnen Trenchcoat. Sie ging um den Peugeot herum zur Fahrerseite und öffnete die Tür.

Jetzt kam der Moment, der Augenblick, um den es ging. Würde sie zu ihm aufsehen? Ihn wortlos, aber unmissverständlich um Rettung anflehen?

Nein. Diesmal nicht.

Kimberly warf weder den Kopf in den Nacken, um zu ihm hinaufzusehen, noch lächelte oder winkte sie. Ronnys Herz krampfte. Trotzdem klopfte er gegen die Scheibe. Erst zaghaft, dann fester. Schon schoss der silberne Sportwagen pfeilschnell auf die Straße.

Ronny ließ sich aufs Bett fallen. Sofort umgab ihn diese schreckliche Leere, ein Gefühl von Dunkelheit. Wie konnte sie so grausam sein? Und diese Pumps. Warum trug sie solche Schuhe zur Arbeit?

»Junge!« Seine Mutter rief zum Frühstück.

Er ballte die Fäuste, richtete sich auf und wischte sauren Speichel vom Kinn.

»Ich rufe dich nicht noch einmal, Junge!«

Er trat mehrmals gegen die Wand, schlug mit den Fäusten auf die Matratze, ließ seine Wut raus, so gut er konnte. Ronny wollte in die Blockhütte, am liebsten sofort. Frühstücken und dann unter einem Vorwand zum Wernerwald, die Kleine war reif. Der Gedanke hatte eine beruhigende Wirkung. Er atmete durch, kämmte sich kurz durch die Haare, schloss seine Zimmertür geräuschlos auf und schritt die Treppe zum Frühstück hinab.

Die »Cuxhavener Nachrichten« lag auf der Küchenbank. Der Aufmacher war ein Foto des Mädchens. Ronny erkannte die Kleine sofort. »WO IST MAXI?« Er hüstelte, setzte sich und bestrich eine Toastscheibe mit Butter.

»Das Kind wird seit vorgestern vermisst«, sagte seine Mutter mit Blick auf die Zeitung. »Sie wohnt hier ganz in der Nähe. Ihr Vater kann einem wirklich leidtun, er hat schon seine Frau verloren.«

Ronny horchte auf. Aha, die Kleine hatte keine Mami mehr. Vielleicht war sie deshalb so bockig. *Freu dich doch, du dummes Kind. Die eigene Mami unter der Erde ist doch keine schlechte Sache.*

»Er ist ein erfolgreicher Geschäftsmann«, fuhr seine Mutter fort, sah zu ihm herüber und fasste sich mit zwei Fingern an die Perlenkette, die sie über dem Rollkragenpullover trug. »Gestern Abend hat er im Fernsehen einen Aufruf an den möglichen Entführer gestartet.«

Ronny grinste. *Entführer? So ein Scheiß.*

»Wenn du mich fragst, war er ziemlich durch den Wind«, sagte Berthold Dallinger. Sein Doppelkinn vibrierte. »Den konnte man ja kaum verstehen, so hat der genuschelt und gestottert.«

Ronnys Grinsen wurde breiter.

»Ich wollte dich mal sehen!«, antwortete seine Mutter mit spitzem Mund. »Der Mann ist verzweifelt, was will man da erwarten? Und ich finde, er hat die Ansprache ganz gut gemacht. Es war auch clever, den Namen des Mädchens immer und immer wieder zu sagen.«

Ronny schüttelte kaum merklich den Kopf. Darauf wäre er sowieso nicht reingefallen. Alles Taktik. Psychologie für Minderbemittelte. Der Täter soll veranlasst werden, eine Beziehung zu dem Kind aufzubauen, es als Persönlichkeit wahrzunehmen. Erwähnen Sie Geschwister, den Tod der Mutter. Appellieren Sie an sein Mitgefühl. *So ein Scheiß. Blablabla.* Ronny kannte die Tricks der Polizei. So etwas war Bestandteil jedes popeligen Vorabendkrimis.

Seine Mutter hörte nicht auf, von dem Mädchen zu reden. Sie wunderte sich darüber, dass ein Fremder das Kind aus einem Laden entführt hatte, ohne dass es jemand mitbekam. Ronny konnte nicht aufhören zu grinsen, aalte sich in seiner Genialität und hätte seiner Mutter nur zu gern zugerufen, dass das Genie, das diese Tat vollbracht hatte, an ihrem Tisch saß. Aber natürlich hielt er seinen Mund und stellte schließlich seine Ohren auf Durchzug. Die groß angelegte Suchaktion der Polizei und Medien interessierte ihn nicht und ließ ihn kalt. Niemand würde das Kind in der Blockhütte vermuten. Ausgeschlossen. Darauf verließ er sich einfach.

Als er fertig gefrühstückt hatte, stand er auf, beugte sich zu seiner Mutter hinunter und gab ihr einen Kuss auf die Wange.

»Wo willst du hin?« Sein Vater goss Kaffee nach.

»In die Firma.«

»Heute nicht! Wir fahren nach Hamburg.«

»Wir?«

»Geschäftstermine mit Jakobs & Partner, und außerdem ist morgen die Abschiedsfeier des Seniors. Wo hast du nur deinen Kopf?«

»Wir fahren heute?«

»Ja, übers Wochenende! Montag sind wir zurück.«

Ronny begann zu schwitzen. Er wusste, dass er keine Chance hatte, er musste seinen Vater begleiten, dummerweise hatte er sich zu oft gedrückt. So ein Mist! Diesen Termin hatte er völlig aus seinem Hirn verbannt. »Kann ich nicht –«

»Junge, keine Ausflüchte, diesmal wirst du mich begleiten!«

»Aber …«

Berthold Dallinger schob sein Kinn vor. »Ich fahre in exakt fünfzehn Minuten los, und wehe, du bist nicht fertig.«

Sein Vater erhob sich, warf die Serviette auf den Stuhl, zog den Bauch ein, knöpfte mit Mühe seinen aus der Mode gekommenen Zweireiher zu und verließ schnaubend das Esszimmer.

Ohne aufzublicken, köpfte seine Mutter ihr Ei und löffelte es.

Ronnys Magen rumorte.

Früher bei Schiffstouren hatte er sich in mitgebrachte Plastiktüten übergeben. Obwohl er das Geschaukel nicht vertrug, schleppte ihn sein Vater regelmäßig an Bord irgendwelcher Ausflugsboote. Berthold Dallinger stammte ursprünglich aus Konstanz und verglich den Bodensee gern mit der Nordsee. Wasser ist Wasser, pflegte er zu sagen und erwartete, dass sein Junge Wind und Wellen trotzte. Damals hatte Annemarie Dallinger ihm die Reste des Erbrochenen von den Lippen gewischt.

Ronny wurde speiübel. Er überlegte aufzustehen, ins Bad zu rennen. Zu spät. Zielsicher griff er nach der bauchigen Kaffeekanne, hob den Deckel und übergab sich in das Gefäß.

Jetzt hatte er die Aufmerksamkeit seiner Mutter. »Zuerst hat man das Kind auf dem Arm«, sagte sie langsam, betonte jedes einzelne Wort und ließ ihren Sohn nicht aus den Augen, »dann auf dem Schoß und schließlich auf dem Rücken.«

Mit diesen Worten erhob sie sich, faltete seelenruhig die Serviette zusammen, legte sie neben den Frühstücksteller und verließ das Esszimmer.

Zehn Minuten später saß Ronny leichenblass neben seinem Vater im Wagen und hoffte inständig, dass Maxi bis zu seiner Rückkehr durchhielt. Wofür sonst hatte er sie in den Keller verschleppt, wenn er jetzt gar nichts davon hatte!

Cuxhaven-Duhnen

Iska zog ihren Schal fester um den Hals und marschierte mit strammen Schritten auf dem Deich in Richtung Döse. Der Wind blies so stark, dass sie sich richtig gegen ihn stemmen musste. Sie hätte doch eine Windjacke über den dicken Rollkragenpullover ziehen sollen. Auch die Gummistiefel erwiesen sich als Fehlgriff. Ihre Füße waren eiskalt.

Moses jagte bellend der einlaufenden Flut entgegen, deren graue Wellen gegen den Strand schlugen. Möwen landeten zielsicher auf einer Steinbuhne, die nur noch zur Hälfte aus dem Wasser ragte. Die Vögel ließen sich vom aufgeregten Gebell des Westis nicht stören und stießen gereihte Schreie aus. Iska kam es vor, als riefen die Vögel den Namen ihres Mannes. Allein der Gedanke an ihn brachte sie zum Weinen. Sie hielt nichts zurück, ließ die Tränen laufen.

Jeden Tag sprach sie mit Friedrich, und bisweilen hatte sie das Gefühl, dass er an ihrer Seite war. Manchmal hing sogar sein Geruch in der Luft. Nicht bloß zu Hause, sondern auch im Supermarkt oder im Café Tiedemann, in dem sie mittags ihren Kaffee trank.

Sie sprach nicht darüber, aber sie war sich ganz sicher, Friedrich hatte sie nicht verlassen. Physisch schon, aber sein Geist lebte weiter. Ruhelos war seine Seele jedoch nicht, er machte ihr keine Angst, wollte ihr beistehen, im Tod ebenso wie zu Lebzeiten, das spürte sie deutlich. Er gab ihr Kraft, spendete Trost.

Moses überholte sie und jagte erfolglos eine Krähe.

Von der Diagnose Bauchspeicheldrüsenkrebs bis zu seinem Ende waren keine sieben Monate vergangen. Als zu kurz empfand sie die gemeinsamen zwölf Jahre.

Nach dem Tod ihres ersten Mannes war Friedrich völlig unverhofft zusammen mit seinem kleinen, quirligen West Highland Terrier in ihr Leben getreten. Friedrich Bade, einer der Kapitäne der MS »Atlantis«, der Fähre, die ganzjährig Helgoland anlief. Bis zu seinem letzten Arbeitstag hatte er hinter dem Steuerstand gestanden, Seeluft geschnuppert und jede einzelne Überfahrt genossen, vor allem in der Zeit von Oktober bis April, wenn die Salons und Sonnendecks des Schiffes ziemlich verwaist blieben.

Bei so einer Fahrt hatten sich ihre Wege gekreuzt. An einem stürmischen Dezembertag war Iska trotz Windstärke sieben an Bord gegangen, um eine Verwandte auf der Insel zum Geburtstag zu überraschen. Obwohl sie an der Küste aufgewachsen war, vertrug Iska Wellengang nicht. Wie erwartet hatte sie den größten Teil der Überfahrt auf der Toilette verbracht.

Immer noch leicht schwankend und kreidebleich hatte sie später am Kaffeetisch der alten Tante gesessen und überlegt, ob sich die Strapazen gelohnt hatten, denn das Geburtstagskind war über den Besuch alles andere als erfreut. Iska zählte die Stunden. Drei Stückchen Frankfurter Kranz und fünf Tassen Kaffee später war es endlich Zeit gewesen aufzubrechen. Sie stand schon in Hut und Mantel, als es klingelte. Iska öffnete die Tür. Friedrich, ein Bekannter ihrer Tante, gefiel ihr auf Anhieb. Seine grünen Augen lachten.

In den Folgemonaten wunderte sich das Tantchen über die vielen Besuche. Dass Iska wegen des Kapitäns die vielen Überfahrten auf sich nahm, erfuhr die alte Dame erst, als das Paar die Hochzeit bekannt gab. Schnell war alles mit ihnen gegangen – worauf auch warten? Zu diesem Zeitpunkt war Iska bereits Mitte fünfzig gewesen und wollte das Leben noch einmal genießen. Das Schicksal hatte es gut mit ihr gemeint, und dafür blieb sie dankbar bis heute. Jetzt war es bald ein Jahr, dass sie Friedrich zu Grabe getragen hatten.

Als es zu regnen begann, ging Iska trotzig weiter.

Nichts zog sie nach Hause. Die Stille, die sie dort erwartete, schnürte ihr schon jetzt die Kehle zu. Einer der wenigen Lichtblicke war ihr Enkel. Ivo besuchte sie montags und freitags, übernachtete manchmal bei ihr, füllte das Haus mit Leben, forderte sie.

Moses kam auf sie zu, blieb vor ihr sitzen und sah sie mit großen Augen an. Iska ging in die Hocke und kraulte den Bauch des Hundes. Sie liebte Friedrichs treuen Begleiter, der sein Herrchen genauso zu vermissen schien wie sie. Iska spürte, wie sehr der Hund zitterte, und nahm wahr, dass sie selbst fror. Außerdem begann es zu regnen. Sie musste nach Hause, sich in die grässliche Stille begeben, der Einsamkeit stellen, die ihr aus jedem Winkel der Zimmer entgegenschrie.

In zwei Tagen würde Ivo die Leere aus sämtlichen Räumen vertreiben. Bis dahin musste sie durchhalten, die Stunden zählen, bis er endlich klingelte. Dann tat sie jedes Mal so, als wäre sie in der Zwischenzeit vom Leben mitgerissen worden und gerade eben wieder aufgetaucht. Iska ließ den Jungen nie spüren, wie sehr sie ihn brauchte. Er ahnte nicht, dass er beinahe ihr einziger Lebensinhalt war. Mit solchen Dingen wollte sie seine Jugend nicht belasten.

Iska drehte um, schritt jetzt mit dem Wind und musste nicht mehr gegen ihn kämpfen. Sie verließ den Deich und ging die Promenade in Duhnen hinauf, die wie ausgestorben vor ihr lag. Als sie kurze Zeit später in den Christian-Brütt-Weg einbog, kam ihr der Enkel entgegen.

»Was machst du denn hier?«, fragte Iska überrascht und gleichzeitig erfreut.

»Dich besuchen!« Friedrichs altes Fernglas baumelte vor seiner Brust. »Ich war am Meer. Du glaubst gar nicht, was ich heute beobachtet habe. Pfuhlschnepfen! Oma! Ich kann es immer noch nicht fassen!«

»Junge, du bist ja ganz nass!« Iska beugte sich zu ihm hinunter, drückte ihn fest an sich. »Bist du von Sahlenburg hierher gefahren? Allein?«

Ivo machte eine abwehrende Handbewegung. »Logo, dafür habe ich doch das neue Handbike.«

Iska trat einen Schritt zurück und betrachtete Ivos neues Fortbewegungsmittel. Das dreirädrige Gefährt, das er seit einigen Tagen besaß, war viel wendiger als ein Rollstuhl und eignete sich hervorragend für Fahrten im Gelände, wie Ivo begeistert erzählte. Zum Antrieb und zur Steuerung wurden Handpedale benutzt. Ivo beherrschte es offenbar schon jetzt ohne Probleme und saß lässig auf dem Schalensitz.

Seit einem schlimmen Reitunfall vor vier Jahren war der Junge querschnittgelähmt. Iska hatte es damals erstaunlich gefunden, wie schnell sich Ivo mit diesem Schicksal abgefunden hatte. Schon ziemlich bald nach der schrecklichen Diagnose hatte er die Erwachsenen und sein Umfeld verblüfft, indem er ohne Murren in einen Rollstuhl umstieg und versuchte, das Beste aus der Situation zu machen.

Auch seine Schulkameraden gewöhnten sich schnell daran, dass

Ivo nicht mehr laufen konnte. Von gelegentlichen Hänseleien einmal abgesehen, kam er wohl ganz gut zurecht. Ein zäher Bursche.

»Also, jedenfalls sind mir drei Pfuhlschnepfen vor die Linse geraten!«, fuhr Ivo fort, während er neben Iska herfuhr. »Drei! Oma, das ist krass, eine Sensation! Erst neulich habe ich im Fernsehen gesehen, dass genau so ein Vogel in zehn Tagen von Alaska bis nach Neuseeland geflogen ist! Zehn Tage! Das sind voll die Marathonflieger! Und solche habe ich heute gesehen.«

Iska zog den Haustürschlüssel hervor, blieb stehen und sah ihren Enkel an, der aufgeregt von seinem Erlebnis mit den Vögeln berichtete. Wie begeisterungsfähig er war! Iska fand es gut, dass der Junge kein Stubenhocker war, besonders mit dieser Querschnittlähmung. Aber allein zum Meer fahren hielt sie für keine gute Idee. »Weiß deine Mutter, dass du unterwegs bist? Hast du sie angerufen?«

Ivo strich sich eine Haarsträhne hinters Ohr. »Hab ich vergessen.«

»Du weißt, wie besorgt sie ist, und wir müssen doch wissen, wo du bist. Stell dir vor, dir passiert etwas, du kippst mit dem Ding um oder so!«

»Ach, Oma!«

»Nein, wirklich. Hast du wenigstens dein Handy dabei?«

»Logo.«

»Zeig her.«

Ivo fasste in die Taschen seiner Jeans. »Vergessen.«

»Schatz, das geht doch nicht!«

»Hab ich doch nicht extra gemacht, echt nicht.«

»Nein, in diesen Dingen bin ich mit deiner Mutter völlig einer Meinung. Ohne Handy verlässt du nicht das Haus! Ende. Keine Diskussion!«

Ivo seufzte und neigte den Kopf. Das nasse, schulterlange Haar fiel ihm über die Schläfen und verdeckte sein Gesicht.

»Das musst du doch verstehen.«

»Ich hatte so einen schönen Nachmittag«, sagte Ivo leise. »Sei doch nicht sauer. Ich nehme ab jetzt auch immer mein Handy mit. Versprochen!«

Iska gab sich einen Ruck. Sie konnte ihrem einzigen Enkel einfach nicht böse sein.

»Tolles Bike«, sagte sie, um ihn aufzuheitern.

Ivo sah zu ihr auf und strahlte. »Cool, oder? Es hat Hydraulikbremsen und wiegt zwanzig Kilo.«

»Hat es auch Licht?«

»Logo, Oma! Vorne einen Halogenstrahler und hinten sogar Standlicht. Willst du mal fahren? Ist voll easy.«

Iska lachte. »Lieber nicht. Komm, ich helfe dir rein, der Regen wird stärker. Und ab jetzt denkst du an dein Handy!«

»Ehrenwort.«

Ivo stieg auf den Rolli um, der im Hausflur stand. Im Handumdrehen saßen sie bei Tee und Keksen in der warmen Küche.

Während er mit dem Gebäck krümelte, übte Ivo mit Moses apportieren. Seit seiner Erkrankung brachte er dem Hund bei, ihm Gegenstände zu bringen, die nützlich waren oder ihm in schwierigen Situationen helfen konnten. Bisher verstand das Tier schon Handy, Messer, Schere, Portemonnaie, und nun wollte Ivo, dass Moses ihm den Comic holte, der im Wohnzimmer auf einem Sessel lag.

»Warum soll er dir denn den Comic bringen?«, fragte Iska.

»Damit ich was zu lesen habe, wenn ich auf dem Klo sitze.«

»Ach, Ivo!«

Der Junge hielt Moses den Comic hin. Der Hund bellte und schnupperte. »Comic«, sagte Ivo. »Comic.«

Nach einer Weile rollte Ivo durch die Diele ins Wohnzimmer, legte einen Kamm, Iskas Handy und das Comicheft in einer Reihe aufs Sofa und kam, von Moses begleitet, in die Küche zurück. »Bring das Handy!«

Der Westi lief los, verschwand im Flur, kam mit dem Mobiltelefon zwischen den Zähnen zurück und brachte es an den Tisch. »Guter Hund!« Ivo kraulte ihn und gab ihm Leckerchen. »Jetzt hol mir den Comic! Lauf!«

Moses zögerte, rannte einmal um den Tisch, stürzte in den kleinen Flur, ins Wohnzimmer und brachte, zu Iskas Erstaunen, den Comic. »Super!« Ivos Stimme überschlug sich. »So ein kluger Hund!«

Iska klatschte in die Hände. »Er ist wirklich schlau!«

»Sag ich doch.« Ivo nahm Moses auf seinen Schoß und langte noch einmal bei den Keksen zu. Regen prasselte gegen die Fensterscheiben.

»Hast du dich bei diesem Eishockey-Team vorgestellt?«, fragte Iska kauend.

»Sledge-Eishockey«, korrigierte Ivo. »Ich trainiere schon seit ein paar Wochen mit der Mannschaft, und das habe ich dir auch schon erzählt.«

»Entschuldige. Macht es denn Spaß?«

»Und wie!«

Iska lauschte ihrem Enkel, der euphorisch von seinem Training auf der Eisbahn berichtete, und hörte genau zu. Sie wollte sich diesmal alles merken. Zum Beispiel, dass die Spieler bei dieser besonderen Form des Eishockeys nicht auf Kufen, sondern auf kleinen Schlitten übers Eis fegten. Zur Beschleunigung benutzen sie zwei kurze Schläger, die am Ende mit Spikes besetzt waren. »Damit bist du voll schnell«, meinte Ivo.

Gegen achtzehn Uhr wurde der Junge unruhig. »Ich muss gleich nach Hause. Mama kommt in einer Stunde, und ich habe versprochen, heute Pfannkuchen zu machen. Zeigst du mir noch einmal Opas P 38?«

»Heute nicht, mein Schatz.«

»Och bitte!«

Iska mochte es nicht, wenn Ivo nach der Pistole fragte, die Friedrichs Vater nach dem Krieg behalten hatte.

Der Junge war ganz verrückt nach der Waffe. Iska versteckte sie aus diesem Grund zusammen mit ein paar Patronen in ihrem Schlafzimmer.

»Die ist zweihundertdreizehn Millimeter lang, wiegt ungeladen null Komma neun sechs Kilogramm, fasst acht Schuss«, ereiferte sich Ivo mal wieder. »Für die P-Walther gab es sogar einen Schalldämpfer. Hab ich alles aus dem Internet!«

»Du und das Internet«, sagte Iska. »Schluss für heute! Ich fahre dich jetzt nach Hause. Es regnet in Strömen.«

Cuxhaven-Sahlenburg, Am Sande

Als Ivo am Montag aus der Schule kam, warf er seinen Rucksack unter die Garderobe, rollte müde in die Küche, öffnete die Kühlschranktür und trank einen Schluck Milch aus der Tüte. Der Lichtstrahl des Kühlschranks fiel auf sein ovales Gesicht. Diese langen Schultage stressten ihn, und er war froh, zu Hause zu sein. Er ignorierte die Königsberger Klopse mit Reis, die seine Mutter ihm zum Aufwärmen vorgekocht hatte, griff nach dem Goudablock, biss hinein und hielt den Käse mit den Zähnen fest. Gekonnt gab er mit beiden Händen Schwung auf die Reifen seines Rollstuhls und hielt vor dem Küchenfenster.

Auf der gegenüberliegenden Seite reichten die Ausläufer des Wernerwalds bis an die Straße.

Schon als kleiner Junge war Ivo hier mit den Nachbarskindern herumgetollt. Damals hatte der Wald sie endlose Nachmittage lang verschluckt. Erst bei Einbruch der Dunkelheit, widerwillig, und, wie sie sich gegenseitig bestätigten, nur weil die Eltern darauf bestanden, kehrten sie von einsamen Pfaden zurück, unterbrachen den Kampf zur Rettung der Welt, um gleich am nächsten Tag wieder loszuziehen.

Diese unbeschwerten Tage lagen Lichtjahre zurück.

Ivos Handy klingelte. Oma Iska wollte wissen, ob er zum obligatorischen Montag-Abendessen kam und Spaghetti wollte. Ivo stimmte begeistert zu, legte auf und gähnte.

Zum ersten Mal an diesem Tag kam er zur Ruhe, biss erneut in den Käse und umfasste den kleinen Megalithstein, der an einem dünnen Lederband um seinen Hals hing.

Seine Gedanken rasten zu Anne-Lene.

Der Anhänger war ein Geschenk an ihn zu seinem vierzehnten Geburtstag vor zwei Wochen gewesen. Er spürte einen Kloß im Hals. Heute hatte sie mit ihm Schluss gemacht. Einfach so.

Fünf Monate waren sie miteinander gegangen, er und das süßeste Mädchen der Schule. Seine Mutter wusste nichts von Anne-Lene, sie hatte Fragen gestellt, doch Ivo schaffte es, sein Geheimnis für sich zu behalten. Auch Anne-Lenes Eltern hatten keinen Schimmer.

Die Jungs aus seiner Klasse hatten ihn ausgelacht, weil er, wie sie sagten, mit einem Milchzahn ging.

Manchmal waren sie wirklich zu blöd.

Jedenfalls hatte er sich nicht beirren lassen, seinem Gefühl vertraut. Außerdem wurde Anne-Lene nächsten Monat dreizehn und, was noch viel wichtiger war, sie machte niemals, nicht ein einziges Mal, eine blöde Bemerkung über seine Querschnittlähmung. Worte wie Krüppel oder Spasti kamen nicht über ihre Lippen. Überhaupt hatte Anne-Lene ihm das Gefühl gegeben, ein ganz normaler Junge zu sein. In vielen Situationen spielten seine gelähmten Beine ja auch wirklich keine Rolle. Playstation, Musik hören, Chillen mit Freunden. Alles cool, alles kein Problem.

Manchmal hatte sie ihn in seinem alten Rollstuhl umhergeschoben oder auf seinem Schoß gesessen, während er Gas gab. Besonders schön hatte er es gefunden, wenn sie auf der Hinterachse stand, die Arme ausbreitete und ihre weiche Wange an sein Gesicht drückte. Wie Kate und Leonardo, hatte sie in sein Ohr geflüstert, und ihm war dabei ganz heiß geworden. »Titanic«, der Schmachtfetzen war in seinen Augen zwar Mädchenkram, aber diese Ansicht behielt Ivo für sich.

Letzten Monat hatte Anne-Lene ihn auf seine Armmuskeln angesprochen. Natürlich hinterließ das Rollifahren Spuren, und diesen Sommer war zum ersten Mal sichtbar geworden, wie sehr die regelmäßige Beanspruchung seinen Körper formte. Auch durch das Hockeyspielen bildeten sich die Muskeln immer mehr heraus. Anne-Lene hatte ihm einige Male zugeschaut, ihn beobachtet, wenn er über das Eis fegte. Er liebte Sledge-Hockey, träumte davon, bei den Paralympics für die deutsche Nationalmannschaft anzutreten. Die Chancen standen gar nicht schlecht, das meinte auch sein Trainer.

Ivo seufzte. Für Anne-Lene hatte er seine Panik überwunden und wieder eine Reithalle betreten, obwohl es ihn unglaubliche Überwindung gekostet hatte. Er war damals beim Ausreiten unglücklich gestürzt. Diagnose: Querschnittlähmung von der Hüfte abwärts. Aber Ivo wollte sich damit nicht abfinden. Er hielt sich an ärztliche Anweisungen, bekam mehrmals die Woche Physiotherapie und Massagen, Termine, die er ernst nahm und niemals versäumte. Und es zeigten sich erste Bewegungserfolge. Vor ein paar Wochen hatte er auf einmal seinen rechten dicken Zeh bewegen können. Kurz nur, aber seine Mutter hatte es auch gesehen, vor Freude geweint und ihm eine ganze Schüssel Karamellpudding gekocht, den er so liebte.

Dieser Erfolg spornte Ivo an. Jetzt nahm er seine Übungen noch ernster, trainierte verbissen, zu verbissen, wie seine Oma zu sagen pflegte. Aber er wollte es schaffen.

Hart trainierte er auch für seine Mutter, die sich mit der Versicherung des Gestüts um die Übernahme der Arztrechnungen stritt. Die gegnerische Partei wollte die Kosten nicht tragen, weil Ivo nicht beim regulären Training, sondern nach der Reitstunde gestürzt war, als er ohne Erlaubnis eigenmächtig Sprünge hinter den Ställen durchführte. Seitdem legte sich seine Mutter krumm und schuftete von morgens bis abends für einen ambulanten Pflegedienst. Schon früher war sie kaum nach Hause gekommen, doch nun übernahm sie Extraschichten und vermehrt Wochenenddienste, um den Anwalt und die zusätzlichen Rechnungen zahlen zu können. Außerdem wollte sie ihrem Sohn Wünsche erfüllen, die sein Leben erleichterten, wie zum Beispiel das neue Handbike.

Ivo plagten Schuldgefühle. Ihm brach es fast das Herz, wenn er seine Mutter nach Hause kommen sah. Müde, mit Rändern unter den Augen und extremen Rückenschmerzen, die sie vor ihm zu verbergen suchte. Aber Ivo wusste Bescheid. Er kannte den Ernst der Lage, hatte einen Brief von der Bank überflogen. Seine Mutter war mit den Ratenzahlungen im Rückstand. Wenn nicht bald ein Wunder geschah, würden sie das Haus verlieren. Wahrscheinlich nähme Oma sie dann auf. Keine schlechte Sache, jedenfalls aus Ivos Sicht. Aber dem Wunsch seiner Mutter entsprach das nicht.

Der offene Kühlschrank begann zu brummen. Ivo warf den angebissenen Käse ins Gemüsefach, schlug die Tür zu, rollte in sein Zimmer, schaltete die Schreibtischlampe an und hievte sich mit Schuhen aufs Bett. Nick Heidfeld lächelte von einem Plakat an der Wand. Doch auf einmal wirkte das Lachen des Rennfahrers auf Ivo überheblich. Er schnellte hoch, riss das Poster von der Wand und ließ seine Tränen laufen.

Seine Gedanken rasten wieder zu Anne-Lene. Die Gründe für das Ende ihrer Beziehung waren Ivo absolut schleierhaft.

»Ich mache Schluss.« Mehr hatte sie nicht gesagt. Drei Worte, die das Ende besiegelten, ohne eine weitere Erklärung. Sie hatte ihn einfach stehen lassen, war vom Pausenhof gerannt, ohne sich noch einmal umzudrehen. Ivo hatte ihr irritiert und ungläubig hinterhergestarrt, hatte nicht, mit keiner noch so kleinen Geste reagieren können und die restlichen Schulstunden wie in Trance erlebt. Englisch. Mathe. Unendliche Stunden. Nach dem Unterricht hatte er nicht auf sie warten können, weil er zuerst zur Physio und dann zum Hockey musste.

Die Welt erschien ihm ungerecht. Gott sei Dank war seine Mutter noch bei der Arbeit. So blieben ihm wenigstens ihre treffsicheren Fragen erspart, auf die er sowieso keine Antworten hatte.

Wie konnte Anne-Lene ihn einfach so abschreiben? Ivo wischte die Tränen fort. Ihm fiel ein, dass sich seine Clique heute am Kite-Strand in der Nähe vom Finkenmoor traf. Mit etwas Glück würde Anne-Lene auch kommen. Seit dem Sommer war dies der Treffpunkt seiner Freunde. Hier rauchten sie, quatschten und knutschten.

Das war die Gelegenheit, Anne-Lene zur Rede zu stellen. Er musste zu ihr. Jetzt und sofort. Ivo sah auf die Uhr. Fast fünf. Um sieben Uhr erwartete ihn seine Oma. Das konnte er schaffen, wenn er vom Kite-Strand am Meer entlang später geradewegs nach Duhnen fuhr.

Ivo zog den Rollstuhl heran, streifte ein wärmeres Kapuzenshirt über sein Hemd. Mit schnellen Bewegungen war er an der Haustür und stieg auf sein neues Bike um.

Entschlossen betätigte er die Handgriffe, die das Zahnrad in Bewegung setzten.

Cuxhaven-Wernerwald

Es war fast dunkel und zudem bitterkalt. Schon nach wenigen Metern spürte Ivo seine Hände kaum noch. Er rollte den Schotterweg hinab, links Wald, rechts Felder, Wiesen und Pferdekoppeln. Feiner Sand knirschte unter den Reifen. Obwohl der Weg leicht abschüssig war, musste Ivo die Pedale kräftig drehen. Kein Mensch kam ihm entgegen. Der Wind frischte auf.

Am Lohmannsmoor bog er links ab, fuhr ein Stück geradeaus, was ihn sehr anstrengte, denn nun ging es leicht, aber stetig bergauf. Unebenheiten im Boden machten ihm ebenso zu schaffen, Erhöhungen und Senken wechselten sich ab. Auf unebenem Waldboden fuhr Ivo ungern.

Trotzdem versuchte er nicht nachzulassen, ihm lief die Zeit davon, und mit ihr Anne-Lene.

Mit hochrotem Kopf mobilisierte er all seine Kräfte. Doch der Tag hatte ihm bereits einiges abverlangt. Resigniert stellte Ivo fest, dass er nur sehr langsam vorwärtskam, und spielte gerade mit dem Gedanken, die ganze Sache abzublasen, als ihm ein Pfad auffiel. Komisch, dass er ihn nie zuvor gesehen hatte. Zwei mickrige Tannen markierten den Eingang, standen wie kleine Wächter. Der Weg sah relativ eben aus, wirkte abschüssig und führte in die richtige Richtung. Ivo überlegte nicht lange und steuerte darauf zu.

Gleichzeitig begann es zu nieseln.

Ivo stellte erleichtert fest, dass er nun ziemlich gut vorankam. Geschickt lenkte er das einen Meter sechzig lange Bike an Bäumen und Sträuchern vorbei, legte sich in Gedanken Worte zurecht, dachte darüber nach, was er Anne-Lene fragen konnte, um herauszufinden, womit er sie dermaßen verärgert hatte.

Den Ast, der quer über dem Pfad hing, sah Ivo zu spät.

In voller Fahrt schlug er mit der Stirn dagegen, wurde vom Sitz geschleudert und stürzte zu Boden. Benommen wälzte er sich auf dem feuchten Waldboden. Platzregen setzte ein.

Obwohl sein Kopf extrem schmerzte, setzte sich Ivo sofort auf. Sein Handbike stand in einiger Entfernung vor einem dicken Baum. Ivo kroch darauf zu, während der Regen ihm ins Gesicht peitschte. Feuchtigkeit saugte sich in die Fasern seiner Jeans. Mit Mühe erreichte er sein Bike, schaffte es auf den Sitz und drehte die Handpedale. Sie ließen sich bewegen, aber das Bike fuhr keinen Meter. Ungläubig starrte Ivo zur Kette. Sie hing neben dem Ritzel. Zusätzlich war das Vorderrad demoliert, die Speichen verbogen.

»Shit!«

Ivo griff in die Hosentasche. Kein Handy. Es lag auf dem Küchentisch. Einen Augenblick saß er wie vom Donner gerührt, unfähig, einen klaren Gedanken zu fassen. Mit Blick auf seine Armbanduhr wurde ihm klar, dass er es nicht mehr bis zum Finkenmoor schaffen würde. Wer auch immer sich heute dort getroffen hatte, machte sich gleich auf den Heimweg. In Sachen Anne-Lene gäbe es heute keine Klarheit. Ivos Herz wog bleischwer, und dieser blöde Regen wurde immer stärker. Er zwang sich, seine Umgebung genauer zu betrachten. Ivo kannte den Wernerwald gut, nicht nur von den Streifzügen mit den Freunden früher, auch seine Mutter schleppte ihn durch dieses riesige Gebiet, seit er auf der Welt war.

Die Blockhütte hatte er zuvor noch nie bemerkt.

Sie stand versteckt hinter Hecken und mächtigen Kiefern, etwas heruntergekommen, aber in Reichweite. Ivo brauchte dringend ein Dach über dem Kopf, also kroch er auf das Gebäude zu. Vielleicht gab es dort so ein altmodisches Telefon mit Kabel und Wählscheibe.

Im strömenden Regen robbte er über Laub und Geäst auf die Stufen zu. Vor dem Haus bemerkte er frische Reifenspuren, ein gutes Zeichen. Vielleicht fuhren Förster diese Hütte an. Ivo zog sich die Stufen hinauf. Seine Klamotten waren völlig durchnässt, als er endlich den geschützten Absatz unter dem Vordach erreichte. Zitternd gönnte er sich eine Verschnaufpause, bevor er mehrere Anläufe nahm, um die Türklinke zu erreichen.

Zum Glück war der Zugang nicht verschlossen.

Das Erste, was Ivo auffiel, war der Geruch. Er konnte ihn nicht identifizieren, aber er erinnerte ihn an die Klos in der alten Turnhalle von früher, wenn sie tagelang verstopft waren. Er rümpfte die Nase. Vielleicht benutzten Wanderer das Haus als Toilette.

Im Halbdunkel ließ sich Mobiliar nur schemenhaft erkennen. Es schien staubig und größtenteils beschädigt. Ivo machte einen Schreibtischstuhl mit Rollen aus, der vor einem dreibeinigen Tisch stand.

Mit letzter Kraft kroch er über den schmutzigen Holzboden, zog seinen schmalen Körper vorwärts, Stück für Stück. Als Ivo den

Stuhl endlich berühren konnte, gelang es ihm erst nach mehreren Anläufen, sich auf den Sitz zu hieven.

Fix und fertig holte er Luft. Seine nassen Sachen klebten kalt an seiner Haut, die Haare waren tropfnass. Hechelnd sah er sich um, vielleicht gab es etwas, womit er sie trocknen konnte. Er wartete, bis er wieder einigermaßen gleichmäßig atmen konnte. Dann zog er sich auf dem Stuhl sitzend vorwärts, ein mühsames Unterfangen, denn die Rollen drehten sich kaum, und er musste immer etwas zum Abdrücken finden. Um überhaupt etwas erkennen zu können, hielt Ivo mehrmals an, drückte den Knopf an seiner Digitaluhr, der das Ziffernblatt beleuchtete. So hatte er wenigstens eine kleine Lichtquelle.

Nach und nach gelang es Ivo, sich einen Eindruck zu verschaffen.

Dem Schrank in der Ecke fehlte eine Tür, und aus dem Sofa schauten zwei Sprungfedern hervor. Sieht aus wie die Fühler eines Rieseninsekts, dachte Ivo, während er den Stuhl näher an die völlig versiffte Spüle zog. Darin gammelten Tassen und altes Geschirr. An der Wand gegenüber hing ein Spiegel, das Glas war überwiegend blind und mehrmals gesprungen. Trotzdem erkannte Ivo, dass er blutete. Über dem Auge klaffte eine offene Wunde. Er wischte das Blut mit dem Ärmel seines Sweatshirts weg und saß ganz still. Wind fuhr in die Bäume, rüttelte an den Ästen und fegte ums Haus. Irgendetwas schlug in gleichmäßigem Rhythmus gegen die Außenwand. Wahrscheinlich ein Ast, aber Ivo war sich nicht sicher. Zudem prasselte Regen auf das Dach.

Sämtliche Horrorfilme, die er sich heimlich angesehen hatte, während seine Mutter bei der Spätschicht war, schlichen in seine Gedanken. Fast immer kamen darin Häuser wie dieses vor. Heruntergekommen standen sie abseits an irgendwelchen finsteren Orten, bargen Geheimnisse oder lockten durchgeknallte Serientäter an.

Ivo liebte den Nervenkitzel.

Jedenfalls, wenn er gemütlich zu Hause auf dem Sofa bei Chips und Cola lag. Das Szenario, in das er hier geraten war, bereitete ihm allerdings zunehmend ein äußerst unbehagliches Gefühl.

Obwohl, wenn er die Sache objektiv betrachtete, gab es eigentlich keinen Grund zur Panik. Okay, er hatte sich verletzt, sein Bike war nutzlos, sein Handy zu Hause. Aber seine Oma erwartete ihn zum Abendessen. Sie würde die Polizei einschalten, wenn er nicht erschien. Also hieß es, Ruhe bewahren. Und durchgeknallte Mörder gab es hier mit Sicherheit nicht. Sahlenburg war schließlich nicht New York. Ivo atmete tief durch, wieder und wieder. Und es half, er wurde ruhiger.

Lalelu …

Völlig unerwartet wehte die Melodie an seine Ohren. Gedämpft, sanft und stockend. Ivo wagte nicht, sich zu bewegen. Obwohl ihm kalt war, begann er schlagartig zu schwitzen. Er leuchtete mit seinem Ziffernblatt, versuchte die Richtung auszumachen, aus der die Musik kam.

Da brach sie ab. Abrupt.

Die Stille, die nun folgte, empfand Ivo als unerträglich. Er wagte kaum, sich zu bewegen. Seine Augen kreisten, versuchten jeden Winkel des Hauses zu erfassen. Sollte er sich bemerkbar machen? War es besser, sich ruhig zu verhalten?

Da wieder. Lalelu … ungleichmäßig, abgehackt.

Ivo hielt sich die Ohren zu, begann hektisch zu atmen. Blanke Panik griff nach ihm. Er wollte nach Hause. Raus aus dieser düsteren, stinkenden Hütte, weg von der gespenstigen Melodie. Zu seiner Oma, seine Mama anrufen, zu Hause auf dem Sofa liegen und mit seiner Playstation spielen. Tränen überfielen ihn mit Heftigkeit. Sein Körper bebte. Zwischendurch hielt er inne, lauschte. Die Musik spielte und spielte, hörte einfach nicht auf. Lalelulalelu … stoßweise.

Ivo arbeitete sich zur Tür, riss sie auf. Eisiger Wind drängte ins Haus, wehte Regen auf den Holzfußboden im Eingang.

Wenige Meter entfernt stand sein Handbike. Es war nutzlos, aber vielleicht konnte er über den matschigen Boden zum nächsten Haus kriechen. Zwei Kilometer, weiter schätzte er die Entfernung nicht. Das konnte er schaffen, alles war besser, als hier zu bleiben.

Da verstummte die Melodie wieder.

Zugleich steigerte sich der Regen zur Sintflut und peitschte, getragen vom Wind, ins Haus. Ivo rollte ein Stück zurück und warf die Tür ins Schloss. Er musste sich gedulden, warten, bis der Wolkenbruch nachließ, wenigstens ein paar Minuten.

»Lieber Gott, hilf mir«, murmelte Ivo.

Cuxhaven-Duhnen, Christian-Brütt-Weg

Als Iska aufwachte, umgab sie völlige Dunkelheit. Ihr Nachmittagsschläfchen war ziemlich ausgeartet und Moses mit seiner Geduld am Ende. Der Westi lief aufgeregt umher. Iska wunderte sich, so etwas passierte ihr selten. Vor allem nicht, wenn sie Ivo zum Abendessen erwartete und es Spaghetti Bolognese gab. Gähnend erhob sie sich vom Sofa und schlurfte in die Küche. Schwanzwedelnd folgte Moses und lief zu seinem Napf. Iska machte Licht und öffnete anschließend eine Dose Kalbsleber. Der Hund stürzte sich darauf, als habe er tagelang nichts zu fressen bekommen.

Mit Blick auf die Uhr begann Iska Zwiebeln zu schneiden, kochte Tomaten, zog ihnen die Schale ab und briet Hackfleisch an. Um halb sieben deckte sie den Tisch im Esszimmer und holte zwei Flaschen Zitronenlimonade aus dem Keller.

Als von dem Jungen auch um kurz vor sieben noch nichts zu sehen war, wählte sie seine Handynummer, bekam ein Freizeichen, aber er nahm das Gespräch nicht an. Iska wiederholte die Anrufe minütlich und fluchte. Dieser Junge! Wahrscheinlich hatte er sein Handy mal wieder irgendwo liegen gelassen.

Als Ivo eine Stunde überfällig war, ging sie in die Küche, stellte den Topf mit der Soße vom Herd und zog ihre Jacke über. Im strömenden Regen fuhr Iska die wenigen Kilometer zum Haus ihrer Tochter, machte Licht, stolperte trotzdem über Ivos Schulranzen im Hausflur und sah sein Handy auf dem Küchentisch liegen.

Mit klopfendem Herzen wählte sie die Nummer seiner Mutter. Erfolglos. Daraufhin drückte Iska die Festnetznummer ihres Arbeitgebers. Ebenfalls vergebens. Sie zog ihren nassen Mantel aus und telefonierte jetzt die Liste mit Ivos Freunden ab, die für Notfälle gut sichtbar an der Kühlschranktür hing. Das Ergebnis war niederschmetternd und verstärkte ihre Unruhe. Niemand hatte

Ivo gesehen, auch nicht sein bester Freund, mit dem er sonst ständig zusammenhockte.

Iska verlor keine weitere Minute, wählte die Nummer der Polizei in Cuxhaven und meldete ihren Enkel als vermisst. Der Beamte am anderen Ende der Leitung nahm die Sache sofort ernst, und das nicht nur, weil Ivo im Rollstuhl saß.

Ein kleines Mädchen wurde vermisst.

Iska wusste Bescheid. Phyllis hatte sie deswegen völlig aufgelöst angerufen. Iska versuchte, nicht zu weinen, als der Polizeibeamte erklärte, dass er eine Großfahndung nach dem Jungen einleiten würde. Fix und fertig rief sie noch einmal auf der Arbeitsstelle ihrer Tochter an und erfuhr, dass sie sich auf dem Heimweg befand. Etwas beruhigter entschied Iska, ihre Schwester vorerst nicht zu informieren. Phyllis regte sich immer gleich schrecklich auf, außerdem nahm sie die Sache mit dem verschwundenen Mädchen sehr mit. Die ganze Region bangte um das Leben der Kleinen.

Als Ivos Mutter endlich eintraf, fiel sie in Iskas Arme. Die beiden Frauen versuchten sich gegenseitig Mut zu machen. Ivos Ausbleiben konnte einhundert Gründe haben. Vielleicht lungerte er mit ein paar Jungs herum, manchmal fanden die Mitglieder der Clique einfach nicht nach Hause. Möglicherweise war Ivo aber auch wieder auf einer seiner Expeditionen, seit Neustem interessierte er sich für Ornithologie, verbrachte viele Stunden am Strand und kam schon mal zu spät nach Hause. Eventuell suchte er Schutz vor dem Regen, beunruhigt, hungrig und sich selbst tadelnd, weil er mal wieder ohne Mobiltelefon unterwegs war.

Als ein Streifenwagen vor dem Haus hielt, hatte sich Ivos Mutter ein bisschen gefasst und war in der Lage, den Beamten eine genaue Personenbeschreibung ihres Jungen zu geben. Sie händigte ein aktuelles Foto aus, gab Auskunft über Ivos Tagesablauf und überreichte der Polizei eine Liste mit sämtlichen Telefonnummern seiner Klassenkameraden.

»Können Sie uns sonst irgendeinen Anhaltspunkt geben?«, fragte die junge Kommissarin. »Hat Ivo einen besten Freund, eine Freundin?«

Seine Mutter schüttelte den Kopf. »Niemanden, der nicht auch auf dieser Liste steht.«

Iska beobachtete ihre Tochter und wunderte sich, wie beherrscht sie auf die Befragung reagierte, während sie selbst von Minute zu Minute nervöser wurde und eine dunkle Vorahnung von ihr Besitz nahm.

Cuxhaven-Wernerwald

Scheinwerfer. Wie zwei große strahlende Augen näherten sie sich durch die Nacht, hielten genau auf das Blockhaus zu und erhellten alles, was in ihren Radius geriet. Ivo konnte sein Glück kaum fassen. Erleichterung überwältigte ihn.

Polizei. Endlich. *Danke, Oma.*

Der Wagen hielt direkt vor dem Haus. Musik schallte herüber. Dumpf. Die Polizei war das nicht, die hört doch keine Musik im Auto, oder doch? Egal. Den Wagen fuhr ein Erwachsener, und das bedeutete Rettung. Ivo schlug mit der flachen Hand gegen die schmutzige Fensterscheibe.

»Hey! Hallo!«

Ein korpulenter Mann stieg aus und kam mit schwerfälligen Schritten auf die Blockhütte zu.

Ronny Dallinger. Ivo erkannte ihn sofort, bewegte sich mühsam zur Tür und riss sie auf, bevor Ronny sie öffnen konnte.

»Ich bin so froh, dass du da bist!« Ivos Stimme überschlug sich. Ronny war ein feiner Kerl, Sanitäter und aktiv in der Gemeinde.

Sein Retter leuchtete ihm mit einer Taschenlampe ins Gesicht, blieb auf der Treppe im Regen stehen, starrte ihn an. »Was machst du denn hier?« Freundlich klang das nicht.

»Ich bin gestürzt, draußen mit meinem Bike, es fährt nicht mehr! Hast du ein Handy dabei?«

Ronny stand da wie versteinert.

Ivo hielt sich eine Hand vor seine Augen, das Licht der Lampe blendete. »Du hast letztes Weihnachten zusammen mit meiner Oma den Basar vorbereitet.«

»Verdammt noch mal, du kannst doch nicht einfach hier einbrechen!«, stieß Ronny jetzt hervor und raufte sich die glatt gekämmten Haare.

Ivo zog die Augenbrauen zusammen.

Ronny nahm die letzten beiden Stufen, übertrat die Türschwelle und beugte sich zu Ivo hinunter. »Hast du rumgeschnüffelt?«

»Nein, wieso? Ich bin gestürzt, dann fuhr mein Bike nicht mehr. Da bin ich hier rein, der Regen, wie gesagt, ich …«

Ronny legte die brennende Taschenlampe auf die versiffte Spüle und packte Ivo an seinem Pullover. »Du mieser kleiner Schnüffler.«

Ivo starrte ihn verständnislos an.

»Warst du unten?«

Ivo schüttelte energisch den Kopf. »Unten? Wo? Nein, ich kann nicht laufen.«

Ronny ließ ihn augenblicklich los, schien sich zu entspannen, lächelte sogar.

»Meine Großmutter wartet auf mich. Sie macht sich sicher schreckliche Sorgen. Du kennst sie, Iska Bade.«

»Und du warst nicht unten?«

»Nein!«

»Okay.« Ronny schob Ivo zur Tür.

»Ich bin echt froh. Mir ist so kalt, und unheimlich ist es hier auch. Und da war so eine Musik, weißt du, dieses Kinderlied …«

Ronny stoppte ruckartig, drehte den Stuhl um und sah Ivo in die Augen. »Also hast du doch herumgeschnüffelt!«

»Nein, ich habe mich verletzt«. Ivo tippte sich an die Stirn. »Könntest du einen Krankenwagen rufen? Ich habe echt heftige Schmerzen.«

Ronny schnellte vor, auf einmal hielt er ein Messer in der Hand. »Halt endlich dein vorlautes Maul! Scheiße, ich muss nachdenken!«

Ivo war perplex. Nun bekam er wirklich Angst. Was wollte Ronny hier, nachts mitten im Wernerwald? Und warum machte er so ein Theater? Warum fuchtelte er mit einem Messer herum?

Ohne Vorwarnung warf Ronny Ivo zu Boden, verschwand dann im hinteren Teil des Raumes. Für einen Augenblick befand er sich außerhalb des Lichtstrahls der Lampe. Ivo wand sich vor Schmerzen. Er verstand die Welt nicht mehr. Ganz offensichtlich hatte Ronny eine Schraube locker, der tickte doch einfach nicht sauber.

Ronny kam zurück, stürzte sich auf ihn und umwickelte seine Hände sowie die Füße blitzschnell und sehr straff mit Klebeband. Ivo schrie, bis Ronny ihm auch den Mund zuklebte. Er wehrte sich, so gut er konnte, aber gegen diesen massigen Kerl hatte er nicht den Hauch einer Chance. Ronny schleifte ihn über den schmutzigen Boden vor eine Tür, die Ivo zuvor nicht aufgefallen war.

Panisch presste er Laute durch das Klebeband. Tränen liefen ihm über die Wangen, dazu bekam er kaum Luft. Ronny öffnete die Tür und machte Licht. Eine steile Steintreppe wurde sichtbar. An einem Haken hing eine weiße Gummischürze. Angsterfüllt versuchte Ivo erneut zu schreien, wälzte sich auf dem Boden. Ronny packte ihn und trug ihn die Stufen hinab, warf ihn im Untergeschoss auf eine altersschwache Werkbank und hantierte am Schloss eines großen Stahlkäfigs herum.

Ivo versuchte, das Klebeband an seinen Handgelenken zu weiten. Seine Verzweiflung war jetzt grenzenlos, sein Blick flog umher. Direkt neben dem Treppenaufgang stand ein wuchtiger Stahlschrank, und an den Wänden liefen Regale entlang. Vollgepackt mit Gläsern, Lampen, Elektrogeräten und Krimskrams. In eine Ecke hatte jemand zwei große Seemannskisten gestapelt. Ivo kannte solche Truhen vom Dachboden seiner Oma. Direkt neben ihm lag ein Baseballschläger. Ivo wälzte sich darauf zu, rollte hin und her. Schnell lag er bedrohlich nah an der Kante der Werkbank.

Ronny öffnete die Gittertür, war mit zwei Schritten neben ihm und hielt ihn fest. »Was soll der Mist? Willst du auf die Fresse fallen?«

Ivo wollte Ronny entgegenschreien, dass er seine Arme nicht mehr spürte und kaum Luft bekam. Aber alles, was er hervorbrachte, waren ein paar dumpfe Laute. Er zappelte weiter, versuchte zu schreien, schielte zum Baseballschläger. Wenn er ihn nur greifen könnte! Trotz Fessel hatten seine Hände einen minimalen Spielraum.

»Verflucht noch mal!«, rief Ronny. »Was willst du denn? Wenn ich das Klebeband entferne, ist dir kein bisschen geholfen! Pass auf … ich schneide es durch!« Blitzschnell durchschnitt Ronny tatsächlich das Klebeband an Ivos Gelenken, auch an den Beinen und lachte hämisch. »Was willst du nun machen? Weglaufen?«

Ivo riss den Klebestreifen vom Mund und japste nach Luft. Er hechelte, keuchte, weinte und versuchte, den Baseballschläger zu greifen.

»Vergiss es, Kleiner!« Ronny schlang seinen rechten Arm um Ivos Hüften und trug ihn mit Leichtigkeit zum Käfig.

Ivo kreischte, brüllte, zerrte Ronny am Shirt. »Lass mich los! Hilfe!!«

»Hier hört dich keine Sau! Also halt endlich dein Maul, sonst klebe ich es dir wieder zu!«

Ivo verstummte, aber nur kurz, begann dann wieder zu toben. Er wehrte sich erbittert, als Ronny versuchte, ihn in den Käfig zu stecken, umklammerte die Gitterstäbe. Ronny quetschte ihm beide Hände. Der Schmerz ließ Ivo aufheulen, gleichzeitig ließ er los, fügte sich. Dieser Irre war einfach stärker.

Ronny stieß ihn in den Käfig, schloss die Tür und fingerte wieder an dem Vorhängeschloss herum. Ivo wollte Ronny anflehen, ihn nach Hause zu bringen, ihn um Gnade bitten oder wenigstens fragen, was das alles sollte, aber er brachte kein Wort mehr hervor. Er schluchzte und konnte sich gar nicht beruhigen. Und eh Ivo wusste, wie ihm geschah, rannte Ronny die Treppe hinauf, löschte das Licht und verschwand.

Dunkelheit. Gleichzeitig Stille.

»Ronny!«, schrie Ivo. »Ronny, komm zurück!«

Ivo hörte, wie der Motor des Wagens startete. Dieser Kerl ließ ihn tatsächlich zurück. Hier. Allein. Gefangen in diesem Drecksloch. Das konnte doch einfach nicht sein. Das war ein beschissener Gag. Ein Spiel oder irgendein Test.

Noch eine Ewigkeit rief Ivo um Hilfe.

Er wollte nicht begreifen, konnte nicht verstehen, leuchtete mit der kleinen Lampe in seiner Uhr.

Seine Zähne klapperten aufeinander. Eine weitere Unendlichkeit später gab er den Gedanken an einen möglichen Streich auf. Ronny war verrückt und die Situation real. Er lag auf stinkendem

Stroh, unbeschreiblich ekelhaft. Weinend stellte er sich seine Oma vor, die, halb verrückt vor Angst, wahrscheinlich längst die Polizei verständigt hatte.

Ivos Mund schmerzte, ebenso die Hände. Er zitterte ununterbrochen.

Er wollte nach Hause.

Zudem verspürte er tierischen Hunger. Doch beim Gedanken an Spaghetti wurde ihm schlecht. Wie spät es wohl war? Er schaute auf die Uhr. Kurz nach elf. Ob die Polizei bereits nach ihm suchte? Mit Sicherheit. Die Vorstellung war tröstlich. Vielleicht fanden sie sein Handbike, wenn Ronny es nicht ins Haus geholt hatte.

Ivo rollte sich am Boden des Käfigs zusammen, wimmerte, seine Augen wurden schwer. Er döste.

Die Melodie spielte unvermittelt, riss ihn aus einem oberflächlichen Halbschlaf. Lalelu. Klar. Unrhythmisch.

Ivo war wieder hellwach. Hier unten war die Musik wesentlich lauter, und sie kam, da war er ganz sicher, hinten aus der Ecke, wo die sperrigen Seemannskoffer standen. Er leuchtete hinüber.

Lalelu. Jetzt schnell. Immer schneller.

»Hallo?«, flüsterte er. »Ist da jemand?«

Totenstille.

Ivo richtete sich auf, rüttelte an den Gitterstäben. Es blieb ruhig. Im blassen Licht seiner Uhr verharrte er, saß ganz ruhig. Dann ließ er sich zurückfallen und dachte nach. Die Art, wie die Melodie gespielt wurde, erinnerte ihn an diese kleinen Walzen, die, wenn man an einer Kurbel drehte, Musik spielten. Jemand musste hier unten mit ihm im Keller sein. Jemand, der die Walze drehte. Die Melodie konnte nicht von allein spielen. Niemals. Der Gedanke, nicht allein zu sein, war irgendwie ermutigend.

Ivo schöpfte Mut, während er lauschte. Da weinte jemand. Ganz leise. Er lehnte sich vor, verlor das Gleichgewicht und fiel gegen die Tür. Dabei sprang der Bügel des Vorhängeschlosses auf. Offenbar hatte Ronny das Problem nicht lösen können und seinen Gefangenen in dem Wissen zurückgelassen, dass er sowieso nicht entkommen konnte. Oder hatte er seinen Fehler gar nicht bemerkt?

Ivo griff durch das Gitter, nahm das Schloss an sich und öffnete die Tür weit. Sein Herz klopfte, als er aus dem Käfig robbte und sich über den lehmigen Kellerboden auf die Seemannskoffer zubewegte. Es kostete ihn viel Kraft, immer wieder verschnaufte er keuchend, sammelte sich, um dann weiter vorwärtszukommen.

Endlich berührten Ivos Fingerspitzen den unteren Seemannskoffer. Er versuchte den oberen zu erreichen, rutschte jedoch ab und stieß mit dem Kopf gegen die Kante eines Regals. Schmerz durchfuhr seinen Körper. Hilfesuchend sah sich Ivo um. In Reichweite entdeckte er eine leere Bananenkiste, stellte sie hochkant, zog sich hoch und ließ sich auf die dünnen Bretter fallen.

Mühelos konnte Ivo nun die beiden Riegel der oberen Überseetruhe öffnen.

Auf dem Boden kauerte ein Mädchen. Ivo leuchtete mit seinem Ziffernblatt. In der linken Faust hielt sie die Walze – er konnte die goldene Kurbel erkennen. Die Kleine stank grauenhaft. Soweit er erkennen konnte, waren ihre Jacke und die Jeans schmutzig. Unwillkürlich wich Ivo zurück und atmete automatisch durch den Mund. Das Kind wirkte leblos, ließ ihn aber nicht aus den Augen.

»Hey«, flüsterte Ivo. »Alles okay?«

Eine dämliche Frage, gar nichts war hier in Ordnung! Er hockte sich auf den Kistenrand und streckte die Hand aus. Das Mädchen rührte sich nicht. Vorsichtig strich er ihr übers Haar. Es fühlte sich feucht und verfilzt an. »Wie heißt du?«

Sie bewegte die rissigen Lippen, doch kein Laut drang zu ihm vor.

Ivo lehnte sich weiter vor, immer noch angeekelt von den Gerüchen, dennoch berührte er zaghaft ihre kalte Hand. »Du musst hier raus, die Polizei rufen. Ich kann nicht laufen! Bitte!«

Er zog die Kleine am Arm, aber sie blieb liegen, machte keine Anstalten, aus dem Koffer zu klettern.

Ivo verstand sie nicht.

In seiner Verzweiflung riss er immer heftiger an ihren Armen, er wollte sie dazu bewegen, aufzustehen, loszulaufen, Hilfe zu holen. Ihr Verhalten erinnerte ihn an Moses, den Hund seiner Oma. Beim letzten Tierarztbesuch hatte er eine Spritze verpasst bekommen und danach nicht einmal mehr seine Pfoten bewegen können. Genauso fühlte es sich jetzt mit dem Mädchen an. Ihre Arme fielen schwer auf ihren Körper zurück, wenn er sie anhob und losließ. Ähnlich wie seine Beine, da war kein Leben drin. Vielleicht hatte dieser geisteskranke Ronny ihr eine Spritze verpasst, damit sie nicht schrie.

Ivo dachte nach. Er konnte versuchen, sich die Treppe hochzuziehen. Mit etwas Glück war die Kellertür unverschlossen. Wenn er es bis dahin schaffte, konnte er das Haus verlassen und irgendwie Hilfe holen.

Je länger er darüber nachdachte, desto klarer wurde ihm, dass es nur diese Möglichkeit gab.

»Ich komme wieder«, flüsterte er.

Ohne eine Regung des Mädchens abzuwarten, ließ sich Ivo auf den feuchten Lehmboden zurückfallen und robbte der Steintreppe entgegen. Meter für Meter. Sein Training machte sich bezahlt – auch wenn er spürte, wie schnell ihn die Kräfte verließen, biss er die Zähne zusammen, arbeitete sich Stufe für Stufe nach oben.

Die Kleine zog ihn völlig unerwartet an seiner Kapuze, als er die sechste Stufe erreicht hatte. Ivo fuhr herum.

»Super! Kannst du die Treppe hochlaufen und gucken, ob die Tür offen ist?«

Sie roch entsetzlich nach Urin und bewegte sich nicht, stand einfach nur da. Den Daumen ihrer rechten Hand im Mund, in der linken die kleine Musikwalze.

»Lauf los!«, feuerte Ivo sie an. »Beeil dich, renn aus dem Haus und dann nach rechts. Nach rechts, hörst du! Weißt du, wo rechts ist?«

Das Mädchen reagierte nicht.

Ivo schrie sie regelrecht an. »Los! Lauf doch!«

Aber sie blieb stehen, kaute auf ihrer Lippe.

Ivo brüllte Befehle. Er war der Verzweiflung nah, riss sie am Arm. »Verdammt noch mal!«

Im Licht seiner Uhr konnte Ivo das Mädchen nur undeutlich sehen. Einen Augenblick stand sie unschlüssig vor ihm. Dann setzte sie sich schließlich in Bewegung, ging die Stufen hinauf und drückte die Klinke. Nichts.

»Noch mal, die klemmt bestimmt«, rief Ivo und arbeitete sich die restlichen Stufen nach oben. Schweißgebadet erreichte er den Treppenabsatz. Jetzt stand das Mädchen neben ihm, die Hand noch immer auf der Klinke. Ivo griff ebenfalls danach, hängte sich mit seinem ganzen Gewicht an den Griff. Aber die Tür ließ sich nicht öffnen. Dieser verdammte Ronny hatte sie eingeschlossen.

»Schlag auf den Lichtschalter«, sagte Ivo.

Diesmal gehorchte die Kleine sofort. Im Licht einer nackten Glühbirne konnten sich die beiden Kinder zum ersten Mal genauer betrachten. Ivo erschrak beim Anblick des Mädchens. Sie sah erbärmlich aus, schmutzig, die Augen geschwollen und rot. Mit ausdruckslosem Gesicht sah sie zu ihm herab.

Ivo ließ den Blick durch den Kellerraum gleiten. Sein Blick fiel auf das Fenster über der Werkbank. Es war etwas größer als ein Scout-Schulranzen. Das Mädchen würde dadurchpassen.

»Komm mit«, befahl Ivo und arbeitete sich sitzend nach unten. Zu seiner Erleichterung folgte ihm die Kleine sofort. »Siehst du das Fenster? Du musst auf die Werkbank klettern und es öffnen. Verstehst du?«

Statt einer Antwort stieg die Kleine sofort auf den Holztisch, stellte sich auf die Zehnspitzen und bekam den Fenstergriff tatsächlich zu fassen, aber er ließ sich nicht bewegen. Ivo überlegte, wie er ebenfalls auf den Tisch gelangen konnte, um ihr zu helfen, als er ein tiefes Brummen vernahm. Motorgeräusche. Entfernt, aber eindeutig.

Auch die Kleine schien etwas gehört zu haben und starrte zu ihm herunter.

Geistesgegenwärtig reichte Ivo ihr den Baseballschläger, der nach wie vor auf der Werkbank lag. »Nimm ihn in beide Hände und schlag das Fenster ein! Schnell!«

Keine Regung.

»Mach schon«, schrie Ivo sie an. »Wenn der böse Mann wiederkommt, wird er ziemlich wütend! Du musst die Scheibe kaputt schlagen! Hau ganz fest zu!«

Jetzt nahm das Mädchen den Schläger in die rechte Hand, schwankte leicht, verlor beinahe die Balance, setzte ihn wieder ab und begann zu weinen. Ivo sah, dass sie die Walze nach wie vor in der Hand hielt.

»Du musst den Baseballschläger in beide Hände nehmen! Gib mir die Walze!« Ivo streckte die Hand aus. Das Mädchen wich vor ihm zurück.

Das Motorengeräusch eines Wagens näherte sich deutlich hörbar.

Jetzt verlor Ivo keine Zeit und zog sich an der Werkbank hoch. Es kostete ihn eine enorme Willensstärke und zwei Anläufe, dann saß er auf dem Tisch. Er riss der Kleinen den Baseballschläger aus der Hand, streckte die Arme aus, zielte auf das Fenster über ihm und verfehlte es knapp. Sofort reckte er sich erneut, holte noch einmal aus und ließ den Schläger in die Scheibe krachen. Das Glas sprang. Angespornt von seinem Erfolg zielte Ivo noch einmal und traf erneut. Klirrend zerfiel die Scheibe in Einzelteile.

Entschlossen schob er sich näher an die Wand und umfasste die Handgelenke der Kleinen. »Steig auf meine Schultern und kriech durch das Fenster nach draußen, hörst du? Du musst Hilfe holen!« Ivo streckte eine Hand aus. »Gib mir die Walze, ich werde gut auf sie aufpassen!« Sie gehorchte, Ivo schob das Spielzeug in seine Hosentasche.

Zu seiner Erleichterung brauchte sie nur zwei Anläufe, dann stand sie tatsächlich auf seinen Schultern, suchte Halt am Fensterrahmen, schrie laut auf, verlor das Gleichgewicht und fiel nach hinten.

Ivo sah, dass die Hände des Mädchens bluteten. »Mist! Das Glas«, sagte er mit Nachdruck. »Ich weiß, das tut weh, aber du musst da rauf und dich verstecken. Schnell!«

Das Auto schien nun ganz nah.

Das Mädchen weinte ununterbrochen. Ivo kämpfte ebenfalls mit Tränen, zog aber geistesgegenwärtig seine Turnschuhe aus, riss sich die Socken von den Füßen und stülpte sie über die Hände der Kleinen.

Abrupt verstummt der Motor. Eine Autotür wurde zugeschlagen.

»Los jetzt, versuch es noch einmal!«, rief Ivo, zerrte das Kind beinahe grob zu sich heran.

Zu Ivos Erleichterung nahm sie erneut Schwung, gelangte auf Anhieb an den Rahmen, zog sich hoch und kroch nach draußen. Ivo ließ sie nicht aus den Augen, bis auch die Beine verschwunden waren.

Schritte auf der Veranda. Sekunden später vibrierte die Holzdecke.

Das Gesicht des Mädchens erschien noch einmal in der Öffnung.

Ivo raufte sich die Haare. »Hau ab! Lauf weg.«

Schlüssel klirrten.

»Versteck dich! Schnell!«

Sie verschwand.

Im gleichen Moment wurde die Tür aufgerissen.

Ivo blieb keine Zeit, um von der Werkbank zu klettern.

Ronny schien die hell erleuchtete Situation im Bruchteil einer Sekunde zu erfassen, stierte von der offenen Seemannskiste zum eingeschlagenen Fenster. »Du verdammter Scheißkerl!«, schrie er, machte auf dem Absatz kehrt und polterte mit schweren Schritten aus dem Haus.

Ivo bewegte sich zur Kante der Werkbank, ließ sich, um Zeit zu sparen, einfach fallen und schlug unsanft auf seiner rechten Schulter auf. Er schluckte den Schmerz hinunter, bewegte seinen Körper allein mit der Kraft seiner Arme, so schnell er konnte, zur Steintreppe und arbeitete sich erneut aufwärts. Schwitzend, voller Verzweiflung und Angst. Schon nach vier Stufen verließen ihn seine Kräfte. Er wurde langsamer, zitterte von der Überbelastung und vor Furcht.

Als er fast oben war, hörte er lautes Fluchen.

Wie paralysiert verharrte Ivo. Schritte auf dem Holzboden verhießen nichts Gutes. Ronny erschien mit hochrotem Kopf im Türrahmen.

»Du verkrüppelte Missgeburt«, stieß er hervor, stürzte sich auf Ivo, stieß ihn die Treppe hinunter und trat nach ihm.

Ivo flog über die rauen kantigen Stufen. Mit dem Hinterkopf schlug er auf den Eisenkopf eines großen Vorschlaghammers, der an einem Regal lehnte. Die Wucht des Aufpralls zertrümmerte sofort einen Teil seiner Schädeldecke. Blut sickerte seinen Nacken hinab auf den kalten Lehmboden. Ivos Augenlider wurden schwer. Einen Moment starrte er Ronny noch an. Er bewegte seine Lippen, versuchte seinem Peiniger zu sagen, dass seine Oma ihn erwartete und dass er seine Mutter liebte. Aber er brachte kein Wort hervor, fror auf einmal ganz furchtbar und wurde entsetzlich müde.

***

Ronny sprang die Treppe hinab und drehte den bewusstlosen Bengel auf die Seite. Blut sickerte aus einer klaffenden Wunde am Hinterkopf. Der Stahlkopf steckte in seinem Schädel. Ronny nahm das Kind hoch, trat den blutverschmierten Hammer in eine Ecke und schleifte den Jungen zur Seemannskiste. Er quetschte ihn hinein und knallte den Deckel zu. »Das hast du nun davon, du mieses kleines Arschloch«, schimpfte er, stürmte noch einmal aus dem Haus und streunte durch den Wernerwald.

Dieses Mädchen konnte nicht weit gekommen sein. Vermutlich hockte sie hinter irgendeinem Baum und pinkelte sich vor Angst in die Hose. Er musste sie aufzuspüren, hetzte umher. Trotz Dunkelheit und anhaltendem Regen durchpflügte er die ganze Umgebung, doch das Kind blieb wie vom Erdboden verschluckt. Kurzatmig kapitulierte er, als der Morgen graute.

Resigniert stolperte Ronny zur Blockhütte und ließ sich auf einen schäbigen Sessel fallen. Seine Gedanken überschlugen sich. Fluchend ging er mit sich ins Gericht. Wie konnte er sich von einer doofen kleinen Heulsuse austricksen lassen? Und dann dieser Junge! Sämtliche Pläne hatte er ihm durchkreuzt. Dafür siechte er nun in der Kiste. Pech gehabt. Warum zur Hölle war er auch hier aufgetaucht? Ronny trat gegen den alten Schreibtischstuhl, der krachend gegen den Tisch schlug.

Eigentlich war sein Vater schuld an der Misere.

Zwei Tage hatte er wegen dem Alten in Hamburg vertrödelt, diese ätzende Geschäftsreise hatte ihm alles vermasselt. Hätte ihn sein Alter nicht gezwungen, ihn zu begleiten, wäre die Situation mit dem Kind mit Sicherheit nicht eskaliert. Wirklich, so eine Scheiße. Ja, genau genommen gingen all die Ereignisse hier auf

Bertold Dallingers Konto – und auf das seiner Mutter! Schließlich war sie es, die nie das Maul aufmachte, und wenn, dann nur um eine ihrer Weisheiten aufzusagen. »Wünsch deinem Sohne Glück und wirf ihn ins Meer!« So ein hohles Gelaber. Nie stellte sie sich vor ihn, nie bezog sie Partei gegen ihren Mann. Immer versteckte sie sich hinter beknackten Lebensweisheiten.

Ronny fluchte lautstark.

Wenn sein Vater nicht auf seiner Begleitung bestanden hätte, wäre er niemals nach Hamburg gefahren, hätte sich um Maxi gekümmert und sie wahrscheinlich längst laufen lassen. Dann hätte dieser Junge die Kleine nicht gefunden, und alles wäre easy.

Hätte, wäre, könnte.

Aber nein, der alte Blödmann musste mal wieder den Diktator spielen und bestimmen, wo es langging. Am liebsten wäre Ronny nach Hause gefahren, um Herrn Wulstlippe und Frau Kalenderspruch aus dem Bett zu zerren, sie herzuschleifen und mit der Scheiße zu konfrontieren, die sie angerichtet hatten.

Mit Blick auf seine Armbanduhr zwang sich Ronny auf die Beine. Der Sonnenaufgang war nicht fern. Er musste sämtliche Spuren beseitigen. Falls die Kleine sich irgendwie durchgeschlagen hatte, käme die Polizei ihm auf die Spur, damit war jedenfalls zu rechnen. Aber die Bullen konnten ihm nur etwas anhaben, wenn sie Beweise fanden, ergo musste alles verschwinden. Die Käfige und Seemannskoffer, der Bengel, einfach alles, was die Anwesenheit der Kinder verraten konnte. Weg damit, am besten ins Finkenmoor.

Ronny verlor keine Zeit und eilte in den Keller. Er machte sich nicht einmal die Mühe, in den Koffer zu gucken. Das Schicksal des Jungen interessierte ihn nicht. Was steckte er auch seine Nase in fremde Angelegenheiten. In einem irrsinnigen Tempo schleppte er den Überseekoffer und alles, was ihn verraten konnte, zu seinem Auto. Am Schluss packte er das demolierte Handbike hochkant auf den Rücksitz und fuhr Richtung Finkenmoor.

Über dem Gewässer hing bleierner Nebel.

Das nahe gelegene Meer rauschte.

Ronny stieg aus und warf das Bike, die Käfige und Kisten ins Moor. Sie versanken langsam und geräuschvoll. Vögel erhoben sich aufgeregt. Den Seemannskoffer, in dem der Junge lag, hievte Ronny zum Schluss aus dem Fahrzeug. Ohne auf seine teuren Schuhe zu achten, zog Ronny ihn ins Wasser. Nach wenigen Schritten wurde der Grund abschüssig. Auf dem schlammigen Boden fand er kaum Halt. Mit enormer Kraftanstrengung zog er den schweren Koffer tiefer und tiefer ins Moor. Schwitzend, fluchend, keuchend. Schon stand Ronny bis zu den Oberschenkeln in der dunklen Brühe.

»Was machen Sie denn da?« Die Stimmen klangen energisch.

Zwei Männer im Joggingoutfit schälten sich aus der Nebelwand, standen gestikulierend direkt am Ufer. *Scheiß Frühaufsteher.* Ronny bedachte sie mit einem wütenden Blick und widmete sich ansonsten unbeeindruckt seinem Unterfangen.

»Hey! Sie können doch nicht einfach Ihren Müll hier versenken!«, rief einer der beiden. »Das ist Naturschutzgebiet.«

Der Vorwurf prallte an Ronny ab. Er zog den Seemannskoffer stoisch vorwärts, bis Wasser den Deckel überspülte, ließ ihn dann los, machte auf dem Absatz kehrt und stolperte zum Ufer an der anderen Seite, weit weg von den Joggern. Aus den Augenwinkeln registrierte Ronny, dass die Typen offenbar das Weite gesucht hatten während der Koffer blubbernd im Moor verschwand.

Cuxhaven, Heinrich-Grube-Weg

Der jüngere Jogger, ein engagierter Umweltschützer, hatte sich Ronnys Kennzeichen gemerkt und die Polizei informiert. Nicht einmal zwei Stunden später fuhren zwei Beamte zur Klärung dieser Ordnungswidrigkeit zum Haus der Dallingers.

Ronny öffnete die Tür. Im ersten Moment war er erstaunt, fragte sich, wie man ihm so schnell auf die Spur gekommen war.

»Ich wollte den Kleinen nicht töten«, platzte er deshalb hervor und hielt den Beamten sofort seine ausgestreckten Arme entgegen. Erst an deren verwunderter Reaktion erkannte er, dass er vorschnell gehandelt hatte. Umgehend knallte Ronny den Polizisten die Haustür vor der Nase zu und rannte an seinen überraschten Eltern vorbei durchs Haus auf die Terrasse.

»Junge?«

Ronny durchquerte den Garten und erreichte sein Auto.

Die Flucht gelang ihm nicht. Handschellen klickten, und der Polizei von Cuxhaven gelang durch Zufall die Festnahme des Mannes, nach dem seit mehreren Tagen bundesweit gefahndet wurde.

Cuxhaven 2012, Agentur für Arbeit

»Sie haben auf keinen Brief reagiert«, beharrte Frau Schrot und sah Norma über ihre schmale Lesebrille strafend an. Ihr Dekolleté war ledrig.

Zu viel Sonne, dachte Norma.

»Die Post der Arbeitsagentur zu ignorieren ist keine gute Idee. Haben Sie denn nicht über die Konsequenzen nachgedacht?«

Kitty schlief im Tragegurt vor Normas Brust. Sie küsste die Kleine sanft auf die Echthaarsträhne und versuchte, ihre Fallmanagerin auszublenden.

Vergeblich. Frau Schrot redete unaufhaltsam weiter und laberte Schrott.

Norma lächelte über das Wortspiel.

»Ich weiß nicht, was daran lustig ist! Außerdem müssen Sie uns jede Veränderung in Ihrem Leben mitteilen. Mir war bisher nicht bekannt, dass Sie ein Kind haben.«

Norma drückte Kitty an sich, die leicht nach Penatencreme und Bananen roch. Ein wohliges Gefühl durchfuhr Normas Körper, sie schloss die Augen, träumte sich für einen Moment fort, raus aus diesem Büro, in ihre Wohnung, auf den Balkon, umgeben von ihren Lieben.

»Wie alt ist die Kleine?«

»Bitte?«

»Ihr Baby, wie alt ist es denn?« Die Sachbearbeiterin klang interessiert.

»Drei Wochen.«

»Dann stehen Sie dem Arbeitsmarkt doch noch eine ganze Weile gar nicht zur Verfügung«, stellte Frau Schrot fest. »Wann können Sie denn wieder arbeiten gehen?«

Norma wich zurück. Sie wollte nicht hier sein. In Gedanken verfluchte sie ihre Mutter. Wie um alles in der Welt hatte sie die Briefe hinter der Kommode entdeckt? Von wegen Zufall! Rumgeschnüffelt hatte sie. Norma war nur froh, dass sie ihre Schlafzimmertür abschließen konnte. Den Schlüssel versteckte sie in der Büchse mit dem Haushaltsgeld. Natürlich war ihre Mutter misstrauisch deswegen. Ständig bohrte sie nach. »Was verheimlichst du mir, Norma? Warum lässt du mich nicht in dein Schlafzimmer, Norma?«

Aber in dieser einen Sache blieb sie hart. Das Schlafzimmer war ihr Reich. Rückzugsort. Schutzraum für sie und die Kinder.

Mittlerweile hatten die Kleinen das Zimmer völlig in Beschlag genommen. Mit zwei Wiegen, der Wickelkommode, einem Pax-Auli-Kleiderschrank von Ikea mit Schiebetüren für die Babysachen, zweiundzwanzig Plüschtieren, einem Laufstall und dem dort geparkten Zwillingskinderwagen erinnerte der Raum eher an eine Abstellkammer. Norma bemühte sich trotz Platzmangels um eine gemütliche Atmosphäre. Kinder brauchten nun mal klare Strukturen und eine gewisse Ordnung.

»Hören Sie, wenn Sie nicht mit mir zusammenarbeiten wollen, können wir die Sache hier auch abkürzen.«

Norma presste sich in die Sitzfläche des Stuhls und Neuzugang Kitty an sich. In dem winzigen Körper schlug eine kleine batteriebetriebene Herzbox. Norma hörte sie leise arbeiten und entspannte sich ein wenig. Wenn sie bloß nicht so schwitzen würde. In diesem Büro stand die Luft. Oder war sie einfach zu warm angezogen? Dieser Sommer verdiente den Namen nicht im Geringsten. Regen, herbstliche Temperaturen und unangenehme, meist kurze Hitzeperioden, die Gott sei Dank meist nicht lange anhielten, wechselten sich ab.

Frau Schrot räusperte sich.

Norma blickte auf. »Entschuldigung, was haben Sie gesagt?«

Schrotti schlug einen verständnisvolleren Ton an. »Sie sind im Mutterschutz. Zurzeit also nicht vermittelbar.«

Mutterschutz. Norma blieb an dem Wort hängen. So eine hohle Phrase. Sie fühlte sich nicht beschützt. Mutterschutz gab es nicht, jedenfalls hatte sie davon noch nie etwas bemerkt. Früher nicht und jetzt schon gar nicht. Niemand schützte Mütter. Genauso wenig wie Kinder. Kinderschutz und Mutterschutz. Worthülsen. Eine gewissensberuhigende Plattitüde. Fromme Wünsche, die am Alltag scheiterten.

»Sie können einen Antrag auf Kindergeldzuschlag stellen.« Frau Schrot reichte Stift und Klemmbrett über den Tisch. Sie verlor die Geduld, ihre Stimme verriet Gereiztheit. »Lassen Sie sich Zeit, Sie können ihn auch mitnehmen, zu Hause ausfüllen und mir zusenden. Aber bitte daran denken!«

Norma überflog die Felder, die sie ausfüllen sollte. Dort war nicht genug Platz für ihre Kinder. »Kann ich noch ein Formular bekommen?«

»Natürlich. Hier, falls Sie sich verschreiben.«

Norma steckte die Anträge ein.

»Nur, dass wir uns richtig verstehen. Die Kürzung Ihrer Bezüge erfolgt trotzdem. Sie können dagegen in Widerspruch gehen. Und wenn Sie sonst Unterstützung für die Kleine brauchen, dann müssen Sie sich ans Jugendamt wenden. Haben Sie das verstanden?«

Norma erhob sich schwerfällig. Natürlich hatte sie verstanden. Sie war eine Mutter, und daraus ergaben sich Ansprüche, die sie geltend machen konnte.

Cuxhaven-Duhnen, Christian-Brütt-Weg

Iska bewegte sich wie in Trance durch ihren Alltag. Aufstehen. Kaffee kochen, mit Moses eine Runde drehen. Auch Monate nach Ivos Einäscherung erledigte sie die alltäglichen Dinge des Lebens nur mechanisch.

Das letzte Bild ihres Enkels begleitete sie auf Schritt und Tritt. Sie sah ihn vor sich, aufgebahrt in der Rechtsmedizin, in seinem dunkelblauen Konfirmationsanzug, weißes Hemd mit perlmuttfarbener Fliege. Die schulterlangen Haare ordentlich gekämmt, die Hände gefaltet.

Friedlich hatte er ausgesehen, schlafend und unschuldig. Der eigens angeforderte Spezialist des Beerdigungsinstituts hatte Ivo wunderschön hergerichtet, um den Angehörigen ein persönliches, nahes Abschiednehmen zu ermöglichen. Ivos Mutter hatte diesen letzten Kampf gekämpft, sich durchgesetzt gegen alle, die einen letzten Gruß am offenen Sarg für keine gute Idee hielten. So hatte sich auch Iska vor ihrem Enkel verneigt und schaffte es seitdem kaum, sich aufzurichten.

Ihre Tochter, Ivos Mutter, war in einer Lethargie gefangen, verweigerte das Leben, ging weder zur Arbeit, noch schien sie sich für irgendetwas zu interessieren. Bis auf Weiteres krankgeschrieben, kam sie morgens meist nicht aus dem Bett und stopfte den halben Tag Schokolade in sich hinein. Mittlerweile brachte sie fast einhundert Kilo auf die Waage.

Aus Sorge hatte Iska sie in ihrem alten Kinderzimmer einquartiert. Gott sei Dank protestierte sie nicht. Iska fühlte sich erleichtert und gebraucht. Ihre Tochter war der Grund, warum sie morgens aus dem Bett kam. Sie und Moses hielten sie davon ab, verrückt zu werden.

An diesem Mittag kam endlich die Lieferung mit der Post, auf die Iska sehnsüchtig gewartet hatte. Der Ring steckte in einem schmucklosen Kästchen.

Iska ließ sich aufs Sofa fallen, drehte den Ring im Licht und streifte ihn schließlich über den Mittelfinger ihrer linken Hand. Ein Diamant, aus Teilen von Ivos Asche gepresst. In einem aufwendigen Verfahren war aus den Überresten Kohlenstoff entzogen worden. Fast sieben Wochen war das verbliebene reine Material in einer Presse hohem Druck und einer enormen Temperatur ausgesetzt gewesen. Nach und nach waren Kristalle entstanden, aus denen schließlich ein Rohdiamant wurde. Iska hatte diesen Stein in Herzform schleifen und anschließend einfassen lassen. Und nun, endlich, trug sie einen Teil ihres Enkelsohns für immer bei sich. Zufrieden verharrte sie einige Augenblicke, bis sie mit der Hausarbeit fortfuhr. Auch ermahnte sie sich, ihrer Tochter nichts von der Herkunft des Rings zu sagen.

Sie würde kein Verständnis haben.

Nach einem kurzen Imbiss ging Iska in den Keller, stellte eine Maschine Buntwäsche an und bügelte. Später, nach dem Mittagsschlaf, ließ sie Moses für einen Moment in den Garten und deckte den Tisch für zwei Personen. Gegen vier versuchte sie stets, ihre Tochter aus dem Bett zu locken, indem sie Kaffee und Kuchen bereitstellte. Als sie gerade mit der feuchten Wäsche auf dem Weg zum Dachboden war, klingelte es an der Haustür.

»Phyllis!« Iska ließ ihre Schwester ins Haus. »Was für eine wunderbare Überraschung! Ich mache gerade die Wäsche. Begleitest du mich auf den Speicher?«

»Deine Tochter hat mich angerufen«, sagte Phyllis. »Offenbar sieht sie den Einzug bei dir nur als kurzes Gastspiel. Ich will mich zwar nicht einmischen, aber vielleicht sollte sie wirklich versuchen, langsam wieder auf eigenen Füßen zu stehen.«

Iska fuhr herum. »Woher willst ausgerechnet du wissen, was gut für mein Kind ist?«

»Iska, ich meine es doch nicht böse, du hast nur manchmal eine Art … du … Ich weiß, dass du dich einsam gefühlt hast nach Friedrichs Tod, und …«

»Davon verstehst du nichts! Du bist nie verheiratet gewesen, hast alle Männer verscheucht, weil du –«

»Bitte. Ich möchte nicht streiten.«

Iska ließ ihre Schwester stehen und stapfte die Stufen zum Dachboden hinauf. Sie drückte den Lichtschalter. Nichts. Sie hatte vergessen, die defekte Glühbirne auszuwechseln.

Zum Glück hatte sich ein Dachziegel leicht verschoben, und so fiel immerhin schwaches Licht auf den riesigen Boden. Iskas

Augen brauchten einen Augenblick, um sich an das Dämmerlicht zu gewöhnen. Sie seufzte, versuchte Phyllis aus ihren Gedanken zu vertreiben, nahm sich vor, endlich mal die Glühbirne gegen eine neue auszuwechseln und den Ziegel richten zu lassen.

Die Gestalt baumelte an einem Seil von der Mitte des Querbalkens. Schwer, merkwürdig zusammengeklappt.

Iska schrie, ließ den Wäschekorb fallen, ohne ihre Tochter aus den Augen zu lassen.

Staubpartikel schwebten umher.

Entschlossen machte Iska einen Satz nach vorn, stellte den umgefallenen Stuhl auf, stieg hinauf, umfasste die massigen Hüften ihres Kindes und versuchte, den Körper anzuheben.

»Phyllis! Hilfe!«

Zu ihrer Erleichterung stand ihre Schwester einen Augenblick später neben ihr. »Um Gottes willen!«

»Komm auf den Stuhl«, rief Iska. »Du musst mir helfen, sie hochzuhalten!«

Gemeinsam gelang es ihnen, dem Strick die Spannung zu nehmen.

Iska rief nach Moses. Sekunden später schoss der Terrier um die Ecke und sprang bellend um die Stuhlbeine.

»Moses, hol uns ein Messer!«, keuchte Iska. »Ein Messer, hörst du?«

Der Hund lief bellend davon. Iska hoffte, dass sich der Westi an Ivos Befehl erinnern konnte.

»Soll ich nicht lieber nach unten laufen?«, fragte Phyllis.

»Du bleibst hier, sie ist zu schwer, ich kann sie allein nicht halten!«

»Alles wird gut, mein Kind«, flüsterte Iska weinend. »Bitte, bitte, geh nicht. Lass mich nicht auch noch allein.«

Als Moses mit dem alten Brotmesser im Maul erschien, gelang es Phyllis, ihre Nichte loszuschneiden. Jedoch schafften es die beiden Frauen nicht, den leblosen Körper hinunterzutragen.

Weil sie ihr Handy so schnell nicht finden konnte, rannte Phyllis in die Diele und verständigte den Notarzt.

Die Schwestern fuhren mit in die Klinik. Phyllis hielt Iska im Arm, ließ sie nicht los, streichelte ihr den Kopf und versorgte sie mit Kaffee. Es dauerte eine gefühlte Ewigkeit, bis sie die erhoffte Nachricht erhielten, dass die Situation unter Kontrolle war.

Iska schluchzte hemmungslos, Phyllis murmelte ein Gebet aus Dankbarkeit. Und beide wussten, dass die Patientin trotzdem nicht über den Berg war.

Liebe Mutter,
ich kann das Urteil nun akzeptieren. Ehrlich gesagt, nach der Ungewissheit in der U-Haft ist mir die Klarheit, die ich jetzt habe, lieber. Natürlich sind dreizehn Jahre lang, aber immerhin hat das Gericht erkannt, dass ich nicht morden wollte, das muss doch auch für euch entlastend sein. Und wer weiß, vielleicht komme ich ja schon raus, wenn ich zwei Drittel der Strafe abgesessen habe. Rechtsanwalt Büttner macht mir jedenfalls dahingehend Hoffnung.
Nein, es war nicht belastend, dass die Familien der Kinder im Gerichtssaal anwesend waren. Natürlich ist es nicht schön, ihnen gegenüberzusitzen, weil sie in mir nicht den Menschen sehen, sondern wahrscheinlich eine Bestie. Aber ich weiß ja, dass ich das nicht bin, und du weißt es auch. Die Leute verstehen einfach nicht, wie die Dinge gelaufen sind.
Ja, ich habe gesehen, wie die Angehörigen bei der Urteilsverkündung zusammengezuckt sind. Anscheinend hatten sie mehr erwartet. Das kann ich einerseits verstehen, aber andererseits sollten sie bedenken, dass mir das Leben in der Gesellschaft für lange Zeit verwehrt bleibt. Ich kann keine Spaziergänge machen, nicht verreisen, zur Arbeit gehen oder tun, wonach mir sonst ist. Natürlich ist das irgendwie richtig, denn durch mich ist ein Kind gestorben, aber immerhin war es ja keine Absicht. Vielleicht verstehen sie das ja irgendwann. Mal sehen, vielleicht schreibe ich den Leuten einen Brief. Und am besten lasse ich jetzt das Thema, da rege ich mich nur wieder auf, das merke ich schon.
Die Bibel braucht ihr mir nicht zu schicken, die bekomme ich auch hier. Über Süßigkeiten würde ich mich freuen, eine Lakritztüte wäre super. Das ist etwas, was ich jetzt schon vermisse, einfach losgehen und Süßes holen.
Lingen oder Oldenburg, in eine der beiden JVAs werde ich mit etwas Glück verlegt. Die Gefängnisverwaltung nimmt Büttners Beschwerden hoffentlich ernst. Die Bedrohungen gegen mich nehmen nämlich zu. Die meisten Insassen sind unheimlich einfältig. Für die bin ich ein Kindermörder, egal, wie es wirklich war, egal, wie das Gericht urteilte. Also drückt mir die Daumen, dass ich aus dem Massenbetrieb hier rauskomme. Lingen wäre super, dann müsst ihr nicht so weit fahren.
Ich habe übrigens einen Antrag auf Weiterbildung gestellt. Vielleicht kann ich hier drinnen das Abitur nachholen. Da gibt es so ein Fernstudium, das machen viele Leute, auch wenn sie nicht in der JVA einsitzen.

Ich könnte Psychologie studieren. Psychologe Ronald Dallinger, wie hört sich das an? Das Fach interessiert mich wirklich, und ich denke, ich könnte der Menschheit eine Menge zurückgeben. Und Mutter, du hättest endlich einen Sohn mit akademischem Abschluss.
Na ja, mal sehen. Man muss sich darum bewerben, und nicht jeder erhält die Erlaubnis, an solchen Fortbildungsprogrammen teilzunehmen. Aber wenn sie es mir verwehren, das fände ich schon ziemlich heftig. Immerhin habe ich ja noch mein ganzes Leben vor mir, selbst wenn ich voll absitzen müsste. Ich werde einfach mal einen Antrag stellen. Jetzt, wo ich verurteilt bin, kann ich das Justizsystem voll nutzen, da gibt es einige Möglichkeiten, auch hier in Hannover. Ich habe nämlich auf die Dauer keine Lust, in der Schlosserei zu arbeiten, das ist gar nicht mein Ding. Aber Büttner meint, es macht sich gut, wenn ich nachgebe und mich füge, wegen der Verlegung und auch für später, wenn es um die vorzeitige Entlassung geht. Trotzdem nervt mich der Job an der Fräse, wenn ich doch wenigstens im Garten arbeiten könnte, da bin ich doch sozusagen Profi. Aber nein, es muss die verflixte Schlosserei sein. Reine Schikane, wenn du mich fragst! Aber ich werde meinen Mund halten.
Jetzt muss ich aufhören, gleich gibt es Abendessen. Es stört mich enorm, dass es immer so früh kommt. Wenn ich um achtzehn Uhr esse, habe ich ja um zweiundzwanzig Uhr wieder Hunger. Das ist ein kleines Beispiel dafür, wie fremdbestimmt mein Leben jetzt ist. Die meisten Menschen würden sagen, dass das fair ist, aber ich denke, kleine Freiräume könnte man uns schaffen, und zwar ohne großen Aufwand.
Na ja, ich versuche klarzukommen, hebe mir immer eine Kleinigkeit als Nachtmahl auf, ein Stück Käse oder einen Apfel. Ach, was gäbe ich für einen Löffel von deinem tollen Hühnersalat!!
Bis bald grüßt herzlich, euer Junge!

Debstedt

Die fünfunddreißig Kilometer von Cuxhaven nach Debstedt fuhr Iska meist sonntags. Manchmal begleitete Phyllis sie, heute war sie allein unterwegs.

Der Aufenthalt ihrer Tochter in der Seeparkklinik zog sich in die Länge, ob sie jemals wieder vollständig auf die Beine kommen würde, blieb fraglich. Iska ließ sie ungern in der Klinik, wollte sie zu Hause haben, aber die Ärzte rieten ab. Angeblich konnten Fortschritte, die sie gerade machte, in den eigenen vier Wänden stagnieren. Die Mediziner versicherten Iska, dass ihre Tochter auf die Verhaltenstherapie ansprach und auch auf das themenzentrierte Malen in der Gruppe positiv reagierte.

Iska konnte die Situation nicht einschätzen, kannte sich mit psychischen Erkrankungen nicht aus und stellte an ihrem Kind keine Veränderungen fest, Heilung schon gar nicht. Für sie war der Zustand äußerst besorgniserregend, und es brach ihr das Herz, sie so in sich gekehrt zu sehen.

Sie hatte sogar erwogen, nach Debstedt umzuziehen, aber die Ärzte rieten auch davon ab. Der Klinikalltag der Patienten war straff organisiert und ließ unter der Woche wenig Spielraum zur freien Gestaltung, überdies gab es Anwesenheitspflichten für verschiedene therapeutische Angebote. Partner oder Angehörige störten da eher, beanspruchten in der Regel zu viel Raum.

Zum Wohle ihres Kindes verabschiedete sich Iska von den Umzugsplänen und beschränkte sich weiter auf einen Besuchstag in der Woche. Die Sonntage ließ sie sich nicht nehmen, auch wenn der junge Oberarzt eine Bemerkung in die Richtung machte. »Vielleicht braucht Ihre Tochter einen radikalen Bruch.« So ein Unsinn. Iska hatte sich zusammenreißen müssen, um dem Schnösel, den sie auf Ende dreißig schätzte, nicht an die Gurgel zu gehen.

Sie ließ sich nicht beirren, und Phyllis bestärkte sie in all ihren Vorhaben. Sonntags packte Iska also ihre Tochter ins Auto und fuhr mit ihr meist an die Nordsee nach Wremen. Je nach Wetter verbrachten sie die Nachmittage mit Spaziergängen am Strand oder saßen in einem kleinen Café bei Trinkschokolade. Wenn Phyllis dabei war, lachten sie viel. Ansonsten teilte sich die Patientin kaum mit, und wenn, dann sprach sie ausnahmslos über die Therapeuten oder Mitpatienten. Das ist im Moment ihre Welt, beruhigte Phyllis ihre Schwester.

Iska versuchte, geduldig zu sein, auch wenn ihre Tochter, so wie heute, einfach versunken dasaß. Kakao und Kuchen hatte sie gierig zu sich genommen, und Iska machte Konversation, weil sie es kaum ertrug, wenn sie sich schweigend gegenübersaßen. Ivos Tod und die damit verbundenen Themen klammerte sie aber weitestgehend aus.

An diesem Nachmittag brachte Iska ihre Tochter spät zur Klinik zurück und half ihr beim Umziehen. Durch Zufall lief ihr einer der Ärzte über den Weg. Er schien Iska zugewandt, lächelte, als er sie sah, und bat sie in eines der kleinen Besprechungszimmer. So erfuhr sie, dass ihre Tochter weiter Fortschritte machte.

»Sie kommt mir gar nicht so vor«, stellte Iska fest.

»Das sind die Tabletten«, entgegnete der Mediziner. »Psychisch ist die Patientin stabilisiert. Ich denke, wir werden sie in zwei bis drei Wochen entlassen können. Natürlich muss sie dann ambulant betreut werden.«

Iska war überrascht. »Und wie hat sie die Nachricht aufgenommen?«

»Gut, sehr gut. Es war ihr Wunsch. Sie will in ihr Leben zurück.«

Iska stand auf. »Dann werde ich mal alles vorbereiten. Ehrlich gesagt, hätte ich nicht mit so einer baldigen Rückkehr gerechnet.«

Der Arzt blieb sitzen. »Sie möchte nicht zu Ihnen zurück. Vielleicht hat sie das Thema deshalb nicht angesprochen.«

»Was soll das heißen?«, fragte Iska und setzte sich wieder. »Wo will sie denn hin?«

»Sie möchte schon in Ihrer Nähe bleiben, aber ihr Wunsch ist eine kleine eigene Wohnung. Was meinen Sie, können Sie Ihre Tochter bei dem Schritt unterstützen?«

Iska verstand die Frage nicht. Sie hatte ihre Tochter immer unterstützt, sich nie in ihr Leben gedrängt. Aber sie machte sich Sorgen, und das war ja wohl berechtigt. Eine eigene kleine Wohnung, was für ein absurder Gedanke. Sie konnte einfach nicht verstehen, warum ihre Tochter gerade sie seit Ivos Tod nicht ertrug. Warum ausgerechnet ihr langjähriges gutes Verhältnis so brüchig wurde.

»Werden Sie ihr helfen?«, fragte der Arzt.

»Natürlich«, sagte Iska, erhob sich zum zweiten Mal, reichte dem Mediziner die Hand und verließ die Klinik.

Am Abend sprach sie lange mit Phyllis. Ihre Schwester baute sie auf, fokussierte sie auf den wesentlichen Punkt. »Sieh es positiv. Norma will ins Leben zurück.«

Teil 2

Bremerhaven 2011

Anna Koranth beobachtete die Menschen vor dem Kaffeeautomaten, die in ordentlicher Reihe standen, und versuchte herauszufinden, was sie an diesem Anblick störte.

Seit einem Jahr fuhr sie fast jeden Freitagabend in die Selbsthilfegruppe für die Hinterbliebenen von Gewaltopfern. Die Zusammenkünfte fanden in den Räumen der Arbeiterwohlfahrt im Herzen von Bremerhaven statt. Manchmal machte sich Anna früh auf den Weg, um an der Unterweser zu flanieren. Sie mochte die Atmosphäre dort, fühlte sich zurückversetzt in ihre Kindheit, dachte an die Sonntagsausflüge nach Bremerhaven. Hier hatte sie ihre erste Coke getrunken und mehrfach ehrfürchtig an der Hand ihrer aufgeregten Mutter die Stelle bestaunt, an der Elvis Presley 1958 als GI deutschen Boden betrat. Annas Mutter war eine der kreischenden Frauen gewesen, die den King of Rock 'n' Roll dort empfangen hatte, und zeitlebens stolz auf diesen Moment.

Vom Columbuskaije waren zwischen 1830 und 1974 mehr als sieben Millionen Menschen in die neue Welt aufgebrochen. Für Anna schwebte der Geist jener Zeit noch immer über dem Hafenbereich, jedes Mal, wenn sie hierherkam. Heute legten ganz in der Nähe die großen Kreuzfahrtschiffe ab, nahmen Touristen an Bord, die für ein paar Tage Seeluft schnuppern wollten. Aber früher wanderten die Menschen aus, trugen alles, was sie besaßen, in einem Koffer mit sich, kehrten der Heimat den Rücken, suchten ihr Glück in der Ferne und kamen meist nie wieder zurück. Anna spürte jedes Mal Wehmut, wenn sie im Hafen dieser Stadt saß.

Auch heute hatte sie sich die Zeit genommen, eine Stunde im Auswandererhaus gesessen und Tee getrunken. Das geschäftige Treiben hier lenkte sie ab und gab ihr ein gutes Gefühl. Am Nachbartisch hatte ein Rentnerpaar bei Torte und Kaffee gesessen, offenbar völlig beeindruckt von ihrem Museumsbesuch.

»Hautnah kann man das Auswandern da drinnen erleben«, sagte der alte Herr mit Berliner Akzent zu Anna. »Das Besteigen der Schiffe, die Not und Enge an Bord, Einzelschicksale, alles eindrucksvoll dargestellt, man hat sogar das Gefühl, dass der Schiffsboden schwankt.«

Anna hatte sich auf ein Gespräch eingelassen und sich anschließend ungewöhnlich beschwingt gefühlt. Doch hier, in den Räumen der AWO, verflog ihr Elan, und sie ärgerte sich über die geordnete Schlange, die für Kaffee im Pappbecher anstand. Anna wusste mehr von jedem Einzelnen hier, als ihr lieb war, kannte ihre Schicksale, war anwesend. Nicht mehr und nicht weniger.

Sie fand es schlimm, dass sie nichts fühlte, aber letztlich kamen ihr diese Menschen so vor, als würden sie geduldig zur Schlachtbank traben, sich arrangieren, mit den schrecklichen Verlusten abfinden. Jedem einzelnen Teilnehmer dieser Selbsthilfegruppe war das Herz herausgerissen worden. Alle hatten unvorstellbares Leid erfahren, traumatische Erlebnisse zu verarbeiten. Aber sie schienen sich anzupassen, schlugen sich den Staub von den Schultern und gingen auf wackeligen Beinen vorwärts. Manche sprachen sogar davon, den Mördern zu verzeihen. Bereit zur Vergebung, allerdings mit ausdruckslosen Augen, tonlosen Stimmen und erstarrten Körpern, doch scheinbar gewillt, das Unmögliche zu leisten.

Unvorstellbar, jedenfalls für Anna.

Sie sah zu Otmar. Der fast Siebzigjährige rührte Zucker in seinen Kaffee und sprach mit der kleinen Dicken, deren Namen Anna vergessen hatte. Er knuffte sie in die Seite und warf den Kopf nach hinten. Wahrscheinlich gab er wieder einen seiner Witze zum Besten. Otmar war in seinem eigenen Haus überfallen und ausgeraubt worden. Dabei hatte einer der Täter seiner Frau ein Messer in die Rippen gestoßen. Sie war vor Otmars Augen verblutet. Die Mörder wurden nie gefasst. Otmar nahm sein Schicksal angeblich an und grübelte nicht darüber nach, warum gerade er so schreckliches Leid ertragen musste. Er gab den Clown, versuchte in allem einen heiteren Aspekt zu entdecken und brachte Anna damit auf die Palme.

Sie schielte zu Rosi, einer zierlichen Frau, die keiner Fliege etwas zuleide tun konnte und immer ein silbernes Kreuz über dem Rollkragenpullover trug. Rosi suchte Trost im Glauben. Ihre Zwillingsschwester hatte ein Unbekannter ausgeraubt und brutal zusammengeschlagen. Auf dem Weg ins Krankenhaus erlag sie ihren Verletzungen. Wut auf den Mörder empfand Rosi angeblich nicht.

Allerdings fielen ihr langsam die Haare aus. Von Woche zu Woche wurden die Locken lichter. Rosi interpretierte den Verlust ihrer geliebten Schwester als Prüfung Gottes und flüchtete sich in jeder freien Minute in ihre Kirche.

Natürlich flossen auch Tränen, und bei jeder Zusammenkunft schrie sich jemand die Verzweiflung aus dem Leib, aber am Ende gingen sie alle ruhig nach Hause.

Und das machte Anna wütend.

Sie war nicht gewillt, sich ihrem Schicksal zu ergeben. Heute noch weniger als an dem Tag, als sie die Nachricht von Timms Tod in den Abgrund gestürzt hatte. Jetzt, so viele Jahre später, war von ihrem alten Leben kaum etwas geblieben. Georg und sie hatten sich getrennt, längst war sie aus dem gemeinsamen Haus ausgezogen. Ein schwerer, wenn auch notwendiger Schritt.

Ihr wurde immer noch übel, wenn sie an ihren Exmann dachte. Sie empfand Wut und Enttäuschung, weil er sich als Schlappschwanz erwiesen hatte.

Es war, als habe ihr Mann nach Timms Beerdigung einen Schalter umgelegt. Georg war in Schweigen verfallen, blockte Gespräche über die entsetzliche Tat ab. Anfangs ließ Anna nicht locker, bei jeder Gelegenheit versuchte sie, mit ihm zu reden, hatte sich an die Hoffnung geklammert, dass ihre Ehe diese schwere Zeit überwinden konnte. Anna entwickelte Strategien, gewöhnte sich an, die Gefühlslage ihres Mannes genau zu beobachten, und lernte diese möglichst genau einzuschätzen. Um wichtige Themen anzusprechen, hatte sich meist das Wochenende angeboten. Wenn eine Arbeitswoche vorüber war und sie äußerlich entspannt beim Frühstück saßen, war Georg am zugänglichsten gewesen.

An einen Samstag erinnerte sie sich besonders. Dieser Tag hatte Anna klargemacht, dass sie etwas unternehmen, sich befreien musste.

Sie hatte Brötchen und die Tageszeitung geholt. Als sie sich am Frühstückstisch gegenübersaßen, Georg noch im Pyjama, jeder vertieft in seine Lieblingsseite, hatte sie nach vorsichtigen Formulierungen gesucht. Alles hing davon ab, dass sie die richtigen Worte fand, ansonsten brachte Georg es fertig und verließ einfach das Haus. Sie hatte sich geräuspert und sich dann in letzter Sekunde entschieden, ihre gesamte Planung über Bord zu werfen. Kein vorsichtiges Vortasten. Keine Kompromisse. Sie war es leid, sich ständig kontrollieren zu müssen. Im Nachhinein vielleicht ein Fehler.

»Ich möchte, dass wir uns professionelle Hilfe suchen.«

Ihr Mann sah nicht einmal auf.

»Georg! Ich rede mit dir.«

»Was ist?« Er blickte sie über die Zeitung fragend an. »Was hast du gesagt?«

Anna schluckte ihren aufkeimenden Zorn hinunter. Georg hatte sie genau verstanden. Er wollte Zeit gewinnen, stellte immer zuerst eine Gegenfrage, wenn er selbst etwas gefragt wurde. Eine Taktik, die Anna unheimlich nervte.

»Wir brauchen Unterstützung, Georg, damit wir mit der Situation besser klarkommen.«

»Was brauchen wir?«

»Georg!«

Er legte die Zeitung ganz ruhig zur Seite. In den letzten Monaten war er gealtert. Das ehemals dunkelbraune Haar wurde an den Schläfen grau, unter den Augen zeichneten sich dunkle Ränder ab. Gewicht hatte er verloren, mindestens sieben Kilo, was ihn krankhaft hager aussehen ließ. Er wirkte wie in sich zusammengefallen, dabei wurde er in ein paar Wochen erst siebenunddreißig.

Anna ließ nicht locker. »Viele Paare, die in unserer Situation sind, suchen sich Beistand. Das ist heutzutage nichts Besonderes.«

»In unserer Situation?« Georgs Zornesfalte erschien auf der Stirn. »In was für einer Situation sind wir denn? Wir haben unseren Sohn verloren und beerdigt! Damit müssen wir einfach klarkommen. Ende der Geschichte. Was sollen wir da beim Therapeuten?«

»Wir haben Timm nicht verloren!«, schrie sie. »Er wurde brutal ermordet, wir –«

»Was macht das für einen Unterschied?«

»Was das für einen Unterschied macht?« Anna schlug mit der flachen Hand auf die Tischplatte und suchte nach Worten. »Ich … Es macht einen irre großen Unterschied. Wir haben uns noch nie über diesen Tag unterhalten, ich weiß einfach nicht, was in dir vorgeht, und habe keine Ahnung, wohin ich mit meiner Wut soll.«

»Geh ins Fitnessstudio, verdammt noch mal!« Georg sprang auf, drehte eine Runde um den Tisch, blieb direkt vor ihr stehen und holte tief Luft. »Natürlich ist es nicht leicht, aber wir werden keinen Trost finden! Niemals. Ich jedenfalls nicht! Und schon gar nicht bei einem Psychoheini, der unser Leid nur pseudomäßig nachvollziehen kann, dem es in Wahrheit nur darum geht, mit unserem Geld die Raten für sein Haus abzubezahlen.«

Anna stieß ihren Stuhl weg. »Ach, geht es dir wieder einmal um das verdammte Geld? Hindert dich dein Geiz daran, uns Linderung zu verschaffen?«

»Mein Geiz? Du spinnst doch. Auf das Niveau begebe ich mich erst gar nicht. Immer wenn du nicht mehr weiterweißt, kommst du mit der verdammten Kohle. Du glaubst gar nicht, wie satt ich das habe!«

»Hör dir doch mal selbst zu. Hier kann und darf es nicht ums Geld gehen! Wir müssen aussprechen, was uns beschäftigt, sonst werden wir daran ersticken.«

»Dann sprich dich doch aus. Lass raus, was in dir vorgeht. Schrei mir entgegen, dass ich schuld an Timms Tod bin, weil ich ihm erlaubt habe, ins Freibad zu gehen. Los, sag es endlich!« Er stand dicht vor ihr, spuckte ihr die Worte ins Gesicht.

Eine Sekunde hatte Anna mit der Versuchung gekämpft. *Ja, du bist schuld am schrecklichen Tod unseres wunderbaren Jungen! Schuld! Schuld! Schuld!*

Sie beherrschte sich nur mit Mühe. Es war ungerecht, Georg verantwortlich zu machen, das wusste Anna. Deshalb entschied sie sich, ihn einfach stehen zu lassen, lief zum Schlafzimmer hinauf und schlug die Tür hinter sich zu.

Diese Situation hatte ihr wieder einmal vor Augen geführt, wie weit sie und Georg voneinander entfernt waren. Und sie hatte deutlich gespürt, dass sie Timms Tod nicht verwinden konnte, wenn sie an Georgs Seite blieb.

An diesem Samstagmorgen war ihr zum ersten Mal der Gedanke gekommen, dass sie ihren Mann verlassen musste. Er verstand einfach nicht, warum sie nicht schweigen konnte, er fand es übertrieben, dass sie auf Timms Bett lag und versuchte, seinen Geruch einzuatmen. Und er schüttelte den Kopf darüber, dass sie zu den Mahlzeiten nach wie vor für ihn mitdeckte.

Auch beim Prozess gegen Timms Mörder hatte er das Gegenteil von dem getan, was Anna erwartet hatte. Georg war den Verhandlungstagen vor Gericht ferngeblieben. Wieder fühlte sich Anna im Stich gelassen. Sie saß ohne Georg, mit Sonnenbrille und Kopftuch, als Nebenklägerin neben ihrer Rechtsanwältin und starrte Timms Mörder an.

Kallwitz. Äußerlich wirkte das Schwein teilnahmslos. Nur flüchtig hatte Anna ihn nach den Trainings wahrgenommen, wenn sie Timm abholte. Wie ein Milchbubi sah er jetzt aus, in seinem grauen Anzug mit weißem Hemd und der Krawatte. Das dunkle wellige Haar nach hinten gekämmt, ebenmäßige Gesichtszüge, Typ freundlicher Nachbar, der im Hausflur höflich grüßt. Kein Monster, kein sabbernder Fettsack in Jogginghose. Vom Erscheinungsbild ein athletischer junger Mann, durchaus sympathisch, der bei den Kids ankam und Erwachsene einlullte. Und genau das machte ihn so gefährlich. Anna hätte schreien können. Kallwitz, das Drecksschwein. Ihr machte er nichts vor. Seine Augen verrieten ihn. Sie standen eng beieinander, wie zwei kleine schwarze Löcher störten sie das gepflegte Erscheinungsbild des Mörders, hoben bei genauer Betrachtung seine geleckte Fassade auf. Jedenfalls für Anna. Wenn Kallwitz den Blick hob und die Anwesenden taxierte, was nur selten vorkam, stockte ihr jedes Mal der Atem. Seine Blicke waren seelenlos, vielleicht weil er niemals blinzelte, überhaupt nicht zuckte. Wie ein Hai. Anna starrte ihn unentwegt an, egal, wer gerade zu Wort kam, und jedes Detail seiner Erscheinung brannte sich ihr ein.

Dabei hatte sie immer wieder an Timms Martyrium denken müssen. Bei dem Gedanken, dass dieser Kerl ihren Jungen brutal missbraucht hatte, diese kalten Augen das Letzte gewesen waren, das Timm in dieser Welt gesehen hatte, wurde ihr kotzschlecht. Wenn sie sich das bewusst machte, hatte eine gehörige Portion Selbstbeherrschung dazugehört, nicht über den Tisch zu springen und Kallwitz die maskenhafte Visage zu zerkratzen. Und wenn sie dann am späten Nachmittag mit hängenden Schultern, schwer beladen mit den heftigsten Eindrücken nach Hause kam, hatte ihr Mann nichts von Kallwitz oder ihren Gefühlen wissen wollen.

Allein mit sich, erwartete Anna ein hartes Urteil, hoffte auf das höchste Strafmaß, das die deutsche Justiz hergab, und fieberte dem Richterspruch entgegen. Sie erwartete lebenslänglich mit anschließender Sicherungsverwahrung. Mindestens. Denn schon früher war das Schwein wegen des Besitzes von kinderpornografischen Videos zu einer Bewährungsstrafe verurteilt worden. Und auch wenn Kallwitz in dieser Zeit nicht wieder straffällig geworden war oder, wie Anna eher vermutete, sich nicht hatte erwischen lassen, hatten aus ihrer Sicht sämtliche Kontrollinstanzen versagt. Sein Umfeld, die Justiz und auch der Vorstand des Vereins, in dem Timm dienstags und samstagmorgens gespielt hatte.

Nicht einmal ein polizeiliches Führungszeugnis hatten sich die Verantwortlichen von dem Aushilfstrainer vorlegen lassen, obwohl doch längst bekannt war, dass sich solche Perversen vornehmlich dort aufhielten, wo sie sich problemlos das Vertrauen ihrer Opfer erschleichen konnten. Timm hatte seinen Namen mehrmals erwähnt. Lustig fand er den Betreuer, mochte dessen Späße.

Rache. Das Wort hatte sich in Annas Herz gebrannt. Aber vielleicht würde sich nach der Urteilsverkündung auch ein Teil ihrer grenzenlosen Wut lösen. Und wenn nicht, würde sie sich auch ohne Georg darum kümmern, dass ihr Seelenfrieden einigermaßen ins Gleichgewicht kam.

Am Tag der Urteilsverkündung ließ Anna Kallwitz wieder nicht aus den Augen, sie wollte sehen, wie sich seine leblosen Augen mit Tränen füllten, wenn er das Strafmaß hörte.

Aber es war Anna, die laut aufschrie.

Zwölf Jahre. Mehr gab das deutsche Rechtssystem angeblich nicht her. Lebenslänglich kam nicht in Betracht, weil Kallwitz die vorsätzliche Tötung des Jungen nicht nachgewiesen werden konnte, obwohl sie für Anna auf der Hand lag. So konnte Kallwitz bei guter Führung, positiven Prognosen und Stellungnahmen nach acht Jahren entlassen werden. Lächerliche acht Jahre! Kallwitz, das perverse Schwein, hatte die Justiz auf seiner Seite, obwohl er

Timm nicht nur vergewaltigt, sondern auch brutal geschlagen hatte. Die Absicht der Tötung hatte dabei angeblich nicht vorgelegen.

Kallwitz wollte Timm nach eigenen Angaben nur gefügig machen, er hatte den Jungen nicht absichtlich mit dem Hinterkopf auf den Baumstumpf geschlagen. Positiv wurde ihm zudem angerechnet, dass er die Polizei unmittelbar nach der Tat zum Tatort geführt hatte. Seine Bestrafung war ihm dabei angeblich völlig egal gewesen, denn er wollte, dass Timm gerettet wurde. So ein beschissener Lügner. Anna konnte nicht glauben, das Kallwitz mit dieser Version durchkam, die von den Sachverständigen gestützt wurde. Es war doch wirklich zu offensichtlich, dass der Mörder nur versuchte, seinen Arsch zu retten.

In dubio pro reo, im Zweifel für den Angeklagten.

Doch das traf hier nicht zu! Welche Zweifel? Es gab keine Zweifel. Kallwitz war geständig, die Beweise niederschmetternd, Timm tot. Anna brach noch im Gerichtssaal zusammen. Sie verlor den Glauben an die Justiz und die Menschheit. Niemals hätte sie mit so einem milden Urteil gerechnet, und wenn es nach ihr gegangen wäre, hätte dieser Mörder keinen einzigen Tag mehr als freier Mensch verbracht.

Das war ein Schlag, auch in Timms Gesicht.

Nach dem Prozess war Anna in ein tiefes Loch gefallen. Auf Anraten ihrer Hausärztin hatte sie ein paar Wochen in einer Klinik verbracht und dort mit einer Psychotherapie begonnen, die sie anschließend ambulant fortsetzte. Mit professioneller Hilfe traute sie sich schließlich, der permanenten Konfrontation mit dem Verlust ihres Kindes wenigstens eine räumliche Veränderung entgegenzusetzen. Dieser für sie so wichtige Befreiungsschlag bedeutete allerdings das Ende ihrer Ehe, denn Georg wollte sich nicht bewegen, verstand ihren Wunsch nach Veränderung nicht. Er wollte das Haus nicht verlassen, in dem Timms Stimme nach wie vor wohnte und Anna um den Verstand brachte.

Anna erkannte, dass sie gehen musste, wenn sie weiterleben wollte, und zog nach Cuxhaven. Darüber hinaus hatte ihr die Therapie den erhofften Seelenfrieden nicht gebracht. Aber sie war sich selbst ein kleines Stück näher gekommen, verstand es besser, ihre eigenen Bedürfnisse wahrzunehmen und sich zu positionieren. Sie konnte eher mal Nein sagen, wenn sie etwas nicht wollte, oder sich treiben lassen, einen ganzen Tag auf der Couch vertrödeln.

Was ihre Wut und den Verlust ihres Jungen anging, fühlte sie heute jedoch noch den gleichen Schmerz wie damals. Nach wie vor deckte sie den Tisch für Timm mit und roch an seiner Wäsche, auch wenn sein Geruch sich längst verflüchtigt hatte.

Immerhin funktionierte Anna von außen betrachtet wie ein Uhrwerk.

Sie stand morgens zeitig auf, verschwand im Bad, bändigte die kurzen schwarzen Haare, streifte eine Bluse über und schlüpfte in knielange Röcke. Sie wirkte gefasst und zielstrebig, aber ihr Blick in den Spiegel blieb flüchtig.

Anna sah Timm, wenn sie sich selbst betrachtete. Diese leicht schräg stehenden braunen Augen, die zierliche Nase, der breite Mund. Timm. Sein schneeweißer Sarg vermoderte längst in der Erde. Die wunderschönen Augen von Würmern gefressen, für immer verklungen seine abertausend Fragen, zu Ende gekämpft der Streit um mehr Taschengeld und vorbei der obligatorische Erdbeerbecher zum Sommerferienbeginn. Timm. Niemals konnte sie seinen grausamen Tod verwinden, diese Wunde heilte die Zeit nicht.

Und niemand ahnte, dass Anna es nur mit eiserner Disziplin schaffte, die Fassade aufrechtzuerhalten. Tägliche Wiederholungen gaben ihr Halt. Pünktlich die Wohnung verlassen, eine Zeitung kaufen, sich einreihen in den Strom der Beschäftigten. Lesend und unscheinbar. Eine Frau mittleren Alters, nicht hässlich, nicht hübsch, die sich eher unauffällig durchs Leben zu bewegen schien. Anna Koranth, Angestellte einer Gebrauchtwagenfirma. Höflich. Hilfsbereit. Ein guter Mensch. So wirkte sie, und so wollte sie wahrgenommen werden.

Oberflächlich betrachtet, hielt sich Anna tapfer, und die kleinen Anzeichen, die deutlich machten, dass sie seit Timms Tod ein wenig aus der Spur lief, schien niemand zu bemerken. Dieser Umstand wurde auch durch ihren Umzug nach Cuxhaven begünstigt, denn die sogenannte soziale Kontrolle gab es hier nicht.

Zudem mied Anna jeden privaten Kontakt – so gab es keine Fragen und keine Regeln. Niemand wusste zum Beispiel, dass sie einen starken Glauben besessen hatte, und so konnte sich auch keiner darüber wundern, dass sie nicht mehr in die Kirche ging.

Unter der Oberfläche brodelte es.

Rache. Sie konnte an nichts anderes denken.

Im Sommer würden sich die Tore für Kallwitz öffnen. Dann stand ihm der Weg in die Gesellschaft offen. Annas Anwältin hatte sie schon vor Monaten vorgewarnt. Angeblich verhielt sich das Arschloch im Knast vorbildlich, hatte sich therapieren lassen und heuchelte Mitgefühl mit seinem Opfer.

Anna ließ sich nicht blenden.

Kallwitz. Seinen Vornamen sprach sie nicht aus. Sie wollte keine, auch nicht die minimalste persönliche Beziehung zu dem Mann herstellen, der ihren Sohn ermordet hatte.

Stattdessen trug sie Sachverhalte über ihn zusammen: Sein Vater war vor fünfzehn Jahren verstorben, die Mutter lebte in Lüdingworth, einem kleinen Ort bei Cuxhaven. Kallwitz: Einzelkind, Realschulabschluss, Kfz-Ausbildung abgebrochen. Versuchte sich als Krankenpflegehelfer, gab den Beruf aber wegen eines angeblichen Rückenleidens auf und jobbte bis zu seiner Verhaftung in einem Callcenter. Um an diese und weitere Informationen zu kommen, hatte Anna damals einen Privatdetektiv engagiert.

Längst stand für sie fest, dass Kallwitz sterben musste. Sie wollte nachbessern, wo das deutsche Rechtssystem aus ihrer Sicht versagt hatte. Über die Tötungsform war sie sich allerdings noch nicht abschließend im Klaren.

Die Schlange vor dem Kaffeeautomaten hatte sich aufgelöst, die Pause war beendet, und die Mitglieder der Selbsthilfegruppe nahmen ihre Plätze ein. Anna beobachtete die Anwesenden. Zehn Erwachsene saßen im Kreis. Alle konzentrierten sich jetzt auf Harald, der heute zum ersten Mal über seinen Alptraum sprach.

Anna hörte kaum hin. Sie überlegte, ob sich irgendjemand in diesem Raum ebenfalls mit Vergeltungsgedanken beschäftigte. Wirkte es vielleicht nur so, dass sie sich mit ihrem Leid abfanden? Schließlich spielte sie auch eine Rolle, fügte auch sie sich nur scheinbar in ihr Schicksal. Ging der eine oder die andere nach Hause und brütete ebenfalls über den ganz persönlichen Rachefeldzug? Anna betrachtete jeden Teilnehmer aufmerksam, aber sie konnte sich beim besten Willen nicht vorstellen, dass in dieser Runde ein Verbündeter saß.

Cuxhaven-Döse

Anna Koranth hob ihre Besorgungen aus dem Einkaufswagen und verstaute sie im Kofferraum des Autos. Sie verließ den Aldiparkplatz, hielt beim Bäcker und lenkte den Wagen kurz bei ihrem Allgemeinmediziner auf dem Vogelsand vorbei.

Als sie danach an der Bushaltestelle »Kugelbake« vorbeifuhr, fiel ihr die Frau wieder auf. Häufig und zu ganz unterschiedlichen Zeiten stellte sie, immer begleitet von einem jungen süßen Terrier, Grabkerzen unter die Aufhängung des Fahrplans oder legte Blumen unter den Plastiksitz in der Ecke. Den Bus nahm sie nie. Anna hatte sie beobachtet. Auch jetzt lehnte sie am durchsichtigen Windschutz und ignorierte die offene Tür der Buslinie. Dabei wirkte sie unbeeindruckt von dem Treiben ringsherum.

Anna hielt vor der gegenüberliegenden »Seepark Residenz«, schaltete den Motor aus und betrachtete die Frau auf der anderen Straßenseite eindringlicher. Sie mochte Mitte sechzig sein, älter nicht. Auf den ersten Blick wirkte sie robust, wie ein Mensch, den nichts so leicht aus der Bahn werfen konnte. Groß, kräftig, sonnengegerbtes Gesicht. Ihre Hände steckten tief in den Taschen einer wetterfesten Tweedjacke. Anna verspürte den Wunsch auszusteigen, um sie anzusprechen. Das Schicksal dieser Frau interessierte sie. Für Anna war es offensichtlich, dass sie an dieser Stelle einen geliebten Menschen verloren hatte.

Doch sie blieb sitzen. Es war nach sechs, sie musste nach Hause, sich umziehen. Ihr Chef gab ein Essen für die Mitarbeiter, weil die Firma ein kräftiges Plus verzeichnete. Anna hatte erfolglos versucht, sich davor zu drücken. Aber ihre Anwesenheit wurde ausdrücklich gewünscht. Sie warf der Frau an der Bushaltestelle einen letzten Blick zu, startete den Motor und nahm sich vor, einen der alteingesessenen Kollegen nach einem Gewaltverbrechen oder einem Unfall zu befragen, der sich an dieser Haltestelle abgespielt haben könnte.

Cuxhaven-Sahlenburg

Als sie zwei Stunden später beim Firmenessen in den Nordheimterrassen in Sahlenburg saß, war es wider Erwarten eine nette Runde. Das rustikale Ambiente des Hauses war ganz nach Annas Geschmack, sie bestaunte die vielen Puppen auf den Fensterbänken und freute sich, dass die Flammen in dem gusseisernen Ofen ordentlich loderten. Nach einem Blick in die Speisekarte entschied sie sich für ein Jägerschnitzel.

Während die Wirtin die Getränke brachte, kam Anna mit Betty aus der Buchhaltung ins Gespräch, eine patente Frau, die kurz vor ihrer Pensionierung stand. Die Seele des Betriebs, pflegte der Chef mindestens einmal täglich zu sagen und betonte gern, dass der Laden den Bach runtergehen würde, wenn Betty den wohlverdienten Ruhestand antrat. Nach einigen belanglosen Sätzen wanderte Annas Blick von Bettys pinken Fingernägeln zu ihrem passenden Lippenstift.

»Kann ich dich etwas fragen?«

»Natürlich, schieß los.«

Anna erzählte von ihren Beobachtungen mit der Frau und dem kleinen Terrier an der Bushaltestelle.

Betty legte augenblicklich die Gabel beiseite. »Das ist Iska Bade. Ihr Enkel wurde umgebracht.«

»Wirklich?«

»Ja, ganz schlimm!« Betty stocherte in ihrem Salat herum, der Appetit schien ihr vergangen zu sein. »Der Junge wurde gefangen gehalten und ermordet. Zu seiner Beerdigung kamen über dreihundert Menschen. Arme Iska.« Betty beugte sich zu Anna vor und erzählte ihr flüsternd die grausigen Details, die damals die Runde gemacht hatten.

»Demnach wurde er also im Wernerwald getötet«, sagte Anna.

Betty pickte einige Maiskörner auf. »Ja.«

»Und warum legt sie dann Blumen an einer Bushaltestelle in Döse nieder?«

Betty hob die Schultern. »Keine Ahnung.«

»Ist da mal ein Verbrechen geschehen?«

Betty schüttelte den Kopf. »Nicht dass ich wüsste.«

»Und hat diese Iska Bade noch Familie?«

»Ja, Norma, ihre Tochter. Und eine Schwester.«

Anna strich den kleinen gelben Läufer glatt, der über der grünen Tischdecke lag.

»Bei manchen Menschen muss man sich wirklich fragen, warum sie so viel Leid ertragen müssen«, flüsterte Betty. »Gerade Iska ist ein herzensguter Mensch, zeitlebens hat sie sich in der Gemeinde engagiert. Jetzt lebt sie völlig zurückgezogen. Besonders tragisch ist, dass ihre Schwester Phyllis …«

»Darf ich um Ihre Aufmerksamkeit bitten!« Der Chef schlug mit einer Gabel an sein Glas.

»Später«, flüsterte Betty.

Anna nippte an ihrer Apfelschorle, versuchte sich mit mäßigem Erfolg auf die Worte des Chefs zu konzentrieren. Als dann endlich das Essen serviert wurde, aß sie das Schnitzel lustlos.

Betty flirtete den restlichen Abend mit dem Neuen aus dem Verkauf. Angeblich stand er auf ältere Frauen. Anna wollte Betty nicht stören, doch Iska Bades Schicksal ging ihr nicht aus dem Kopf, und sie fragte sich, wie diese Frau es überhaupt schaffte, jeden Morgen aufzustehen.

Cuxhaven-Grimmershörn

Anna hatte sich auf eine Tötungsform festgelegt. Sie wollte den Mörder ihres Sohnes überfahren. Im ersten Moment ein erschreckender Gedanke, aber sie hielt die Methode für durchführbar. Online bestellte sie »Saga Rally«, ein Off-Road-Rennfahrer-Thrill-Spiel, und verbrachte jede freie Minute hinter der Konsole. Anna glaubte daran, dass sich durch solche Spiele Reaktionsvermögen und eine gewisse Form von Abgestumpftheit hervorragend trainieren ließen.

Und dies bestätigte sich in der Praxis. Anfangs fuhr Anna zögerlich, wich Konfrontationen aus. Aber nach und nach drückte sie das virtuelle Gaspedal voll durch, führte Karambolagen herbei und zuckte nicht mehr zusammen, auch nicht beim heftigsten Aufprall.

Sie stellte sich Kallwitz vor. In jedem Rennen war er ihr Gegner. Sie raste los, fluchte lauthals, erkannte sich selbst kaum wieder und brauchte einige Zeit, bis sie aufhörte, sich dafür zu schämen oder zu maßregeln. Nach und nach verlor der Gedanke, Kallwitz zu töten, für Anna seinen Schrecken. Trotzdem wusste sie, dass die Simulation an der Playstation nicht als Vorbereitung reichte.

Schwarz gekleidet und mit Handschuhen entwendete sie deshalb an einem regnerischen Sonntagabend einen Ford-Focus aus der Firma, in der sie arbeitete, fuhr damit zu ihrer Garage. Sie hängte den gemieteten Anhänger an das Fahrzeug und raste über die L 135 in die Nähe von Midlum. Das Waldstück, an dem sie schließlich hielt, lag verlassen. Von hier führte eine gerade Schotterpiste ebenerdig durch zwei riesige Felder.

Anna parkte, hievte im Licht der Scheinwerfer sechs Strohballen aus dem Hänger und stapelte sie aufeinander. Zusammen ergaben sie eine Höhe von über einem Meter siebzig. Dann setzte sie sich hinter das Steuer, fuhr einen knappen Kilometer zurück und wendete.

Es war eine Sache, zu Hause an der Spielkonsole Crashs herbeizuführen. Eine ganz andere Geschichte war es aber mit Sicherheit, Gas zu geben und real auf etwas zuzuhalten.

Der Weg lag im Scheinwerferlicht vor ihr.

Anna ließ den Motor aufheulen, drückte das Gaspedal durch, jagte die Schaltung in den dritten Gang und fuhr mit Vollgas auf den Strohballenstapel zu. Sie verriss das Steuer nicht, aber die Heftigkeit des Aufpralls überraschte sie. Der Airbag wurde ausgelöst und schlug ihr mit voller Wucht gegen die Stirn. Sie schrie, schaffte es zu bremsen und sah, wie die Strohquader zur Seite kippten.

Minutenlang saß Anna regungslos, bis sie schließlich aussteigen konnte. Mit wackeligen Beinen ging sie um das Fahrzeug, inspizierte Schrammen und Dellen. Den Schaden schätzte sie gering ein. Anna war stolz. Sie hatte ihren Plan durchgezogen, draufgehalten bis zum Aufprall, Mumm bewiesen.

Sie ließ die Strohballen liegen, fuhr zurück zur L 135, stellte den Anhänger in ihre Garage, parkte den Wagen auf dem Firmengelände, reinigte ihn im Innenraum von eventuellen Spuren und lief nach Hause. Erst jetzt bemerkte sie die Platzwunde am Mund und tupfte Blut von ihren Lippen.

Natürlich gab es am nächsten Tag Rätselraten um den Focus, der mit eingedrücktem Kotflügel und Stroh an der Stoßstange im Parkraum stand. Aber Anna wurde mit dieser Sache nicht behelligt. Lediglich Betty sprach sie auf die Wunde in ihrem Gesicht an, gab sich aber natürlich mit einer fadenscheinigen Erklärung zufrieden.

Anna fühlte sich gut, selbstsicherer und motivierter als jemals zuvor. Das Gefängnistor konnte sich ruhig für Kallwitz öffnen. Und wenn es so weit war, wollte Anna fit sein, mental und physisch, dazu stachelte sie sich an.

An den Wochenenden joggte sie nun regelmäßig. Sie bildete sich ein, dass eine gute Kondition nicht schaden konnte. Rennfahrer gingen schließlich auch ins Fitnessstudio.

An einem wunderbaren Frühlingsmorgen lief Anna auf dem Döser Deichweg Richtung Kugelbake am Meer entlang. Ebbe. Die Luft war klar und die Sicht gut. Am Grünstrand standen Strandkörbe in Reihen, bereit für den Ansturm des Tages. Einige Läufer überholten Anna, andere kamen ihr entgegen. Anna joggte auf dem schmalen Asphaltweg, begleitet vom ewigen Geschrei der Möwen, ließ das Wahrzeichen von Cuxhaven rechts liegen.

Sie lief in gleichbleibendem Tempo bis Döse, dann auf dem Deich vorbei an Promenade und dem Ahoi-Bad in Duhnen. Weit draußen im Meer konnte sie deutlich die Umrisse der Insel Neuwerk mit dem markanten Leuchtturm erkennen und kämpfte hinter den Häusern am Deichweg mit der leichten Steigung. Schnell kam das einzige Hochhaus Sahlenburgs in Sicht. Anna lief weiter, an der Statue des Wattkiekers vorbei bis zum Surferstrand. Dort drehte sie um und machte sich auf den Heimweg. Anna freute sich auf Kaffee, Toast und Rührei.

Sie erkannte Iska Bade sofort. In der Hand hielt sie einen Strauß roter Rosen, der weiße Terrier lief neben ihr. Anna rannte an ihr vorbei, widerstand dem Impuls, sie anzusprechen, und ärgerte sich nach wenigen Metern darüber. Am Wattwagenabfahrtplatz blieb sie stehen, überlegte kurz und lief zurück. Aber Iska und ihr Hund waren nicht mehr zu sehen. Anna lief, bis der Trampelpfad zum Finkenmoor sichtbar wurde, und sah Iska, bevor sie mit hängenden Schultern im Wernerwald verschwand.

Anna folgte ihr, hielt aber gebührenden Abstand.

Iska ging am Finkenmoor vorbei, lief durch den Wernerwald, auf den ersten Blick planlos, aber Anna vermutete, dass sie ihr Ziel fest im Blick hatte. Nach zwanzig Minuten tauchte ein Blockhaus auf. Anna blieb hinter einer Tanne stehen, sah, wie sich Iska Bade verwitterte Stufen hochschleppte und die Blumen auf der Türschwelle ablegte. Dort verweilte sie, während der Hund umherstromerte.

Anna gab ihre Deckung auf, als sich Iska Bade wieder auf den Rückweg machte, und sprach sie an.

***

Der Rotwein stieg Iska sofort zu Kopf, obwohl sie langsam trank und reichlich gegessen hatte. Anna war eine exzellente Köchin. Iska konnte sich nicht erinnern, jemals einen so guten Lammrücken zu sich genommen zu haben.

»Das war ausgezeichnet«, sagte sie und lehnte sich zurück, während sich ihre Gastgeberin erhob.

Sofort stellte Iska die benutzten Teller zusammen und wollte ebenfalls aufstehen, aber Anna nahm ihr das schmutzige Geschirr ab. »Bleib sitzen, genieß den Wein und Montserrat Caballé. Ich finde, niemand singt Bizets ›Habanera‹ besser!«

Das ließ sich Iska nicht zweimal sagen, sie konnte eine kurze Verschnaufpause gebrauchen. Die Gespräche mit Anna forderten sie. Seit sie sich vor einigen Wochen im Wernerwald begegnet waren, trafen sie sich mindestens einmal die Woche. Ihre Unterhaltungen drehten sich meist um Annas ermordeten Sohn.

Dabei hielt Anna ihre Emotionen nicht zurück. Die Trauer um

den Jungen war allgegenwärtig. In der Wohnung gab es ein Zimmer, in dem sie Timms Sachen aufbewahrte. An der Kühlschranktür hingen zwei seiner Kinderzeichnungen, und an jeder Wand des Wohnzimmers lachte er von Fotos. Iska wunderte sich über die starke Präsenz des Kindes, sprach Anna aber nicht darauf an. Jeder hatte das Recht, seinen Verlust auf eigene Weise zu verarbeiten.

Anna ging offensiv mit ihrem Schicksal um. Schon bei ihrer ersten Begegnung im Wald hatte sich die Unterhaltung durch eine Tiefe ausgezeichnet, die Iska niemals zuvor so intensiv erlebt hatte. Und es tat gut, Floskeln und Small Talk beiseitezulassen. Aber sie spürte auch Annas Zorn, ihre Wut auf den Mörder, die Polizei, auf die Verantwortlichen des Fußballvereins, ihren Exmann und die Justiz im Allgemeinen. »Ich könnte eine Bombe in das Haus des Richters werfen«, hatte Anna gestern am Telefon gesagt.

Solche Aussprüche schreckten Iska ab. Doch ehrlich gesagt, fühlte sie sich hin- und hergerissen. Zum einen ging von Anna etwas aus, das sie anzog, und sie spürte, wie gut ihr die Nähe tat. Zum anderen stieß sie etwas ab, aber Iska konnte nicht mit Bestimmtheit sagen, was es war. Vielleicht Annas Wut, die Wucht des Zorns, der manchmal aus ihr herausbrach.

Verstehen konnte Iska die Aggression ihrer neuen Freundin. Sie wusste, wovon sie sprach. Immerhin kannte sie Gefühle wie Hass. Der schreckliche Tod ihres Enkels hatte sie an die Grenze dessen gebracht, was sie ertragen konnte. Aber Dallinger war rechtmäßig verurteilt, saß in Hannover ein und würde dort noch eine Weile bleiben.

Dreizehn Jahre hatte er bekommen.

Ein erstaunlich mildes Urteil, auch für Iskas Empfinden. Sie als nahe Angehörige fand sich mit ihrer Wut und Trauer darin nicht wieder, fühlte sich ungerecht behandelt, nicht ernst genommen. Dallinger hockte die Zeit ab, höchstwahrscheinlich nicht einmal bis zum Schluss, und konnte danach sein Leben weiterführen. Sie, die Familie, litten, schlugen sich mit Trauer, Schuldgefühlen und deren Folgen herum. Lebenslänglich.

Ihre Tochter Norma empfand das Leben als Last, Phyllis quälte sich ebenfalls, und auch die Familie der kleinen Maxi hatte mit massiven Problemen zu kämpfen. Seit dem Prozess stand Iska in lockerem Kontakt mit dem Vater des Mädchens. Niemals würde sie Johann Bernsens Gesicht vergessen, als sie ihm damals die kleine Walze übergab, die man in Ivos Hosentasche gefunden hatte. Auf die Knie war er gesunken und hatte Iska unglaublich leidgetan. Die Leittragenden waren die Angehörigen. Insofern hatte Anna recht.

Kühle Abendluft wehte durch das weit geöffnete Fenster. Iska atmete tief ein, schloss die Augen und lauschte einer frühen Aufnahme von Montserrat Caballé. »Carmen« gehörte zu Iskas Lieblingsopern, und sie spürte auf einmal, was sie die letzten Jahre schmerzlich vermisst hatte. Musik. In all der Trauer um Friedrich, Ivo und durch die Sorge um ihre Tochter war sie von regelmäßigen Opernbesuchen weggekommen, und sie spielte auch nicht mehr die alten Schallplatten. Iska nahm sich vor, gleich morgen den Plattenspieler zu entstauben.

Als Anna mit Espressotassen ins Esszimmer zurückkam, fühlte sich Iska ausgeruhter.

»Hast du jemals darüber nachgedacht, den Tod deines Enkels zu rächen?«, fragte Anna ziemlich unvermittelt und rührte Zucker in ihren Kaffee.

Iska sah überrascht auf. »Rächen? Wie meinst du das?«

»So wie zum Beispiel Frau Bachmeier.« Anna klang ruhig. »Du kennst doch den Fall. Sie hat den Mörder ihrer Tochter im Gerichtssaal erschossen. Das ging damals um die Welt.«

»Natürlich, davon kann sich niemand freimachen. Ivo hatte schließlich noch sein ganzes Leben vor sich.«

»Timm auch, er war so ein tolles Kind, und wenn ich daran denke, was er erleiden musste, werde ich einfach immer noch wütend! Es geht nicht weg, weißt du. Seine Welt bestand aus Fußball, Radfahren und Modellflugzeugen. Er wusste nichts von den perversen Phantasien solcher Dreckschweine, wie Kallwitz eins ist. Timm war völlig ahnungslos.«

»Das ist schwer zu ertragen«, sagte Iska. »Aber was sollen wir machen? Ich muss Ivos Tod akzeptieren, sonst werde ich verrückt. Und meine Tochter … sie …« Iska verschränkte die Arme vor ihrem Bauch. Sie fror.

»Was ist mit ihr? Wie verkraftet sie den Verlust?«

Iska suchte nach Worten. »Sie ist … sie hat … Es fällt mir schwer, über sie zu sprechen.«

Anna schaute Iska an, forschte unaufdringlich in ihrem Gesicht.

»Sie hat versucht, sich das Leben zu nehmen.« Iska leerte ihre Espressotasse und versuchte schon wieder zu lächeln. »Angeblich hat sie sich nach einem längeren Klinikaufenthalt stabilisiert, sie lebt jetzt in einer kleinen Wohnung hier in der Nähe. Aber wir haben im Moment kaum Kontakt. Es ist, als ob sie mich nicht erträgt. Ich weiß nicht, warum.«

»So viel Leid überall«, sagte Anna.

»Das stimmt. Aber letztlich können wir uns nur in unsere Schicksale fügen. Weitergehen, versuchen zu leben.«

»Das sehe ich völlig anders.«

»Wie denn? Du kannst deinen Jungen rächen, natürlich, aber willst du dann den Rest deines Lebens im Gefängnis sitzen?«

»Lebenslänglich habe ich sowieso«, sagte Anna leise.

»Mag sein.« Iska zuckte mit den Schultern. »Außerdem, nur mal theoretisch, wie würdest du Kallwitz zur Strecke bringen? Stell dir Mord nicht so einfach vor. Oder würdest du einen Auftragskiller engagieren?« Iska lächelte. »Falls du mal Bedarf hast – alte Freunde meines ersten Mannes haben mit Sicherheit Kontakte in hilfreiche Kreise.«

»Ich würde es selbst erledigen«, sagte Anna mit fester Stimme.

»Selbst? Kindchen.« Iska stellte ihre Tasse ab. »Wie denn?«

»Überfahren. Mit Vollgas auf ihn zu. Frontal! Bumm! Ende.«

Die Entschlossenheit in Annas Stimme erschreckte Iska. »Das ist doch Unsinn. Das erfordert Mut und Kaltblütigkeit, und außerdem kann es passieren, dass du ihn nicht richtig erwischst, und dann? Am Ende fährst du irgendwo gegen und bist selbst tot!«

»Ich würde ihn richtig erwischen, verlass dich drauf. Und wenn nicht, wäre es mir auch egal.«

»Sag so etwas nicht!«, rief Iska.

Die beiden Frauen saßen einen Augenblick schweigend am Tisch.

»Nein«, nahm Iska den Faden wieder auf, »das Risiko, dass es nicht klappt, wäre mir zu groß. Ich würde einen anderen Weg wählen, die Öffentlichkeit mobilisieren, die Menschen wachrütteln, ihnen klarmachen, dass ein Mörder in ihrer Nachbarschaft lebt. Ihn denunzieren, dafür sorgen, dass er keine ruhige Minute hat.«

Anna sagte nichts.

»Und wenn ich mich schon rächen würde«, fuhr Iska fort, »dann so, dass Dallinger an Ivos Martyrium erinnert wird, verstehst du? Wenn, dann wollte ich, dass er das Gleiche durchmacht wie unser Junge.«

»Halb totgeschlagen in einer Kiste verrecken?«

Iska schluckte, manchmal ging ihr Annas direkte Art wirklich auf die Nerven. Sie seufzte. »Ich muss los. Mein Hund wartet.«

»Bleib noch einen Moment«, schlug Anna vor. »Ich räume kurz die Küche auf und bring dich dann zum Bus. Die frische Luft wird mir guttun. Und überleg dir, ob du Lust hast, mal mit mir in meine Selbsthilfegruppe zu kommen. Ich würde mich freuen.«

Als Anna in der Küche verschwunden war, stand Iska auf, ging zur Diele und öffnete die Tür neben der Küche, hinter der sie das Badezimmer vermutete.

Der Raum war klein. Ein massiver Schreibtisch, der von Papieren überfrachtet war, stand quer vor dem Fenster. Iska öffnete die Tür weiter und machte Licht. An sämtlichen Wänden hingen handgeschriebene Notizen, groß kopierte Zeitungsartikel und Fotos in allen Größen. Sie zeigten immer den gleichen Mann. Mal bunt, mal schwarz-weiß. Über einem Sideboard dominierte ein riesiger Wandkalender. Vergangene Tage waren mit einem grünen Textmarker durchgestrichen.

Lose Unterlagen bedeckten beinahe das gesamte Laminat. Iska ging in die Hocke, nahm ein Blatt auf und überflog die Zeilen. Es handelte sich um die Beschreibung eines Falls, ausgedruckt aus dem Internet. Ein Mann hatte ein Mädchen sexuell missbraucht und war mit einer Bewährungsstrafe davongekommen. Die Beweislage hatte anscheinend nicht für eine Haftstrafe gereicht. Iska legte den Zettel zurück und richtete sich auf. Sie schwankte leicht.

»Was machst du in meinem Arbeitszimmer?«

Iska hatte Anna nicht kommen hören. »Ich habe das Bad gesucht …«

Anna trat zur Seite und zeigte auf die Diele. »Es ist gegenüber.«

Iska rührte sich nicht. »Was hat das zu bedeuten?«, fragte sie mit trockenem Mund. »Hier sieht es aus wie in einem Büro der Sonderermittlung bei der Polizei.«

»Das geht dich nichts an.«

»Ich verurteile dich nicht«, sagte Iska schnell. »Ich weiß nur nicht, ob das gut ist, was du hier machst.«

»Lass das meine Sorge sein.«

Iska ging an Anna vorbei und trat auf den kleinen Flur. »Unser Gespräch eben war doch hypothetisch, nicht wahr?«

»Du verpasst deinen Bus«, erwiderte Anna und reichte Iska Jacke und Regenschirm.

Die Umarmung an der Haustür war distanziert.

»Bist du mir böse?«, fragte Iska.

Anna versuchte zu lächeln. »Es gibt andere Menschen, denen ich böse bin.«

Liebe Mutter,
natürlich bin ich ein wenig enttäuscht, dass ihr mich nicht besuchen kommt, aber klar, das Geschäft und euer Umzug gehen vor. Ich würde nur gerne mal wieder ein gepflegtes Gespräch führen und, wie gesagt, Zigaretten (ja, ich weiß, dass ich dich enttäusche, weil ich wieder rauche!) wären schön! Süßigkeiten bitte nicht! Ich habe mir vorgenommen, die Zeit in dieser Einrichtung zu nutzen, um abzunehmen. Vierzig Kilo habe ich mir vorgenommen! Was sagst du dazu?
Ansonsten löst hier eine Hiobsbotschaft die nächste ab.
Verlegt werde ich nämlich erst einmal nicht! Angeblich, weil andere Gefangene zuerst dran sind. Ich weiß nicht, nach welchen Kriterien die hier vorgehen, aber ICH werde ständig schikaniert. Irgendein Idiot hackt immer auf mir rum, und damit meine ich nicht nur die blöden Sprüche, die ich mir andauernd anhören muss.
Erst vorgestern hat so ein Arsch mich bei der Essensausgabe angerempelt. Der Eintopf flog durch die Kantine, und ich habe mich an der Hand verbrannt. Ich meine, das ist doch keine Lappalie!! Aber meine Proteste verhallen ungehört. Der Gefängnisverwaltung scheint es egal zu sein, beziehungsweise habe ich meine Zweifel, ob die diensthabenden Wärter solche Zwischenfälle überhaupt weiterleiten. Für die bin ich doch auch der letzte Abschaum, weil ich ein Kind getötet habe. Dabei habe ich den Jungen ja nicht umgebracht, jedenfalls nicht so, wie die Blödmänner denken. Aber solche feinen Unterschiede werden hier nicht gemacht! Da könnte ich kotzen.
Egal, ich weiß mich zu wehren, ich schreibe alle Verstöße auf und leite sie in ziemlicher Regelmäßigkeit an Büttner weiter. Ich will ja schließlich nicht so enden wie der Typ in der JVA Siegburg damals, weißt du noch, den haben seine Zellennachbarn dazu gebracht, sich selbst aufzuhängen. Da können die lange warten! Nicht mit mir!
Vielleicht kannst du dich ja auch mal mit der Gefängnisleitung in Verbindung setzen und ein bisschen Druck machen, ich meine, wenn ihr mich schon nicht besuchen kommen könnt … Schaden könnte es nicht!
Die Therapie mache ich weiter. Allerdings ist Dr. Uhlmann gegangen, und nun bin ich bei Dr. Peters, genau genommen: Prof. Peters, und er besteht darauf, dass ich ihn mit seinem vollen Titel anspreche. Warum auch nicht, immerhin hat er ein Recht darauf. Er ist nicht gerade sympathisch, ich habe immer das Gefühl, dass er mich aufs Glatteis führen will.

Ich finde es übrigens gut, dass ihr von Cuxhaven wegziehen wollt. Ich werde da nach meiner Entlassung wahrscheinlich auch nicht wieder hingehen, ich wollte ja damals genauso wenig aus Bremen weg wie du.
Jedenfalls war der Umzug damals eine Katastrophe für mich, da bin ich mal mit Prof. Peters einer Meinung. Die Urlaube vorher waren schon schrecklich, aber dieser Umzug …
Weißt du noch, diese endlosen Sommerferien. Wattwürmer und Kugelbake. Noch nie habe ich dieser Region etwas abgewinnen können. Nicht einmal als Kind. Damals sind wir ja schon immer in den Ferien hingefahren. Wenn ich nur an diese endlosen Radtouren und Wattwanderungen denke. Und dieser Sand, der einem in jede Pore wehte. Stundenlange Sandbuddeleien waren auch nicht mein Ding. Jedes Mal habe ich geweint, wenn es in die Ferien ging, ich wäre einfach lieber zu Hause geblieben.
Wenn es nach mir gegangen wäre, hätte ich den Sommer in meinem Zimmer verbracht und Superman-Hefte gelesen. Aber es ging ja nicht nach mir. Damals genauso wenig wie heute, das wird mir immer klarer. Zudem war Vaters Wort Gesetz: Im Sommer fahren wir an die Nordsee. Ende der Diskussion. Und der Kinderarzt hatte dir wegen meiner schlimmen Neurodermitis und den beknackten Asthmaanfällen zur Seeluft geraten. Damit war die Sache doppelt besiegelt.
Für mich waren diese Urlaube der reinste Horror. Vier Wochen unter Dauerbeobachtung, das war nahezu Stress pur, ich bekomme heute noch ein merkwürdiges Beklemmungsgefühl, wenn ich nur daran denke. Dazu kam, dass ich mich vor dem Meer fürchtete, ich habe dir mal davon erzählt. Du hast gelacht und mich Dummerchen genannt. Aber es war mein Ernst. Das Meer finde ich heute noch ätzend, da ich nicht schwimmen kann und schon damals nie ins Wasser ging.
Und dann diese nervigen Schiffstouren. »Der Junge ist völlig verweichlicht«, schimpfte Vater regelmäßig, erinnerst du dich? Na ja, jedenfalls war der Umzug so ungefähr das Letzte, womit ich gerechnet hatte. Die Vergangenheit ist jedenfalls Thema in der Therapie, und einige Sachen, die der alte Professor von sich gibt, sind ganz interessant, auch was euch betrifft und Oma, die einfach viel zu früh gestorben ist.
Dass ich schon als kleiner Junge Hunde, Karnickel und Katzen gequält habe, stimmt nur zum Teil. Richtig angefangen habe ich damit erst in Cuxhaven. Aber ehrlich gesagt, was spielt das für eine Rolle?

Für heute ist es genug, gleich kommt Pfarrer Steeger. Er versucht mir einzureden, dass Gott besonders seine verlorenen Schafe liebt. Hält er mich etwa für verloren? Sehr interessant. Ach, da fällt mir ein, dass ich Pfarrer Pauli geschrieben habe, immerhin war ich ja einige Jahre Messdiener, aber er hat bis jetzt nicht geantwortet. Vielleicht hat er einfach zu viel um die Ohren, oder er will nichts mit »verlorenen Schafen« zu tun haben. Wer weiß das schon!
Ich melde mich wieder und freue mich auf Post. Und bitte: Drückt mir weiter die Daumen wegen der Verlegung! Irgendwann muss es ja klappen.
Dies schrieb, euer Junge!

Cuxhaven 2012, Haydnstraße

Akribisch trug Norma die Namen ihrer Kleinen in die dafür vorgesehenen Spalten der Anträge auf Kindergeld ein, die ihr Frau Schrot von der Arbeitsagentur mitgegeben hatte.

Erfreut stellte sie fest, dass ihr pro Baby bis zu einhundertvierzig Euro zustanden. Bei sechs Kindern konnte sie demnach mit einer guten Finanzspritze rechnen. Was für Aussichten! Vorsorglich meldete sie auch Stephen an. Er würde zwar erst in den nächsten Tagen geliefert werden, aber darin sah Norma kein Problem.

Wie sie aus dem beigelegten Informationsblatt erfuhr, gab es die Möglichkeit, einmalige Hilfe für die Erstausstattung zu beantragen, an Kosten, die für Kinderwagen, Laufstall und Bettchen anfielen, beteiligte sich der Staat.

Norma fiel ein Stein vom Herzen. Sie füllte die Spalten mit den gewünschten Auskünften und druckte für jedes Kind eine bunte Geburtsurkunde aus dem Internet aus. Für die drei Jungen hellblau mit Segelschiffmotiven, für die Mädchen rosa mit niedlichen Elefanten.

Bei strahlendem Sonnenschein packte Norma die Zwillinge in den Kinderwagen und brachte den Umschlag zur Postfiliale in der Segelckestraße. Mit sich und der Welt zufrieden, betrat sie danach den Drogeriemarkt gegenüber der Post, kaufte Pampers, Babyshampoo und einen neuen Schnuller für Kitty.

Auf dem Heimweg verließ sie der Schwung. Ihre Schritte wurden schwerer. Unter enormer Kraftanstrengung trug sie den Kinderwagen in die zweite Etage, versorgte die Kleinen und bestellte beim Lieferservice eine große Pizza Tonno mit extra Peperoni. An diesem Wochenende ging sie nicht mehr vor die Tür und verfolgte die Berichterstattung rund um das Duhner Wattrennen vom Sofa aus. Gern hätte Norma das Spektakel um Galopper, Traber, Fallschirmspringer und Cheerleader-Tanz mit ihren Lieben besucht, aber sie fühlte sich unheimlich kraftlos.

So igelte sie sich tagelang ein, erwachte morgens meist zeitig und brauchte mittlerweile beinahe zwei Stunden, um alle Babys für den Tag anzuziehen und mit Frühstück zu versorgen. Jason, Claire sowie die Zwillinge Amy und Brandon konnten jetzt im

Kinderstühlchen am Tisch sitzen. Für diese vier hatte Norma Arm- und Beinverlängerungen gekauft.

Schließlich wuchsen Kinder ja heran.

Kitty musste hingegen noch auf dem Arm gefüttert werden. Zeitweise artete die Versorgung ihrer Familie in Stress aus, aber Norma wurde, wie sie selbst feststellte, immer routinierter.

Einen großen Teil des Schlafzimmerschranks füllten Babysachen. Ordentlich gestapelt nahmen Strampler, Strickjäckchen, Socken, Mützchen und Schlafanzüge immer mehr Regalbretter ein. Das störte Norma nicht im Geringsten. Zeitweise fühlte sie sich einfach großartig, studierte Werbezettel der Discounter, deckte sich mit Vorratspackungen von Pampers und Babynahrung ein.

Mittlerweile trug jedes Kind je nach Geschlecht entweder ein rosa oder ein hellblaues Perlenarmband mit Namen und Ankunftsdatum am Handgelenk, die Geburtstage standen gut lesbar auf dem Küchenkalender. Ihre Mutter hatte neulich davor gestanden. »Wer sind denn Amy und Brandon?« Norma verstand die Welt nicht mehr. *Deine Enkel! Die Zwillinge! Sie fragen ständig nach ihrer Oma!*

Am liebsten hätte Norma ihre Mutter an den Schultern gepackt und einmal kräftig durchgeschüttelt. Doch dann überfiel sie wieder dieses Ohrensauen. Es suchte sie seit einiger Zeit aus heiterem Himmel heim. Norma schrie ihrer Mutter nichts entgegen, ließ sich in solchen Situationen aufs Sofa fallen und bat um ein Glas Wasser. Iska kümmerte sich, hakte nicht nach, und Norma fühlte jedes Mal Erleichterung.

Das nächste Paket kam an einem Mittwoch im Juli. Norma versammelte ihre Lieblinge um den Esstisch. Gemeinsam sollten sie Stephen willkommen heißen. Mit klopfendem Herzen ritzte Norma das Klebeband des Kartons ein und stutzte.

Auf der Noppenfolie lag ein Brief. Neugierig faltete sie ihn auseinander:

»Meine Liebe, Stephen ist zurzeit nicht lieferbar. Es gibt Probleme mit der Herstellungsfirma in den USA. Deshalb schicke ich dir Ivo …«

Normas Hände zitterten.

»Er ist vollkommen fertiggestellt und sogar gerootet …«

Ohrensausen setzte ein.

»… Ivo ist einer meiner Lieblinge, ein süßer kleiner Kerl, der dir viel Freude bereiten wird.«

Ivo. Dreißigste Schwangerschaftswoche. Vorzeitiges Einsetzen der Wehen. Blutungen, Blasensprung, ein geöffneter Muttermund. Krankenhaus, Notaufnahme, Neonlicht …

»Natürlich erlasse ich dir einen Teil der Kosten, und wenn du Ivo nicht willst, kannst du ihn selbstverständlich auch zurücksenden …«

Normas Frühstück schob sich in der Speiseröhre nach oben. Die Zeilen verschwammen vor ihren Augen. Der Zettel fiel ihr aus der Hand.

Pädiatrie. Das Frühchen nicht viel größer als Normas Hand. Inkubator. Fachpersonal. Angst vor Risiken und bleibenden Schäden. Intensivmedizinische Betreuung. Ivo, Sorgenkind und Sonnenschein vom ersten Tag an.

Norma wurde schwindelig, alles um sie herum drehte sich wie ein Kreisel. Sie suchte Halt, dabei warf sie drei Babys zu Boden. Schweiß brach ihr aus. Ihr massiger Körper kippte nach rechts, fiel der Länge nach auf den Teppich. Dort übergab sie sich auf Jason, Amy und Claire. Voller innerem Aufruhr wischte sie den schleimigen, sauer riechenden Brei mit ihren Händen von den Gesichtern ihrer Kleinen, krümmte sich währenddessen vor Schmerzen. Schluchzend und wimmernd drückte Norma ihre Babys an sich, versuchte aufzustehen.

Es gelang ihr nicht. Erschöpft blieb sie liegen und stand an diesem Tag nicht wieder auf.

Am nächsten Morgen fühlte sich Norma weder in der Lage, nach Ivo zu sehen, noch schaffte sie es, Claire und die anderen zu versorgen. Weinend fuhr sie schließlich den Rechner hoch und vertraute sich Dorit an.

»Schick den Kleinen zurück«, riet die Freundin. »Du darfst Ivo nicht persönlich nehmen.«

Norma fragte sich, wie sie das anstellen sollte. Sie kannte nichts Persönlicheres als Ivo, konnte den Karton nicht einfach zukleben, schaffte es nicht, den Jungen in die Dunkelheit zu sperren.

Konzentrische Bruchlinien durch lokale Einwirkung. Fremdkörper hätte im Schädel belassen werden müssen. Schwerste Hirnverletzung. Erhebliche Zerstörung grundlegender Körperfunktionen. Kreislauf und Atmung fallen ab. Krampfanfälle. Hypovolämischer Schock. Lebend in Kiste verbracht.

Unvorstellbar, grausam, schrecklich.

Return to sender. Das gelang Norma nicht. Behutsam hob sie Ivo aus dem Karton, stieg ächzend auf die Trittleiter und legte ihn auf die oberste Ablage des Regals im Flur. Problem gelöst, hier konnte er atmen, hatte Platz, ohne dass sie ihn ständig ansehen musste.

Als sie das Wohnzimmer betrat, suchte sie in den Augen der Zwillinge vergebens nach Verständnis. Es versetzte Norma einen Stich, dass auch Claire ihrem wässrigen Blick mit kalter Ablehnung begegnete.

Einzig Jason schlief, wie immer.

Norma fokussierte sich auf ihn, nahm den Kleinen auf den Arm, drückte ihn fest an sich und trug ihn ins Schlafzimmer. In dieser Nacht verriegelte sie die Tür sorgfältig von innen, versuchte, ihr schlechtes Gewissen, Ängste und die tiefe Trauer auszusperren.

Sie atmete die halbe Nacht gegen ein Panikgefühl an, das sie umklammerte und ihr beinahe die Luft abschnürte. Gegen vier Uhr morgens glaubte sie Ivo zu hören. Der Kleine rief nach ihr. Gellend. Mit unerträglich hoher Stimme. Norma hielt sich die Ohren zu. Aber Ivo hörte nicht auf und rief nach seiner Mummy, bis die Sonne aufging.

Cuxhaven-Altenwalde

Als sich nach gut acht Jahren Haftantritt die Tore der JVA für Rolf Kallwitz öffneten, konnte er nicht aufhören zu lächeln. Auch als er einige Stunden später die kleine Wohnung im Dachgeschoss bezog, die seine Mutter ihm in Altenwalde besorgt hatte, verging ihm das Grinsen nicht. Obwohl er die Ausstattung der Einliegerwohnung äußerst spartanisch fand und der Fernseher nur zehn Programme hatte.

Alles besser als noch ein Tag im Knast.

Abends verdrückte er sechs Wienerwürstchen, schlang mit gespielter Gier drei Teller mit Kartoffelsalat hinunter und trank zwei Flaschen Paulaner. Viel lieber hätte er gepflegt in einem Restaurant gesessen, vielleicht bei Lammkoteletts mit Bohnen, aber er behielt den Gedanken für sich. Er wollte seine Mutter nicht enttäuschen, die extra vorbeigekommen war, um ihm an seinem ersten Abend in Freiheit beizustehen, und ihn nun ungeniert aus kummervollen glasigen Augen anstarrte. Worte wechselten sie kaum und wenn, dann ging es belanglos zu. Vom Wetter fing er kurz an, sie regte sich über den Euro auf, ihr Lieblingsthema seit dessen Einführung, und schwärmte vom herrlichen Spargel, den sie am Sonntag für ihn zubereiten wollte. Um zwanzig Uhr komplimentierte er sie aus der Wohnung, drückte sie zum Abschied fest an sich, weil er wirklich dankbar war, dass sie ihm die Stange hielt. Keine Selbstverständlichkeit. Der Rest der Verwandten mied ihn wie die Pest.

Erst jetzt öffnete er seinen Koffer, nahm als Erstes die Flasche Cognac, die er bei der Anreise im Discounter um die Ecke besorgt hatte, goss sich ein Glas ein, trank es genussvoll und lag ziemlich früh im frisch bezogenen Bett. Mit einem behaglichen Gefühl schlief er augenblicklich ein.

Rolf Kallwitz schreckte am nächsten Morgen hoch, als es gegen neun Uhr an seiner Haustür klingelte. Er kümmerte sich nicht darum. Wahrscheinlich beharrte seine Mutter auf einem gemeinsamen Frühstück. Doch den Gedanken, ihr schon wieder gegenübersitzen zu müssen, ertrug Kallwitz nicht und zog sich die Decke über den Kopf. Als die Klingel jedoch wiederholt schrillte, sprang er schließlich aus dem Bett und riss entnervt die Tür auf.

»Oberkommissarin Bleetz«, sagte die Frau und zückte einen Dienstausweis. »Und das ist mein Kollege Kommissar Riemann. Dürfen wir reinkommen?«

Die Frage war rhetorisch, denn sie standen schon in der Diele.

»Kann ich mir kurz etwas überziehen?«, fragte Kallwitz, der in Boxershorts und T-Shirt vor ihnen stand, als er sie ins Wohnzimmer geführt hatte.

»Sehr gerne«, sagte die Kommissarin, dabei streifte ihr geübter Blick die Einrichtungsgegenstände.

Kallwitz verschwand im Schlafzimmer, sprang in eine Jogginghose und ging ins Wohnzimmer zurück.

»Herr Kallwitz, Sie wissen, dass Sie sich keiner Schule und keinem Spielplatz in der Umgebung nähern dürfen«, sagte die Kommissarin in einem Tonfall, der keinen Zweifel daran ließ, wie sehr sie ihn verabscheute.

Er nickte und rieb seine schwitzigen Handflächen aneinander.

Sie saß neben ihrem Kollegen auf der Kante seines Sofas, hatte die Beine übereinandergeschlagen und ließ ihn nicht aus den Augen. Ihre dunkelblauen Collegeslipper waren blitzblank poliert. Ehering. Mollig, rundes Gesicht, Pferdeschwanz. Wahrscheinlich zahlten sie und ihr Mann ein Reihenhaus ab und hatten zwei Kinder. Ein Allerweltstyp, aber sie konnte ihm das Leben zur Hölle machen.

»Herr Kallwitz, haben Sie alles verstanden?«

Klar habe ich verstanden, ich bin ja nicht blöd. Er beherrschte sich, seinen Unmut wollte er trotzdem äußern. »Hören Sie, das ist doch fast unmöglich! Überall gibt es Schulen, und Spielplätze sowieso. Wie soll ich mich da fernhalten?«

»Herr Kallwitz, ich sage Ihnen nur, worauf Sie besser achten. Sie haben eindeutige Auflagen. Ein Verstoß, und ich sorge dafür, dass Sie schneller wieder einsitzen, als Sie gucken können.« Der Tonfall von Mrs. Allerwelt wurde drei Nuancen schärfer, sie schien nicht gewillt, mit ihm zu diskutieren.

Kallwitz setzte sich auf den einzigen Sessel, fuhr sich durch die welligen Haare, lehnte sich dann zurück und wartete. Er wusste nicht, wie oft das Gespann solche Ansprachen hielt, und es interessierte ihn auch nicht. Fakt war, dass er unter Berücksichtigung bestimmter Vorschriften tun und lassen konnte, was er wollte. Freie Wohnortwahl inklusive, das war ein Grundrecht. Offiziell hatte er sich diese Region ausgesucht, weil seine Mutter hier lebte. Ein verständlicher, nachvollziehbarer Grund. Zudem mochte Kallwitz die Nordsee und die Menschen hier, die vielleicht noch nicht so sehr von Argwohn geprägt waren.

Er wusste, dass Typen wie er bei der Polizei auf der untersten Stufe standen und mancher Beamte nur darauf wartete, dass er gegen Auflagen verstieß. Die Oberkommissarin schien aus diesem Holz geschnitzt. Sie erhob sich und betrachtete ihn abschätzig. »Wir haben Sie im Blick.«

Er nickte, blieb bis zum letzten Moment ruhig und höflich.

Als die Beamten endlich weg waren, wunderte sich Kallwitz über seine Gelassenheit, kochte starken Kaffee, schaltete den Fernseher ein, blieb bei der ersten Talkshow hängen und döste ein.

Gegen fünfzehn Uhr schreckte er hoch. Aus welchem Grund auch immer kreisten seine Gedanken nun sofort um den Zettel, den er am Tag zuvor vom schwarzen Brett des Supermarkts abgemacht und in die Innentasche seiner Lederjacke gesteckt hatte. »Ehrenamtlicher Betreuer für Eishockeyteam gesucht«.

Schmale Jungenkörper, verschwitzte Trikots. Sein Verlangen, in diese Szenerie einzutauchen, sich Vertrauen zu erschleichen und seine Phantasien endlich wieder ausleben zu können, wuchs augenblicklich.

Wir haben Sie im Blick. Mrs. Allerwelts Worte durchschnitten seine Gedanken. Er musste sich am Riemen reißen, er wollte nicht gleich wieder in den Knast wandern.

Er stand auf, ging in die Diele, nahm den Zettel aus seiner Jacke und verbrannte ihn über der Spüle. Die Telefonnummer, unter der Interessierte anrufen konnten, kannte er auswendig.

Spuren vermeiden, nicht wieder die gleichen Fehler machen, geduldig auf den richtigen Zeitpunkt warten, darauf kam es an. Durch seine Verurteilungen hatte er dazugelernt.

In den ersten Wochen nach Kallwitz' Entlassung bezog Anna Posten in Sichtweite des Restaurants »Storchennest« in Altenwalde. Stundenlang saß sie bei Kaffee und belegten Broten im Auto vor dem Haus, in dem der Mörder ihres Sohnes wohnte, und ließ es nicht aus den Augen.

Für diese Phase ihres Plans hatte sie ihren gesamten Jahresurlaub genommen.

Schon nach ein paar Tagen konnte Anna ein Bewegungsprofil erstellen: In der Regel ließ sich das Schwein zweimal am Tag auf der Straße blicken. Morgens schlenderte er gegen acht Uhr zum Nettomarkt und holte Brötchen. So um fünfzehn Uhr drehte er dann eine Runde durchs Feld. Die restliche Zeit verschwand er von der Bildfläche, verließ das Haus kaum. Ab und zu kam eine ältere Frau zu Besuch, wahrscheinlich seine Mutter, die ihm Tüten mit Lebensmitteln ins Haus schleppte. Anna war ihr gefolgt. Sie wohnte in Lüdingworth, sieben Kilometer von Kallwitz' Wohnung entfernt.

Jeden Sonntag schwang sich das Schwein gegen neun Uhr morgens auf ein klappriges Rad und fuhr zu seiner Mutter, blieb bis mittags und radelte zurück. Sonntags um diese Uhrzeit war wenig Verkehr. Idyllisch schlängelte sich die Landstraße durch die Heide. Kallwitz nahm nie den Radweg, sondern immer die Straße. Anna entschied, Timms Mörder hinter der Kurve nach dem »Café Schwein« mit Vollgas zu überfahren. Es schien ihr die geeignetste Stelle. Keine Häuser, ein gerades Stück Asphalt zwischen Wiesen und Feldern.

Nachdem sie alle Details des Geschehens festgelegt hatte, konnte Anna es kaum erwarten, sich endlich an Kallwitz zu rächen. Seinen Todestag markierte sie mit einem Rotstift auf ihrem riesigen Wandkalender und durchlebte an der Konsole unzählige Male den Moment, der Kallwitz' Ende bedeuten sollte. Mental fühlte sie sich stärker. Sie wollte ihn am besten sofort richtig erwischen, notfalls aber auch vor- und zurücksetzen. Im schlimmsten Fall seinen Körper mehrmals überrollen. Weiter sah ihr Plan vor, anschließend den Wagen im Gewerbegebiet Abschnede abzustellen, und natürlich hatte sie vor, das Fahrzeug von sämtlichen Fingerabdrücken zu reinigen. Danach wollte sie mit dem Fahrrad nach Hause radeln. Zu diesem Zweck hatte sie längst ein Bike bereitgestellt.

Kallwitz' Tod sollte wie ein Autounfall mit Fahrerflucht aussehen. Deshalb hoffte Anna, dass sie ihn nicht mehrmals überfahren musste, denn dann gliche die Spurenlage keinesfalls einem gewöhnlichen Zusammenstoß. Trotzdem durfte sie keine Skrupel haben. Wenn sie Kallwitz nicht gleich richtig erwischte, würde sie die Sache zu Ende bringen müssen, ohne Rücksicht auf die Konsequenzen.

In ihrer Phantasie durchlebte Anna jede Phase ihres Vorhabens wieder und wieder. Seelenfrieden erwartete sie nicht, erhoffte sich aber Trost von dem Gedanken, dass Friedhofserde den Mörder ihres Sohnes bedecken würde. Anna befand sich in einer fast euphorischen Stimmung und ertappte sich dabei, dass sie meist pfeifend unterwegs war.

Zwei Tage vor dem festgelegten Datum reinigte sie ihr Arbeitszimmer, bis es so steril wirkte, als wäre es niemals mit Arbeit konfrontiert worden. Sämtliche Dokumente, Notizen, Fotos und Aufzeichnungen über Kallwitz packte sie in einen Karton, nahm ihn mit in ihre Firma und jagte das gesamte Material durch den Reißwolf.

An diesem lange erwarteten Morgen entwendete Anna ein Fahrzeug aus dem Bestand ihres Arbeitgebers, durchtrennte aber diesmal die Kette am Tor mit einem Bolzenschneider, damit es nach Diebstahl aussah. Bereits um acht Uhr dreißig parkte sie auf einem Feldweg mit Blick auf die Lüdigworther Straße und schob »Du hast« von Rammstein in den Player. Der aggressive Rhythmus des Songs puschte sie, zudem fühlte sie sich Timm nah, es war eines seiner Lieblingslieder gewesen. Um kurz nach neun Uhr sah sie Kallwitz kommen. Gemächlich fuhr er die Straße entlang.

Anna ließ ihn vorbeifahren, gab ihm einen Vorsprung. Als sie sich anschnallen wollte, klemmte der Gurt. Sie kümmerte sich nicht weiter darum, drücke die Arme durch, drehte die Musik bis zum Anschlag auf, fuhr los und schrie den Text von Rammstein.

»Du, du hast …« Zweiter Gang. »… du hast mich …«

Dritter Gang, der Motor heulte auf. Kallwitz radelte fast auf der Mitte der Straße. Anna hielt direkt auf ihn zu. Schrie den Text. »Du. Du hast …«

Vollgas. »Du hast mich …« Draufhalten. Durchziehen.

»Du hast mich gefragt … Und ich hab nichts gesagt …«

Timm. Geliebter Junge.

Anna erfasste Kallwitz von hinten, sein Rad flog unter den Wagen, er wurde in die Luft geschleudert. Sie hörte, wie er auf dem Autodach aufschlug. Beinahe gleichzeitig raste sie frontal in eine Eiche.

Der Airbag löste nicht aus. Oberkörper und Bauch schlugen mit voller Wucht gegen das Lenkrad. In Sekundenschnelle knallten Annas Knie gegen das Armaturenbrett, das Hüftgelenk brach, sie erlitt eine extreme Schleuderverletzung der Wirbelsäule. Rippenfraktur, Lungen-Milz-Leberriss, die Hauptschlagader wurde durchtrennt. Krachend zersplitterte die Frontscheibe. Stark blutende Schnittwunden übersäten Hände und Gesicht. Durch die enorme Nickbewegung des Kopfes erlitt Anna ein schweres Schädel-Hirntrauma. Blut sickerte aus Mund und Nase. Eingequetscht hing sie zwischen Sitz und Lenkrad, spürte keinen Schmerz.

Timm, mein süßer Junge. Dein schneeweißer Sarg vermodert in der Erde. Deine wunderschönen Augen von Würmern gefressen, für immer verklungen deine abertausend Fragen. Timm. Diese Wunde heilte die Zeit nicht. Ich bin auf dem Weg zu dir.

Cuxhaven-Duhnen, Christian-Brütt-Weg

Iska stand den halben Tag in der Küche und bereitete Schmorbraten zu, den sie Anna versprochen hatte. Als die Freundin zur vereinbarten Zeit nicht erschien, hinterließ Iska ihr mehrere Nachrichten auf der Mailbox und wunderte sich, dass Anna weder kam noch zurückrief. Vielleicht war sie doch sauer, immerhin hatte es Iska abgelehnt, sie zu ihrer Selbsthilfegruppe zu begleiten. Mehrmals.

Aber Iska wurde das Gefühl nicht los, dass es besser war, eine gewisse Distanz zwischen sich und ihrer neuen Bekanntschaft zu wahren.

Trotzdem fuhr sie am nächsten Tag zu Annas Wohnung in die Marienstraße, klingelte sogar bei den Nachbarn, aber niemand öffnete. Leicht verwundert packte Iska ihre Tasche und machte sich auf den Weg zu ihrer Schwester.

Phyllis fand Annas Untertauchen gar nicht sonderbar.

»Vielleicht ist sie verreist.« Sie saßen bei Kaffee und Kuchen. »Du kennst die Frau doch kaum, wer weiß, wie sprunghaft sie ist.«

Iska erzählte Phyllis von Annas Ansichten in Bezug auf den Mörder ihres Sohnes.

Zu ihrer Überraschung reagierte Phyllis mit Sympathie. »Ich kann sie gut verstehen. Unser Rechtssystem fordert uns ja geradezu zur Selbstjustiz auf.«

»Das ist doch nicht dein Ernst!«

»Doch, absolut! Wenn ich mir vorstelle, dass Dallinger entlassen wird und sein Leben einfach fortsetzt, während Ivo und auch die Kleine …« Phyllis Stimme versagte.

Iska schob den Kuchenteller von sich. »Den Gedanken kann ich verstehen, natürlich. Aber wo kommen wir hin, wenn jeder selbst über Leben und Tod entscheidet? Ansichten und Gefühle sind so subjektiv. Wir müssen uns auf eine objektive Gerichtsbarkeit einlassen, sonst herrscht Anarchie.«

Phyllis schien in Gedanken versunken, starrte aus dem Fenster.

»Es ist Sommer, und ich kann mich nicht darüber freuen«, sagte sie nach einer Weile. »Ivo ist tot, und Maxi wird ihr ganzes Leben mit den Folgen der Tat konfrontiert, weil wir, die Erwachsenen, Fehler gemacht haben.«

»Aber du hast …«

»Nein, lass mich ausreden. Ich wünschte, es gäbe die Möglichkeit, es Dallinger heimzuzahlen!« Phyllis sah Iska durchdringend an. »Ich kann deine Anna gut verstehen!«

Das Gespräch mit ihrer Schwester ging Iska nicht aus dem Sinn.

Wirklich überrascht war sie nicht.

In gewisser Weise vertrat Phyllis stets radikale Ansichten, ging gern bis zum Äußersten, egal, um welches Thema es sich handelte. Seit Ivos Tod vor fast acht Jahren hatte sie rastlos und wütend gewirkt. Nachvollziehbar. Auch Iska kämpfte mit ihrem Zorn, kannte den Gedanken, es Dallinger heimzahlen zu wollen, aber aus ihrer Sicht führten solche Überlegungen zu nichts.

Bei Phyllis fielen Rachegedanken offenbar auf fruchtbaren Boden.

Iska räusperte sich, dachte an Friedrich.

Sie vermisste ihn immer noch so sehr, besonders samstags. In Gedanken war er bei ihr, wenn sie früh aufstand, den kleinen Terrier in den Garten ließ, Kaffee aufbrühte und die Zeitung hereinholte. Sie sprach mit ihm, wenn sie in dem tiefen Ohrensessel vor der Heizung im Wohnzimmer saß und systematisch die »Cuxhavener Nachrichten« studierte. Hin und wieder las sie ihm Artikel vor, völlig vertieft in Inhalte stellte sie eine Frage und registrierte erst, wenn sie keine Antwort erhielt, dass sie allein war.

Immer wieder fragte sich Iska, wie sie weitermachen sollte. Routine, das war die Antwort. Gewohnheit. Gleichklang.

Sie blätterte die Zeitung durch. Anna Koranths Todesanzeige überraschte sie völlig. Für einen Moment stockte Iska der Atem, dann schrie sie so laut auf, dass Moses aus dem Körbchen sprang und aufgeregt bellte. Iskas Blutdruck schnellte in die Höhe.

Gleichzeitig schrillte das Telefon.

Iska zuckte zusammen. Penetrant übertönte der Klingelton das Gebell des Westis, er beruhigte sich nicht. Iska wollte aufstehen, den Hörer abnehmen, aber ihre Beine gehorchten nicht.

Das Klingeln erstarb.

Der Hund winselte, und Iska blieb regungslos sitzen, bis es zu dämmern begann. Erst am späten Abend ließ sie den Westi in den Garten, ging ins Schlafzimmer und legte sich aufs Bett. Ohne sich auszuziehen, ohne sich weiter um den Hund zu kümmern, schlief sie ein.

Sie träumte von den drei Schwestern. Monsterwellen, die alles mit sich fortrissen. Zusammen mit ihrer Tochter, Ivo und Friedrich schaukelte sie in einem einfachen Ruderboot auf offener See.

Wie aus dem Nichts kam Wind auf. Anthrazitfarbene Gewitterwolken hingen am Himmel. Gleichzeitig entstand eine meterhohe Wellenwand. Iska sah, wie sie sich auftürmte und auf sie zukam. Ihre Fingernägel bohrten sich in das Holz der Schiffsplanken. Ivo und seine Mutter schrien, klammerten sich aneinander. Friedrich fand keinen Halt. Iska versuchte, ihn zu erreichen. Vergeblich. Er stürzte in die tosende See. Es blieb keine Zeit, nach ihm zu suchen. Eine zweite Woge schraubte sich empor. Größer, bedrohlicher als die erste. Sie griff nach dem Boot, schob es steil nach oben in die Wellenkrone.

»Wenn das Monster bricht, werden wir kentern«, brüllte Iska.

Gischt peitschte ihr ins Gesicht. Sie sah Panik in den Augen ihres Enkels. Er kreischte, rutschte, versuchte sich verzweifelt festzuhalten, während die Nussschale den Wellenrand erklomm, um dann mit irrsinniger Geschwindigkeit ins Tal zu stürzen.

Als das Boot auf die tiefste Stelle schlug, fehlte Ivo.

Iska wirbelte herum, schrie sich die Seele aus dem Leib, während sich nun die dritte, gigantischste Welle erhob und auf das kleine Boot anrollte. Iska starrte ihr fassungslos entgegen, wohl wissend, dass sie dieser Naturgewalt nichts entgegensetzen konnte. Iska warf sich über ihre Tochter.

»Sie bekommst du nicht! Niemals!«

»Dann unternimm endlich etwas«, schrie eine Stimme, schrill, laut, unbequem. Iska blickte auf und sah Anna Koranth. Das Konterfei ihrer Freundin tanzte auf der mächtigen Wasserwand, die auf Iska und ihre Tochter zuraste.

Liebe Mutter,
nur ganz kurz: Es hat geklappt. Ich werde endlich verlegt! Ist das nicht großartig, nach so einer langen Wartezeit? Meine und eure Gebete wurden erhört!! Vielleicht ist es auch kein zu großes Wunder, Hannover ist nun mal ein sogenannter Drehscheiben-Knast. Von hier werden Gefangene nach ihrer Verurteilung auf die einzelnen Gefängnisse in ganz Niedersachsen verteilt, aber immerhin bleiben auch viele Jungs hier hängen. Doch ich habe Glück, auch wenn ich ewig warten musste!! Ich bin so froh, vor allem weil Büttner mir gesagt hat, dass ich, sollte ich nach Lingen kommen, wahrscheinlich einer Einzelzelle zugeteilt werde. Endlich bekomme ich meinen Rückzugsraum, meine Privatsphäre. Nichts gegen Andy, aber es nervt schon, wenn dir ständig jemand auf der Pelle sitzt. Ich bin völlig aus dem Häuschen!! Ja, Mutter. Das Schicksal mischte die Karten, aber ich spiele das Spiel! Jetzt wird alles gut.
Es grüßt euphorisch, euer Junge!
PS: Ich habe schon sieben Kilo abgenommen.

Cuxhaven-Döse

Die rege Anteilnahme bei Annas Beerdigung überraschte Iska. Die Holzbänke von St. Gertrud waren dicht besetzt. Iska blieb in der letzten Reihe sitzen. Der Pfarrer sprach von Anna Koranths tragischem Ende, aus dem Leben gerissen durch einen schrecklichen Verkehrsunfall. Nach den bewegenden Worten erklang Montserrat Caballé, offenbar hatte der Pfarrer Instruktionen erhalten. Als die Arie endete, schulterten Träger den schweren Eichensarg durch den Mittelgang ins Freie.

Mit hängenden Schultern erhob sich ein Mann aus der ersten Reihe und schritt ebenfalls nach draußen, den verschlossenen Blick starr auf den Steinboden gerichtet.

Rote Haare, Vollbart, hager.

»Ist das Annas Exmann?« Phyllis fasste ihre Schwester vorsichtig am Arm.

Iska erschrak. »Was machst du denn hier?«

»Du hast so viel von Anna erzählt. Irgendwie muss ich immer an sie denken.«

Iska war irritiert. In den letzten Jahren hatte Phyllis die Öffentlichkeit gemieden, kam nur selten von Stade nach Cuxhaven. Doch Iska blieb keine Zeit, darüber nachzudenken. Sie schritt an der Seite ihrer Schwester zur Beisetzung auf dem Friedhof, schüttelte einige Hände und murmelte Floskeln. Dabei verlor sie Phyllis aus den Augen. Als sie gerade zu ihrem Wagen gehen wollte, tippte ihr jemand auf die Schulter.

»Iska Bade? Ich bin Annas Exmann. Kommen Sie noch mit in die Strandgaststätte Behrens?« Seine Augen waren rot unterlaufen.

Iska war nicht nach Small Talk, zudem hatte Anna kein gutes Haar an Georg gelassen. Aber die Umstände ihres Todes warfen einige Fragen auf, und Iska hoffte, dass Georg Antworten wusste. Immerhin schien die tote Freundin sie erwähnt zu haben, wie sonst hätte er sie erkennen können.

»Wollen wir den Weg zu Fuß gehen?«, fragte Iska. »Es ist nicht weit.«

Georg drehte sich zu einer Brünetten um, die vor einem roten BMW stand und ein etwa vierjähriges Mädchen an der Hand hielt.

»In Ordnung«, erwiderte er leise. »Ich sage nur kurz meiner Frau Bescheid.«

Wenige Minuten später gingen sie nebeneinander die Steinmarnerstraße entlang, die ersten Meter schweigend.

»Ich bin erstaunt, dass Anna hier beerdigt wurde«, eröffnete Iska schließlich das Gespräch. »Soweit ich weiß, stammte sie aus Bremen, dort liegt doch sicher auch der kleine Timm.«

»Anna ist hergezogen und hat sich hier wohlgefühlt«, antwortete Georg. »Ich glaube, sie freut sich, dass sie dem Meer auch im Tod nah bleibt. Sie hat die Nordsee geliebt.«

»Ist sie deshalb umgezogen?« Iska sah Georg von der Seite an.

»Zum Teil«, sagte Annas Exmann und verschränkte die Arme hinter seinem Rücken. »Ich denke, Sie wissen, welche Beweggründe sie vor allem in diese Region verschlugen.« Jetzt hob Georg den Blick und sah Iska direkt an. »Ihnen brauche ich nichts vorzumachen.«

Iska schwieg. Sie war sich nicht sicher, worauf Georg hinauswollte, oder ob er, genau wie sie, im Dunklen tappte und sich von ihr Informationen erhoffte.

Er schien ihre Gedanken zu erraten, jedenfalls blieb er abrupt stehen. »Der Tod unseres Jungen hat Anna zerstört. Das Gerichtsurteil empfand sie als Skandal, wieder und wieder ist sie in Berufung gegangen. Schließlich hat sogar ihre Anwältin das Mandat niedergelegt. Niemand konnte zu ihr durchdringen, ich schon gar nicht …«

»Sie hat Timms Tod einfach nicht verwunden«, sagte Iska.

Georg wurde laut. »Meinen Sie vielleicht, dass es mir leicht gefallen ist weiterzuleben?«

»Keine Ahnung. Ich weiß nur, dass Menschen unterschiedlich trauern. Da gibt es kein Genug, kein Richtig und schon gar kein Falsch.«

»Meine Art zu trauern hat Anna jedenfalls nicht akzeptiert«, sagte Georg, nun wieder gefasster. »Darüber hinaus hat sie mir Vorwürfe gemacht – ich habe mich lange schuldig gefühlt.«

Jetzt blieb Iska stehen. »Warum haben Sie mich angesprochen?«

»Ich wollte Sie einfach kennenlernen, weil … weil Anna so begeistert von Ihnen erzählt hat.«

»Ich glaube Ihnen kein Wort. Ich spüre, dass Sie etwas auf dem Herzen haben. Raus damit.«

Georg schien nach Worten zu suchen. »Wissen Sie, wie Anna ums Leben kam?«

»Durch einen Autounfall.«

»Das stimmt«, sagte Georg nüchtern. »Sie ist gegen einen Baum gerast.«

Iska zuckte zusammen. Nicht nur, weil die Gerüchte um Annas Tod offenbar der Wahrheit entsprachen, sondern sie war entsetzt über Georgs nüchternen Ton.

»Bevor Anna gegen den Baum knallte, hat sie einen Radfahrer angefahren.«

Iska schluckte. »Ich weiß, es wird einiges geredet. Aber er hat überlebt, oder?«

»Der Kerl wurde vom Auto quer über die Straße geschleudert, beim Aufprall schlug er mit dem Kopf heftig auf den Asphalt. Schädel-Hirntrauma, die Ärzte haben ihn in ein künstliches Koma versetzt. Falls er je wieder zu sich kommt, ist er zeitlebens auf Hilfe angewiesen.«

»Wie schrecklich«, sagte Iska und ging langsam weiter.

Georg holte sie ein, hielt sie am Arm. »Mit tut er nicht leid. Es ist Kallwitz, Timms Mörder.« Georg sah Iska forschend an. »Sie hat es geplant, wahrscheinlich über Jahre.«

Iska wurde flau im Magen. »Wie kommen Sie darauf?«

Georg lachte, es klang bitter. »Na ja, das kann ja wohl kaum ein Zufall sein.«

»Gibt es Beweise?«, fragte Iska. »Aufzeichnungen, Pläne, irgendetwas, was ihren Verdacht erhärtet? Hat die Polizei Anhaltspunkte in diese Richtung gefunden?«

»Nein, nichts. Annas Wohnung glich einem Musterhaus. Kaum Persönliches, kein Hinweis auf Kallwitz.«

»Gar nichts?«

»Warum fragen Sie?«

Iska schwieg.

Georg schüttelte den Kopf. »Aber gerade diese Sterilität hat die Ermittler stutzig gemacht, das und die Tatsache, dass der Zufall zu unglaubwürdig erscheint.«

Iska fühlte sich auf einmal entsetzlich müde, sie wollte nicht weitergehen und hatte kein Interesse daran, die Unterhaltung fortzusetzen. Bevor sie und Georg die Treppen zum Aufgang des Deichs erreichten, blieb sie stehen.

»Ich weiß nicht, was Anna geplant hatte oder nicht. Wir kannten uns kaum. Mir hat sie jedenfalls nichts in dieser Richtung anvertraut.« Iska reichte Georg die Hand. »Ich möchte jetzt nach Hause. Es war ein anstrengender Tag. Ich wünsche Ihnen und Ihrer neuen Familie alles erdenklich Gute.«

Georg schien verdutzt, er wollte noch etwas sagen, aber Iska ließ ihn stehen. Sie wusste, dass er ihr hinterherblickte. Deshalb hielt sie sich aufrecht, ging so schnell sie konnte an der Bushaltestelle vorbei, an der sie ihren ersten Mann früher nach der Arbeit immer abgeholt hatte, und bog in die Kurparkallee ab. Erst jetzt ließ sie ihren Tränen freien Lauf, weinte und schluchzte, konnte sich kaum beruhigen.

Anna hatte ihren Plan in die Tat umgesetzt, ihren Sohn gerächt. Konsequent, allein, mutig, und dafür mit ihrem eigenen Leben bezahlt.

Wut überrollte Iska – weil Anna den eigenen Tod offenbar in Kauf genommen hatte. Doch war das wirklich der Grund für ihren Zorn? Bei genauerer Betrachtung war da noch ein anderes Gefühl – Iska empfand Bewunderung, auch wenn sie sich dafür schämte.

Bevor sie nach Hause fuhr, hielt sie am Getränkemarkt in der Brockesfelder Chaussee und lud Wasser und Apfelsaft in den Einkaufswagen.

Zu ihrer Verwunderung stand Kilian, Maxis Bruder, hinter der Kasse. Gelangweilt nahm er Leergut an und kassierte die Einkäufe der enormen Kundenschlange ab.

Seit dem Prozess damals traf sie Kilian manchmal zufällig, am Strand, auf der Straße. Die jungen Augen wirkten traurig, wahrscheinlich auch heute. Sein Anblick löste in Iska Schuldgefühle aus. Natürlich war das Unsinn. Sie traf keine Schuld, weder an Ivos Tod noch an Maxis Schicksal, aber rational ließen sich solche Dinge nicht erklären.

Nach dem Gespräch mit Georg fehlte Iska die Kraft, sich jetzt auch noch mit Kilian zu konfrontieren. Anna Koranth beherrschte ihre Gedanken. Deshalb stellte sie die Getränkekisten zurück und verließ den Laden, hoffte, dass Kilian sie nicht gesehen hatte.

»Iska!«

Widerwillig blieb sie stehen, drehte sich um. Kilian kam über den Parkplatz. Den Kittel des Getränkemarktes hatte er nicht zugeknöpft. Darunter trug er ein kariertes Hemd, das nur an einer Seite in die Jeans gesteckt war.

Er streckte ihr seine Hand entgegen. Iska erwiderte seinen schlaffen Händedruck.

»Ich habe Sie ewig nicht gesehen.«

Iska lächelte. »Wie geht es dir?«

Kilian schob die Hände in die Taschen, er schien nervös.

»Kann ich etwas für dich tun?«

Er schüttelte den Kopf.

»Wie geht es Maxi?« Iska suchte nach den richtigen Worten. »… Spricht sie mittlerweile?«

»Nein.«

»Was sagen die Ärzte?«

»Sie machen uns nach wie vor wenig Hoffnung. Maxi spricht nicht, befindet sich immer noch in einer Art depressivem Zustand, es ist schrecklich.«

»Aber da muss doch etwas möglich sein«, sagte Iska. »Nach so vielen Jahren! Ich verstehe das einfach nicht!«

»Maxi ist in Behandlung. Sprachtherapie, Psychologe, Reiten. Wir können nur hoffen, dass sie sich uns eines Tages wieder zuwendet, das sagen jedenfalls die Ärzte.«

Iska sah, dass Kilian genau wie sie mit Tränen kämpfte.

»Jetzt ist das alles schon so lange her«, sagte er stockend. »Maxi war unser Sonnenschein, gerade nach Mamas Tod. So fröhlich, gut in der Schule, musikalisch, sportlich. Sie liebte Tiere, wollte immer einen Hund. Wir haben sogar ein Tier angeschafft, aber sie hatte Angst vor ihm, da mussten wir ihn wieder wegbringen. Sie ist wie … erstarrt, nur ein Schatten, der durchs Haus geistert. Nicht altersgemäß. Vom Entwicklungsstand wie ein kleines Mädchen, es scheint, als würde sie sich weigern, erwachsen zu werden.

Ihr Zustand bricht mir das Herz, vor allem wenn ich gleichaltrige Jugendliche sehe. Ich bin schuld. Ich habe ihr das angetan.«

Iska war überrascht von der Heftigkeit, mit der Kilians Gefühle hervorbrachen. Dieser Junge schien wirklich an seiner Last zu zerbrechen. »So darfst du nicht denken, du hast doch niemals gewollt, dass deiner Schwester etwas passiert, nicht wahr?«

Kilian weinte hemmungslos. »Mein Vater hasst mich, und er trinkt. Auch dafür bin ich verantwortlich. Ich habe unsere Familie zerstört.«

Iska reichte Kilian ein Papiertaschentuch. Der junge Mann tat ihr unendlich leid. »Brauchst du Hilfe? Hast du jemanden, der dir beisteht?«

»Diane ist für mich da, sie ist großartig.«

»Diane?«

»Sie kümmert sich um Maxi, vor allem seit dem Tod unserer Mutter.«

»Ach ja, Phyllis hat sie mal erwähnt«, sagte Iska.

Kilian blickte auf. »Das ist der Grund, warum ich Ihnen hinterhergelaufen bin. Können Sie mir bitte die Telefonnummer Ihrer Schwester geben?«

Iska stöhnte leise auf. Genau diese Frage hatte sie immer erwartet und gleichzeitig gehofft, dass der Junge sie niemals stellen würde.

Kilian schien ihr Zögern zu bemerken. »Bitte. Ich bin so weit, so viele Jahre sind vergangen, und jetzt möchte ich endlich selbst mit Coach Dieckmanns sprechen.«

Cuxhaven-Holte-Spangen

Kilian half Maxi auf die Rückbank des alten VW-Golf. Sie ließ sich bereitwillig anschnallen, starrte aber an ihm vorbei aus dem Fenster. »Wie war es heute beim Reiten?«

Maxi reagierte nicht.

Kilian schloss die Tür, ging zur Fahrerseite und fuhr langsam los. Es regnete in Strömen, auch deshalb fuhr er achtsam. Unterwegs stellte er seiner Schwester weitere Fragen, machte Scherze und suchte Blickkontakt über den Innenspiegel. *Reden Sie mit Ihrer Schwester, täglich, ganz normal. Sie kann Sie hören, ganz sicher.*

Aber Maxi blieb in ihre Welt versunken.

Von Gewissensbissen geplagt, verbrachte Kilian die meiste Zeit seines Lebens damit, für sie da zu sein. Zeitlebens würde er für seinen schweren Fehler bezahlen müssen. Wie hatte er sie nur in dieser Tierhandlung zurücklassen können! Seine naive Zuneigung zu Josie hatte Maxis Leben zerstört, das sah er heute ganz klar. Dabei war das, was er damals für Liebe gehalten hatte, längst zerbrochen. Von Josie hatte er ewig nichts gehört, angeblich jobbte sie in irgendeinem Videoshop.

Kilian fuhr die Auffahrt zum Haus seines Vaters hinauf, machte den Motor aus und war Maxi beim Aussteigen behilflich.

An seiner Hand ließ sie sich führen, vorbei an der riesigen grünen Abdeckplane im Garten. Die Arbeiten am Swimmingpool ruhten seit Ewigkeiten. Kein Geld. Kein Interesse an der Fertigstellung. Sein Vater wollte die Grube zuschütten lassen, hatte sogar extra deswegen einen kleinen Bagger ersteigert, um Kosten für die Arbeiter zu sparen. Mehr geschah nicht. Die Ausschachtung im Garten – für Kilian Symbol, Zeichen dafür, dass die Wunden immer noch nicht heilten.

Kilian schloss die Haustür, zog Maxi die Jacke aus, brachte sie zum Sessel und deckte sie zu.

Er hasste sich und sein Leben.

Manchmal dachte er sogar an Selbstmord, stellte sich vor, ins Meer zu gehen. Die Nordsee als Grab. Doch wenn er am Wasser gestanden hatte und die Flut in seine Turnschuhe gelaufen war, hatte er bisher immer wieder einen Rückzieher gemacht. Maxi brauchte ihn, er wollte sie auf keinen Fall ein zweites Mal im Stich lassen.

Nachdem Kilian Spiegeleier gebraten hatte, klopfte er an die Schlafzimmertür seines Vaters. Als er keine Antwort erhielt, betrat er leise den Raum. Schnapsgeruch schlug ihm entgegen, die Rollläden waren heruntergelassen. Kilian hörte seinen Vater schnarchen und verließ das Zimmer.

Wenn Johann jetzt schon wieder betrunken war, konnte er Maxi unmöglich mit ihm allein lassen. Aber Kilian musste heute in den

Getränkeladen, sonst verlor er diesen Job auch noch, das hatte ihm sein Chef mehrmals angedroht, und Kilian befürchtete, dass er den Bogen nicht weiter überspannen konnte.

Er musste Diane bitten herzukommen, obwohl sie endlich mal einen wohlverdienten freien Tag hatte.

Sein Handy klingelte. Es war Gregor, ein Arbeitskollege. »Wo bleibst du, Alter? Der Chef tobt.«

»Mein Vater ist … ähm, er ist verhindert und kann sich nicht um Maxi kümmern. Deshalb musste ich Diane anrufen, damit sie herkommt.«

»Ist das die scharfe Braut, von der du erzählt hast? Die Blonde mit den Riesenmöpsen?«

»Nein, ja …«

»Mensch, Alter, leg sie flach. Scheiß auf den Laden hier, schmeiß dich endlich ran und erzähl mir nachher, wie es war, aber in allen Einzelheiten.«

»Diane ist keine, die man einfach flachlegt«, widersprach Kilian, während Gregor obszön ins Handy stöhnte.

Kilian verdrehte die Augen.

Er mochte Gregor, aber wenn es um Frauen ging, nervte er tierisch. Im Moment war er scharf auf die rothaarige Aushilfe. Bisher ließ sie ihn abblitzen, aber Kilian wusste, dass Gregor früher oder später ans Ziel kommen würde. Für sein Empfinden sah Gregor nicht einmal gut aus. Aber vielleicht wog es mehr, dass er Stürmer beim TUS Cuxhaven war, für den er samstags Tore schoss. Dass er einen Jeep fuhr – wobei so ein Ungetüm mit Allradantrieb doch unmöglich der Grund sein konnte, warum Frauen auf ihn flogen. Da fiel wohl eher ins Gewicht, dass er keine Party ausließ.

»Ich muss auflegen, Alter«, sagte Gregor jetzt. »Der Chef krakeelt. Mach dich endlich an die Tussi ran, hinter der bist du doch schon ewig her. Und, Alter …«

»Was?«

»Bring mir endlich mal die Kohle mit, die du mir schuldest. Hundert Euro sind krass viel Geld!«

Kilian legte auf, rief Diane an und war froh, dass er sie erreichte. Als sie keine halbe Stunde später eintraf, hatte Kilian es nicht eilig, zur Arbeit zu kommen, und begann die Küche aufzuräumen.

»Ich denke, du musst los?«, sagte sie, setzte sich zu Maxi, die mittlerweile eingeschlafen war, und streichelte ihr behutsam über den Kopf.

Kilian antwortete nicht, er dachte über ein Gesprächsthema nach, das es ihm ermöglichte, sich noch ein wenig mit Diane zu unterhalten. »Ich habe Iska Bade getroffen und sie nach der Telefonnummer ihrer Schwester gefragt.«

»Was versprichst du dir davon?«

»Ich weiß nicht, ich will einfach nur mit ihr reden.«

»Aber warum jetzt, nach so vielen Jahren?«

»Weil ich es nicht konnte, als sie den Kontakt damals gesucht hat«, antwortete Kilian. »Ich habe einfach das Gefühl, dass es mir hilft, sie zu sehen.«

»Phyllis lebt völlig zurückgezogen, sie hat sich lange Vorwürfe gemacht.«

»Woher weißt du das?«

»Wir kannten uns vom Fußballtraining und haben uns auch nach den schrecklichen Ereignissen nicht aus den Augen verloren«, sagte Diane stockend.

»Das wusste ich nicht.«

»Es gibt viele Leute, die ihr zugesetzt haben, sie musste einiges einstecken. Klar, natürlich fährt der Coach erst nach Hause, wenn alle Kinder abgeholt sind. Anfangs war ich auch wütend auf sie.« Dianes Blick wurde glasig. »Aber Schuldzuweisungen bringen nichts! Außerdem ist sie schon genug gestraft, durch Ivos Tod, meine ich. Das heißt natürlich nicht … Ich meine, ich empfinde es nicht als gerechte Strafe … Nicht dass du mich falsch verstehst.«

»Unsinn. Ich weiß, was du meinst.«

Diane begann zu weinen. »Ich weiß, wovon ich rede … Ich hatte eine Tochter. Sie starb an plötzlichem Kindstod, als sie vier Monate alt war. Ich hatte mir so sehr ein Kind gewünscht, aber Gina ist gestorben, einfach so.«

Kilian legte einen Arm um Diane.

»Mein kleiner Engel ist tot«, flüsterte Diane.

»Das tut mir sehr leid.«

»Es gibt Tage, da weiß ich einfach nicht weiter. Immerhin kann ich mittlerweile von ihr erzählen. Es ist Maxi, die mich dann bei der Stange hält, mir Kraft gibt, weiterzumachen.«

Mit diesen Worten löste sich Diane aus Kilians Arm, band ihren blonden Pferdeschwanz straffer nach hinten, atmete tief durch und versuchte zu lächeln. »Ich wollte dir das nicht erzählen, entschuldige bitte. Du hast genug eigene Probleme. Aber ich möchte dir sagen, dass Coach Dieckmanns genauso wenig Schuld trifft wie dich! Phyllis hat sich ihrer Verantwortung gestellt, in Gesprächen, beim Prozess damals, und sie hat deinen Vater um Verzeihung gebeten. Die Mädchenmannschaft hat sie allerdings nie wieder gecoacht.«

»Sie hat sich bei Johann entschuldigt?«

»Ja.«

Kilian schossen Tränen in die Augen. Diane breitete die Arme aus, er ließ sich bereitwillig hineinfallen. Sie drückte ihn an sich. Kilian spürte ihren warmen, weichen Körper, sie roch so gut.

Er wollte für immer in ihren Armen liegen bleiben.

Der Klammergriff an seiner Schulter war schmerzhaft und überraschte ihn völlig. »Das könnte dir so gefallen, du Penner!« Sein Vater lallte die Worte nur, aber trotzdem klangen sie aggressiv. Er riss Kilian hoch. »Drückst du wieder auf die Tränendrüse, du Armleuchter?«

Johanns knochige Beine steckten in Boxershorts. Er trug ein löchriges T-Shirt, seine grauen Locken hingen strähnig herab, die Augen waren ausdruckslos. Er sah merkwürdig aufgedunsen aus.

Diane stand sofort auf, versuchte, sich zwischen Kilian und seinen Vater zu stellen, doch Kilian schob sie sanft zur Seite. »Paps, bitte, mach jetzt kein Theater. Maxi schläft, soll ich dir einen Kaffee kochen?«

Sein Vater ließ sich aufs Sofa fallen, es schien, als habe er bereits all seine Kräfte verbraucht. »Du bist so ein Schleimer, wirfst dich an Dianes Busen, heulst und lässt dich bemuttern.« Johann sah zu Diane. »Wir wollen mal nicht vergessen, wer an dem Fiasko hier schuld ist! Er ist ein mieses Arschloch, der seine Schwester für ein paar bunte Pillen …«

»Hör doch endlich auf, deinem Sohn ständig Vorwürfe zu machen«, platzte Diane hervor. »Ich kann deine ewige Leier einfach nicht mehr hören! Kilian sollte längst ein eigenes Leben führen, stattdessen hängt er hier rum, muss sich um seine Schwester kümmern, weil du dazu nicht in der Lage bist! Und zu allem Überfluss hältst du ihn auch noch in seinen Schuldgefühlen fest!«

Johann starrte von Diane zu Kilian. Zuerst hatte es den Anschein, als wollte er sich aufbäumen, Stellung beziehen, losbrüllen. Doch dann fiel er langsam in sich zusammen, wie ein Ballon, aus dem die Luft entweicht. Diane weckte Maxi, ließ Johann sitzen und führte sie in ihr Zimmer.

Kilian kümmerte sich ebenfalls nicht weiter um seinen Vater, zog einen sauberen Pullover über, nahm seinen Rucksack und klopfte an Maxis Zimmertür.

Er umarmte seine Schwester herzlich und Diane steif.

Anschließend verließ er das Haus mit dem Gefühl, Diane näher gekommen zu sein als jemals zuvor. Die acht Jahre Altersunterschied schienen auf einmal unwichtig. Sie hatte ihm ihre verletzliche Seite gezeigt, und das berührte Kilian. Heute hatte sich bestätigt, was er schon lange wusste.

Diane Hanson war einfach der Oberhammer.

Liebe Mutter,
ich weiß, »Man soll den Tag nicht vor dem Abend loben« und »Hochmut kommt vor dem Fall«. Blablabla! Entschuldige bitte, aber manchmal kann ich deine Sprüche kaum ertragen. Der Professor ermutigt mich, dir solche Dinge zu sagen. Außerdem hört es sich für mich so an, als würdet ihr mir die Verlegung nicht gönnen. Auf welcher Seite steht ihr eigentlich? Ich bin so genervt und gebe langsam die Hoffnung auf! Dazu kotzt mich diese ätzende Hitze an!
Hier drin ist es unerträglich. Du glaubst gar nicht, wie gerne ich mal in die Nordsee springen würde. Ja, du hast richtig gehört. Hier verliere ich sogar meine Angst vor dem Meer. Du bekommst sowieso einen unheimlichen Schmacht auf so banale Dinge wie Honigmelonen, ein kühles Bier nach Sonnenuntergang mit Blick aufs Meer oder einen Spaziergang am Morgen. Weißt du noch, wie sehr mich die Vögel immer genervt haben, die morgens ab fünf Uhr lärmten? Jetzt würde ich sie gerne mal singen hören. Ich fühle mich wirklich sehr eingeschränkt und abgeschnitten von der Welt. Doch dann erfreue ich mich wieder an Kleinigkeiten.
Den Sonnenaufgang lasse ich mir morgens jedenfalls nicht entgehen, gerade jetzt im Sommer. Deine Weisheiten, die ich, wie ich oben erwähnte, manchmal verfluche, können auch tröstlich sein. Einige erscheinen mir jetzt doch nicht so dumm. Zum Beispiel: »Wenn du den Hahn einsperrst, geht die Sonne doch auf.« Wie wahr! Du siehst, liebe Mutter, ich kann auch etwas von dir annehmen.
Ansonsten gibt es nicht viel zu berichten, außer dass nun mein Antrag auf das Fernstudium abgelehnt wurde. Ist das nicht gemein! Ich meine, da reden immer alle von Resozialisierung, aber wie sieht die Wirklichkeit aus? Da will man sich in der Gesellschaft engagieren, und es werden einem nur Steine in den Weg gelegt. So etwas verärgert mich, um es mal vorsichtig auszudrücken, denn so viele Jungs sitzen hier ja nicht ein, die das Zeug für ein Studium haben.
Willkür, sage ich dir, reine Willkür.
Prof. Peters meint, ich solle mich nicht entmutigen lassen und weiter Anträge stellen. Letztlich will man vielleicht meine Beharrlichkeit prüfen. Daran soll es nicht scheitern, du weißt, wie ausdauernd ich sein kann, wenn ich etwas wirklich will.
Erinnerst du dich daran, als ich den Waldboden hinter unserem Haus in Bremen umgegraben habe, weil ich überzeugt war, dass dort ein Schatz

verbuddelt ist? Jeden Tag habe ich mehrere Stunden im Boden herumgewühlt, stand bis zu den Knien in mindestens zehn Gruben. Damals war ich, glaube ich, elf Jahre alt. Du hast mich graben lassen, bis ich schließlich ein goldenes Kästchen mit bunten Murmeln fand. Ich weiß, dass du es dort versteckt hattest, aber wenn du das nicht getan hättest, würde ich wahrscheinlich heute noch buddeln. Ja, und so bin ich immer noch. Ich gebe nicht auf! Das Gleiche gilt für meine Gewichtsreduktion. Zwischendurch stand die Waage, bewegte sich einfach nicht, aber jetzt wiege ich schon fünfzehn Kilo weniger als bei meiner Ankunft! Ich bin ein Kämpfer, und das werde ich allen beweisen!
Dies schrieb, dein frustrierter Junge
PS: Ich möchte dich ja nicht drängen, aber ich würde mich freuen, wenn du mich besuchen kommst. Wirklich! Und könntest du mir dann die Bücher mitbringen, die auf der beiliegenden Liste stehen? Mit dem Lesestoff, den wir hier haben, kann ich nichts anfangen! Du würdest mir eine große Freude machen!
R.

Cuxhaven-Duhnen, Christian-Brütt-Weg

Ein warmer Wind kam vom Meer über die Düne und wehte das zusammengekehrte Laub über den Rasen. Noch schien die Sonne, doch Phyllis roch den Wetterumschwung. Sie hatte einen von Iskas Gartenstühlen samt Tisch in die Sonne gestellt. Ein blassblauer Seidenschal, den sie locker um den Hals trug, betonte, ebenso wie der Goldschmuck, ihre sonnengebräunte Haut und gab ihrer ansonsten etwas burschikosen Erscheinung eine feminine Note. Der Hund schlief zu ihren Füßen. Phyllis freute sich, dass sie das Haus ihrer Schwester ein paar Tage hüten konnte.

Iska besuchte Verwandte auf Helgoland.

Phyllis dachte an Anna Koranth. Wie gern hätte sie die Freundin ihrer Schwester kennengelernt, die nun seit fast einem Jahr in Döse begraben lag. Die Konsequenz, mit der sie ihre Tat ausgeführt hatte, imponierte ihr, das gab sie unumwunden zu.

Phyllis war es satt, sich von ihren Schuldgefühlen auffressen zu lassen, passiv zu sein, sich mit den Gegebenheiten zu arrangieren. Und in Sachen Rache fühlte sie sich Anna unglaublich nah, glaubte zu verstehen, worum es dieser Frau gegangen war. Sie wollte raus aus der Ecke, in der sie seit Jahren festsaß, und sie war ihre Tatenlosigkeit satt. Ihr Zorn musste dahin, wo er hingehörte.

Ronald Dallinger. Gott sei Dank saß er noch eine Weile, es blieb Zeit, sich jeden Schritt genau zu überlegen. Dieser Mann hatte Ivo getötet, ihre Nichte völlig aus der Bahn geworfen und Maxi Bernsen traumatisiert. Ronald Dallinger machte Phyllis unendlich wütend. Sie wollte Gerechtigkeit und ihren Frieden.

Als erste Regentropfen fielen, ging sie ins Haus. Der Westi trottete hinterher. Drinnen war es feucht und kalt. Phyllis holte Holz aus dem Schuppen und machte Feuer im Kamin. Schnell breitete sich angenehme Wärme aus. Sie versorgte den Hund, setzte sich dann mit der Post in den Sessel am Fenster, genoss einen Grog. Iska hatte ihr aufgetragen, die Korrespondenz zu öffnen. Die meisten Umschläge enthielten bloß Werbung.

Ein Brief kam von Iskas Anwalt.

Phyllis öffnete ihn, las ihn zweimal, versuchte, die Konsequenz der Worte zu erfassen. Dr. Meyer-Reich teilte Iska mit, dass die

Möglichkeit bestand, dass Dallinger nach einer Verbüßung von zwei Dritteln seiner Freiheitsstrafe vorzeitig aus der Haft entlassen würde. Entsprechende Anträge waren gestellt. Der Rechtsanwalt wies darauf hin, dass die Stellungnahme der Justizvollzugsanstalt wohl nicht zum Nachteil des Angeklagten ausfallen würde, anscheinend verhielt sich Ivos Mörder im Knast zur Zufriedenheit der Verantwortlichen. Jetzt wartete die Strafvollstreckungskammer noch auf die psychologischen Gutachten, die eine positive Prognose enthalten mussten, bevor die Entscheidung zu Dallingers Gunsten fallen konnte.

Offenbar kooperierte der Dreckskerl auf allen Ebenen. Der Tag, vor dem sich Phyllis immer gefürchtet hatte, kam vielleicht schneller als gedacht. Meyer-Reichs Schreiben endete mit dem Hinweis, dass das letzte Wort in dieser Angelegenheit noch nicht gesprochen sei.

Phyllis schob den Auflauf vom Vortag in den Ofen und goss sich einen Sherry ein. Ihre Gedanken überschlugen sich, während sie Schluck für Schluck trank. Als das Essen warm war, stellte sie die feuerfeste Form auf ein Holzbrett und aß ohne Appetit. Vielleicht war Dallingers verfrühte Entlassung auf den zweiten Blick gar keine schlechte Sache. Lieber ein Ende mit Schrecken als Schrecken ohne Ende.

Phyllis nahm Stift und Papier.

Bis in die frühen Morgenstunden saß sie über ihren Aufzeichnungen. Als es draußen hell wurde, legte sie sich ins Bett.

Beim Aufwachen fühlte sie sich stark und frisch. Im Laufe des Vormittags führte sie mehrere Telefonate. Zurück in Stade, heizte sie ihr kleines Apartment behaglich ein, ergänzte und korrigierte ihre Notizen so lange, bis sie mit dem Ergebnis vollständig zufrieden war.

Cuxhaven-Holte-Spangen

Kilian glättete Hosen, Hemden und Sweatshirts, faltete die Sachen und legte sie in den großen Wäscheschrank im Flur. Anschließend goss er sämtliche Zimmerpflanzen, leerte den Mülleimer und saugte Staub. Als er fertig war, stellte er die Kaffeemaschine an und wartete. Sein Vater und Maxi mussten jeden Augenblick kommen.

Als die beiden um sechzehn Uhr immer noch nicht da waren, versuchte Kilian, seinen Vater auf dem Handy zu erreichen. Ohne Erfolg. Jetzt wurde er nervös, rief in der Reithalle an, doch auch dort ging niemand ans Telefon. Kilian tigerte durchs Haus. Vom Küchenfenster zur Terrassentür mit Blick auf den Hof und zurück. Lauschte, fluchte. Nun waren seine Schwester und Johann fast eine Stunde überfällig. Das konnte nichts Gutes bedeuten.

Kilian hielt die Ungewissheit nicht länger aus, streifte einen dicken Pullover über und schnappte sich die Autoschlüssel. Als er den Motor seines Wagens gestartet hatte, sah er zwei Scheinwerfer kommen. Endlich.

Erleichtert sprang er aus seinem Auto, ging einige Schritte auf das Fahrzeug seines Vaters zu und sah auf die Rückbank. Von Maxi keine Spur. Kilian riss die Fahrerseite auf. Panik überflutete ihn.

»Wo ist Maxi?«

»Wieso? Du wolltest sie abholen«, lallte Johann.

»Du hast getrunken!« Kilian packte seinen Vater und riss ihn vom Sitz. »Du blödes Arschloch, hast dich wieder volllaufen lassen und deine Tochter vergessen! Du machst mich krank!«

Kilian ließ Johann los. Sein Vater knallte auf den Sitz zurück und sackte zusammen. Er konnte nur mit Mühe seinen Kopf hochhalten. Bevor Kilian die Autotür zuschlug, verpasste er seinem Vater einen Faustschlag gegen den Kopf. Johann jaulte auf.

Kilian lief ins Haus. Das war das dritte Mal in vier Wochen, dass sein Vater auf Sauftour gegangen war und Maxi vergessen hatte. Hastig wählte Kilian die Telefonnummer des Gestüts.

»Mein Vater hat es nicht geschafft«, sagte Kilian, als endlich eine der Reitlehrerinnen das Gespräch annahm. »Ist Maxi noch da?«

»Diane hat sie abgeholt.«

Kilian schloss die Augen.

Diane, die Gute.

Felsbrocken fielen ihm vom Herzen. Aber es war an der Zeit, dass sich Johann seinem Alkoholproblem stellte. So ging es einfach nicht weiter.

Hallo Emily,
deine E-Mail hat mich berührt. Ich finde es toll, wenn Menschen sich engagieren. Es stimmt, manche der Jungs, die hier einsitzen, bekommen kaum Post, und ich gehöre definitiv dazu. Meine Mutter schreibt mir manchmal, aber das war's auch schon! Besuch bekomme ich nicht, oder wenn, nur unfassbar wenig. Ein Cousin lässt sich hin und wieder blicken, aber ich glaube, er war in den ganzen Jahren nur zweimal hier. Meine Mutter ist einmal hier gewesen! Mein Vater noch nie.
Bis vorgestern wusste ich nicht, dass es in Deutschland Menschen gibt, die sich ehrenamtlich mit JVA-Insassen beschäftigen. Umso erfreuter bin ich jetzt, dass es www.emailfuerdich@knasti.de gibt und du dich entschieden hast, mir zu schreiben. Wie hast du mich ausgewählt? Zufall? Oder bin ich dir quasi zugeteilt worden? Ach, im Grunde ist es auch egal, Hauptsache, wir schreiben uns.
Wahrscheinlich werde ich bis zum letzten Tag hier in Hannover einsitzen. Auf eine Verlegung hoffe ich eigentlich nicht. Im Grunde habe ich den Traum von Lingen oder Oldenburg sowieso längst aufgegeben. Wer nichts erwartet, kann auch nicht enttäuscht werden, oder?
Schön, wenn wir uns jetzt schreiben, der Briefkontakt wird mir die Zeit hier versüßen und Abwechslung in mein langweiliges Leben bringen! Ich freue mich, wenn ich wieder von dir höre. Ich habe einiges zu erzählen.
So long, Ronny
PS: Das beigelegte Foto entspricht nicht ganz den Tatsachen. Ich bin jetzt wesentlich schlanker!

Cuxhaven 2012, Haydnstraße

Den Brief vom Arbeitsamt öffnete Norma nur deshalb, weil sie eine Zusage oder weitere Informationen wegen des Kindergeldes erwartete.

»Jetzt geht es bergauf«, sagte sie gut gelaunt und lächelte in die Runde. Ihre Lieblinge saßen in Kinderstühlchen um den Esstisch. Nur Jason lag wie immer schlafend im Laufstall.

Flüchtig überflog sie die maschinell erstellten Zeilen. »... ist es nicht möglich, so dicht hintereinander so viele Kinder ... beglaubigte Geburtsurkunden ... Jugendamt ... unkontrollierter Besuch ... Mitwirkungspflicht ...« Weiter kam Norma nicht. Ihr Lächeln starb. Kraftlos sank sie aufs Sofa.

Dort blieb sie regungslos sitzen. Es dauerte, bis sie einen klaren Gedanken fassen konnte und eine Vorstellung davon bekam, was zu tun war.

Zu beiden Seiten standen Tannen. Der Makler fühlte sich sichtlich unwohl und fuhr sich durch die ergrauten Haare. »Eigentlich darf ich hier nicht mit dem Auto hineinfahren«, sagte er zum wiederholten Mal.

Phyllis beachtete Süder nicht. Sie versuchte, alles in sich aufzunehmen, jeden Strauch, die Bäume und Wege. Bisher hatte sie sich nicht an diesen Ort gewagt. Es jahrelang vermieden, die Stelle zu besuchen, an der Ivos Martyrium begann und endete.

Das Haus tauchte unvermittelt auf. Düster und heruntergekommen stand es zwischen Kiefern. Sie hatte es sich größer vorgestellt. Der Makler parkte dicht davor.

Phyllis löste den Sicherheitsgurt.

»Was wollen Sie bloß mit der Bruchbude?«, fragte Süder. »Ich habe so tolle Ferienhäuser im Angebot, klein und gar nicht teuer.«

Phyllis stieg aus und betrachtete das Gebäude. Sämtliche Scheiben waren eingeschlagen, das Treppengeländer lag zersplittert auf den Stufen, und soweit sie erkennen konnte, fehlten in der Veranda einige Bretter im Boden. Jemand hatte mit weißer Farbe »NUTE« mit einem T auf die Außenwand gesprüht. Iska näherte sich vorsichtig dem Zugang und drückte die Klinke.

»Sie brauchen einen Schlüssel, auch wenn es absurd ist«, sagte der Makler hinter ihr und öffnete die Tür.

Der Raum war vollständig leer geräumt. Süder machte Licht. »Immerhin gibt es Strom! Möbel müssen Sie offensichtlich selbst mitbringen.«

»Und der Keller?«, fragte Phyllis, ohne auf den Scherz einzugehen. »Ist er ebenfalls entrümpelt?«

»Ich glaube ja. Die Besitzer haben alles entfernen lassen. Wollen Sie das Untergeschoss sehen?«

»Ja.«

Phyllis warf nur einen kurzen Blick in das Gewölbe. Wie Süder gesagt hatte, gab es kein Inventar, keinen, nicht den kleinsten Hinweis auf Dallinger.

Süder fröstelte. »Hier soll sich vor einigen Jahren eine schreckliche Tat ereignet haben. Die ursprünglichen Eigentümer haben das

Haus damals an meinen Mandanten verkauft.« Der Makler drehte sich zu Phyllis. »Sie sind doch von hier, erinnern Sie sich an das Verbrechen mit den beiden Kindern?«

Phyllis fühlte einen starken Druck auf ihrer Brust, Bilder tauchten vor ihrem geistigen Auge auf. Ivo blutüberströmt an der Treppe. Ivo halb tot in der Kiste. Er kostete sie Überwindung, nicht nach draußen zu stürmen, aber sie wollte auf keinen Fall Süders Misstrauen wecken.

»Ja, natürlich erinnere ich mich an den Fall«, sagte Phyllis so beiläufig wie möglich. »Aber das ist eine Ewigkeit her. Zwischenzeitlich hat das Haus einer Familie gehört, die es an Wochenenden genutzt hat. Es ist quasi ›gereinigt‹. Ich denke da praktisch. Die Hütte liegt nah am Meer. Ich möchte meine Angelsachen hier lagern und nicht einziehen!«

Süder schüttelte den Kopf.

Phyllis hätte schreien können, beherrschte sich aber und trat betont langsam den Rückweg an, schlenderte auf die Veranda und bat, wie nebenbei, zum Aufbruch.

Süder startete einen letzten Versuch, Phyllis ein anderes Objekt schmackhaft zu machen. Sie ließ ihn reden, blätterte später in seinem Büro die vereinbarte Summe bar auf den Tisch und unterschrieb den Kaufvertrag. Das Netz der Spinne wurde dichter.

Cuxhaven, Niedersachsenstraße

Abends erwartete Phyllis ihre Schwester in der »Kleinen Fischkiste«. Als Iska endlich erschien, sah sie blass und ausgemergelt aus. Ihre sonst so strahlenden Augen wirkten glanzlos, die Haare strähnig. Die Geschwister begrüßten sich förmlich. Von der Herzlichkeit, die ihre Beziehung eigentlich ausmachte, war heute nichts zu spüren.

Sie bestellten frische Krabben auf Schwarzbrot, die in einem kleinen Einwegglas und mit extra Gurkensalat serviert wurden.

»Was ist los?«, fragte Phyllis nach einigen Belanglosigkeiten. »Du wirkst bedrückt.«

Iska legte das Besteck zur Seite. »Es ist Norma. Ich habe Angst, dass sie sich wieder etwas antut.«

Diese wenigen Worte schafften sofort Nähe.

Phyllis griff nach Iskas Hand. »Was ist passiert? Wie kann ich helfen?«

Ihre Schwester zog ein Taschentuch hervor und putzte sich die Nase. »Sie schafft es nicht, Phyllis, sie zerbricht an Ivos Tod, und ich muss zusehen, kann nichts tun. Was soll ich nur machen? Ich ertrage den Gedanken nicht, dass Norma ihrem Leben irgendwann wirklich ein Ende setzt.«

»Hat sie wieder etwas in diese Richtung geäußert?«

»Nein. Sie spricht ja kaum noch mit mir. Seit Wochen lässt sie niemanden mehr in ihre Wohnung. Und wenn sie mich mal hereinlässt, ist sie abweisend. Ich habe manchmal das Gefühl, dass sie gar nicht wirklich anwesend ist.«

»Wie meinst du das?«

Iska suchte nach Worten. »Sie sitzt einfach da, wie weggetreten. Oder sie bemalt Tontöpfe. Im Wohnzimmer stapeln sich mittlerweile mindestens fünfzig Stück.«

Phyllis runzelte die Stirn. »Hast du sie darauf angesprochen?«

»Nein.«

»Regelt sie denn die alltäglichen Dinge? Ich meine, steht sie morgens auf, wäscht sie sich, geht sie einkaufen?«

»Ja, doch.«

»Soll ich mal mit ihr reden? Du weißt, dass wir uns immer gut verstanden haben.«

»Das ist eine gute Idee.« Iska lächelte. Zum ersten Mal an diesem Abend.

»Okay. Dann fahre ich in den nächsten Tagen bei ihr vorbei.« Phyllis trank einen Schluck alkoholfreies Bier. »Besucht Norma noch ihren Therapeuten?«

»Keine Ahnung.«

»Dann ruf ihn doch einfach mal an. Du bist ihre Mutter, Norma hat versucht, sich das Leben zu nehmen. Kein Wunder, dass du dir Sorgen machst, oder?«

Sie bestellten Eis zum Nachtisch. Iska wirkte gelöster. Erst als sie sich verabschiedeten, legte sich wieder die Schwere auf ihre Gesichtszüge. »Ich verkrafte es nicht, wenn Norma sich etwas antut. Einen weiteren Schicksalsschlag überlebe ich nicht.«

Liebe Emily,
es tut mir schrecklich leid, dass du den weiten Weg umsonst gemacht hast. Du kannst dir sicher vorstellen, wie sauer ich war. Nicht auf dich, sondern auf diese blöden Beamten, die einfach in Willkür handeln. Eine kleine Formalität nicht beachtet und WUM! – keine Chance, dass sie ein Auge zudrücken. Bei den meisten ist es jedenfalls so. Natürlich können Besuche von »Nichtverwandten« verboten werden, das stimmt. Ich habe kein Recht auf Besucher (das musst du dir mal vorstellen), wenn von ihnen ein schädlicher Einfluss ausgeht, Paragraf 25 Nr. 2 StVollzG. Ich könnte kotzen! Natürlich kannst du jetzt den Rechtsweg beschreiten, das heißt, Büttner würde das übernehmen. Angeblich haben sie dich ja nur deshalb nicht reingelassen, weil du dich geweigert hast, eine Leibesvisitation vornehmen zu lassen. So gesehen ist ja kein generelles Besuchsverbot gegen dich ausgesprochen worden, sondern dir wurde lediglich der Zutritt an diesem Tag verwehrt.
Also, ich glaube, das kriegt Büttner hin. Soll ich ihn fragen?
Es tut mir so leid, dass du so viel ertragen musst. Für dich ist das mit Sicherheit alles sehr schwer, denke nicht, dass ich mir darüber keine Gedanken mache. Nur, ich würde dich halt so gerne sehen. Außerdem ist die Vorstellung, endlich mal mit einem lieben Menschen reden zu können, ein ungemeiner Sog für mich. Klar, ich habe die Therapiegespräche, aber hier so mit den Knastis, das ist in der Regel alles ziemlich niveaulos.
Und denk daran: Wenn du noch einmal kommst und mir etwas mitbringen willst, musst du vorher einen Antrag stellen. Ansonsten filzen sie dich schon an der ersten Schleuse. Du hast ja gesehen, was sie mit dem Kuchen gemacht haben, den du für mich gebacken hattest. Ab in die Tonne! Am besten bringst du mir gar nichts mit. Im Besucherraum stehen Süßigkeitenautomaten. Wenn du Kleingeld dabei hast und mir da ein paar Nüsse ziehst, bin ich happy.
Dein Eindruck ist richtig. Die JVA ist ziemlich heruntergekommen. Dabei hast du noch den besseren Teil gesehen. Ich finde, in den Gängen, Zellen und Schleusen weht immer noch Fritz Haarmanns Geist, man hat das Gefühl, dass sich seit diesem Serientäter hier nicht viel verändert hat.
Aber genug davon.
Büttner hat angedeutet, dass es sein kann, dass sich die Tore der JVA in absehbarer Zeit für mich öffnen. Du spielst dabei auch eine Rolle. Die

psychologischen Gutachter werten unsere Beziehung als positiv und haben eine gute Prognose gestellt. Trotzdem bin ich verhalten. Wer weiß, was wieder alles dazwischenkommt. Ich tue gut daran, meine Hoffnungen nicht zu hoch zu schrauben. Bisher bin ich doch meistens enttäuscht worden, wenn ich mich auf etwas gefreut habe.

An der Anti-Aggressionsgruppe nehme ich jetzt auch teil. Anfangs hatte ich keine Lust, mir die Pseudo-Erkenntnisse von anderen reinzuziehen, geschweige denn, mich selbst mitzuteilen. Aber so übel sind die Settings gar nicht, und ich will unbedingt draußen klarkommen!

Anderes Thema: Über zwanzig Kilo weniger bringe ich derzeit auf die Waage! Ich bin unheimlich motiviert, was das angeht. Ehrlich gesagt ist es aber auch leicht, hier drinnen die Pfunde zu verlieren. Der Fraß schmeckt einfach nicht!

Für heute muss ich mal wieder schließen. Ich möchte dir noch einmal danken, dass du dich auf den Weg zu mir gemacht hast. Beim nächsten Mal klappt es! Bestimmt. Dann sehen wir uns. Ich kann es kaum erwarten.

Es grüßt sehnsuchtsvoll, dein Ronny

Phyllis begann im September damit, ihre Pläne in die Tat umzusetzen. Dabei galt ihr Interesse lediglich dem Untergeschoss des Hauses, das sie erworben hatte. Hier strich sie die Innenwände mit einer Universalfarbe auf Acrylbasis, wetterbeständig mit hohem Lackanteil, die eigentlich für Fassaden benutzt wurde. Zwei Tage brauchte sie für die Malerarbeit, den scharfen Geruch ignorierte sie. Für ihre Zwecke war die Farbe ideal.

Als sie die Wände versiegelt hatte, trieb sie mit einer Spitzhacke eine knapp zwei Quadratmeter große Grube in den Lehmboden des Kellers. Diese Arbeit brachte sie beinahe an den Rand ihrer körperlichen Belastbarkeit. Sie hielt sich fit, joggte, ging schwimmen, aber das Abtragen der festen Erde war eine Kategorie für sich. Phyllis biss die Zähne zusammen, füllte Lehmbrocken in große Müllbeutel und gönnte sich erst nach erfolgreichem Abschluss dieser Phase ihres Projektes eine Pause.

Als sie die Arbeit wieder aufnahm, baute sie um die Grube eine stabile Holzkante. Das ging schnell und kostete kaum Mühe. Sie rührte in einer mitgebrachten Schubkarre Estrich an und verteilte das zähflüssige Zementgemisch auf dem unebenen Kellerboden. Den Belag verstrich Phyllis mit einem Schrubber. Wirklich glatt bekam sie die Fläche nicht, aber das spielte keine Rolle. Sie wollte ja keine Preise gewinnen. Den Vorgang wiederholte sie so oft, bis der Lehmboden vollständig unter dem grauen Estrich verwand, und ließ die Oberfläche mehrere Tage aushärten. Einzig die Öffnung, die sie gegraben und mit der Holzkante versehen hatte, sparte sie aus.

Die Zeit der Trocknungsphase nutzte Phyllis und fuhr zum Baumarkt im Gewerbegebiet Abschnede. Sie ließ Fichtenholzbretter in einer Stärke von zwei Zentimetern zuschneiden. Normalerweise kaufte sie hier nie ein. Sie zahlte bar und vermied jeden Blickkontakt. Vielleicht waren diese Vorsichtsmaßnahmen übertrieben, aber Phyllis wollte kein Risiko eingehen.

An einem regnerischen Freitagabend lenkte sie ihren Wagen zu ihrer Baustelle, schaffte Werkzeug, einen stabilen Tapeziertisch, Schmirgelpapier, Schraubzwingen, Bohrmaschine, Nägel, einen

Holzhammer und die Bretter in den Keller. Wie erwartet, lag der Wernerwald verlassen und schweigend da.

In dieser Nacht konzentrierte sich Phyllis auf ihr eigentliches Vorhaben.

Als Erstes stellte sie den Tisch auf den Estrich, befestigte an den Kanten Schraubzwingen, legte das Werkzeug zurecht und rollte Verlängerungskabel aus.

Mit Präzision spannte sie die langen Seitenbretter hintereinander ein und zeichnete in regelmäßigen Abständen mit einem Bleistift gut sichtbare Punkte auf das Holz. Anschließend bohrte sie auf den Markierungen Löcher vor. Genauso verfuhr sie mit den kurzen Stirnbrettern, wobei sie die Löcher mit der Bohrmaschine nur anbohrte. Mit dem Glattschleifen der Bohrstellen war sie einige Zeit beschäftigt. Anschließend klopfte sie die Seiten vorsichtig auf die Stirnbretter. Durch Nut und Feder hielten sie vorerst zusammen. Es kostete Mühe, das Bodenbrett einzulegen. Schließlich trat sie einen Schritt zurück und lächelte.

Ihr Werk nahm Form an. Die Kiste war einen Meter siebzig lang, einen Meter zwanzig tief und gut neunzig Zentimeter breit. Damit glich sie mehr und mehr einem etwas zu kurz geratenen Sarg.

Zufrieden gab Phyllis Leim auf die Kanten, bevor sie diese mit dem Holzhammer aufeinanderschlug. Langsam wurde die Kiste stabiler, und Phyllis ertappte sich dabei, dass sie summte.

Als ihre Augen im matten Licht der Glühbirne müde wurden, verhüllte sie ihr Werk sorgfältig mit einer Plane, verschloss den Keller und fuhr zu ihrer Schwester.

Iska empfing sie mürrisch. »Du kommst spät. Ich habe nicht mehr mit dir gerechnet.« Erst jetzt sah Phyllis auf die Uhr. Drei Uhr morgens. Kein Wunder, dass Iska gereizt war.

Cuxhaven

Kilian legte die blauen Gummihandschuhe ab und rieb seine kalten Hände aneinander, während er die Standpauke seines Chefs über sich ergehen ließ. Obwohl er erst eine knappe Stunde schockgefrorenen Kabeljau etikettiert hatte, war er völlig durchgefroren. Hier im Büro brüllte ihn zwar sein Chef an, aber dafür wärmte Heizungsluft seine Glieder.

Sein Blick blieb am Wandkalender neben dem Aktenschrank hängen. Ein roter Ferrari war das Motiv für diesen Monat. Das Auto stand unter Palmen, im Hintergrund leuchtete das Meer azurblau. Schlagartig spürte Kilian Sonne auf seiner Haut, Sand unter den Füßen. Der Wind wehte eine leichte Brise zum Strand. Ein dunkelhäutiger Mann schlenderte heran. Er trug Shorts und einen löchrigen Strohhut. In einer Hand hielt er eine ramponierte Kühltasche und hob den Deckel. Ananashälften kamen zum Vorschein. Kilian lief das Wasser im Mund zusammen.

»Verdammt noch mal!« Der Chef schlug mit der flachen Hand auf einen Stapel Papiere. »Was glauben Sie eigentlich, wen Sie vor sich haben! Ständig gibt es Ärger wegen Ihnen, die Kollegen beschweren sich regelmäßig, und auch heute sind Sie wieder unpünktlich zur Spätschicht erschienen! Sie können Ihre Sachen packen. Ende. Aus!«

»Okay«, sagte Kilian nur und schob die Hände in die Taschen seines weißen Kittels.

»Okay! Das ist alles, was Ihnen einfällt? Haben Sie überhaupt verstanden, was ich gesagt habe? Sie haben gerade Ihren Job verloren.«

»Ich werde es überleben.«

Kilian stieg betont langsam aus seinem Hygieneoverall, streifte die Haube vom Kopf und legte beides auf den Schreibtisch. Vom Gebrüll seines Arbeitgebers begleitet, verließ er das Büro, drehte sich nicht um, holte Jacke und Rucksack aus seinem Spind und schlenderte in aller Ruhe um das riesige blaue Kühlhaus zu seinem Auto.

Auf eine seltsame Weise fühlte er sich befreit.

Für seine Verhältnisse hatte er den Job lange behalten. Drei Monate. Rekord. Angefangen hatte er als Gabelstapelfahrer in einer der Lagerhallen. Dafür hatte er sogar extra den Führerschein gemacht, aber die trockene Kälte hatte ihm extrem zugesetzt. Dreiundzwanzig Grad minus, das schaffte er nicht. Die Spöttelei der Kollegen musste er ertragen, als er in die Etikettierung versetzt wurde. Hier waren die Temperaturen deutlich angenehmer, und aus seiner Sicht hatte er die Arbeit gut gemacht.

Das Genick hatte ihm seine Unpünktlichkeit gebrochen. Verwarnungen und Abmahnungen ignorierte er. Gründe für sein Zuspätkommen offenbarte er nicht. Maxi ging über alles. Wenn sie ihn brauchte, war er da. Arbeitszeiten spielten dann kaum eine Rolle.

Den Job im Kühlhaus hatte ihm Coach Dieckmanns besorgt, nachdem der Chef des Getränkeladens ihn gefeuert hatte. Nach einigen Anläufen hatte er damals seinen ganzen Mut zusammengenommen und Maxis ehemalige Trainerin angerufen. Sie hatten sich auf Anhieb verstanden. Seitdem meldete sie sich manchmal bei ihm und half ihm schon mal aus der Klemme, auch finanziell.

Die erneute fristlose Kündigung würde sie nicht freuen. Seufzend schob Kilian den Gedanken beiseite und fuhr ins Zentrum Richtung Post.

Die Ampel an der Südersteinstraße sprang auf Rot. Kilian bremste abrupt und beobachtete eine alte Frau, die mit aller Ruhe von links auf den Zebrastreifen trat und dabei ihre Gehhilfe immer ein kleines Stück weitersetzte. Schritt für Schritt. Kilian trommelte mit den Fingern aufs Lenkrad. Die Oma kam kaum vorwärts. Als die Ampel auf Grün sprang, konnte er nicht losfahren, weil die alte Frau erst in der Mitte der Straße angekommen war und der Gegenverkehr ziemlich dicht rollte. Gezwungenermaßen blieb er also stehen. Sein Blick flog zur Uhr neben der Tankanzeige. Soweit er wusste, schloss die Post gleich. »Los Omi, leg mal einen Zahn zu«, murmelte er und schaltete schon einmal in den ersten Gang. Er musste dringend einige Überweisungen tätigen und eigentlich auch mal über einen Dispokredit verhandeln, aber das konnte er sich für heute abschminken.

Als Kilian endlich den Wagen geparkt hatte, bog er um die Ecke zum Haupteingang der Post und sah Diane. Sie stand vor der Glastür der hell erleuchteten Filiale und schlug mit der rechten Hand gegen die Scheibe. Kilians Herz machte einen Sprung, und er bedankte sich bei der Oma auf dem Zebrastreifen. Wenn sie nicht gewesen wäre, hätte er Diane vielleicht verpasst. Kilian tippte seiner Traumfrau leicht an die Schulter.

Diane fuhr herum.
»Was machst du denn hier?«, fragte Kilian. »Genießt du deinen Urlaub, solange Maxi mit der Jugendgruppe auf Texel ist?«
»Ich vermisse die Süße jetzt schon.«
»Eine Woche Erholung wird dir guttun«, antwortete Kilian.
»Ich muss unbedingt einen Brief aufgeben, und du?«
»Ich hab hier mein Konto.«
Diane seufzte. »So ein verdammter Mist, der Brief sollte heute unbedingt noch weg.«
»Zieh doch eine Marke im Automaten.«
»Gute Idee.«
Aber sie hatten beide kein Kleingeld. Diane steckte den Brief seufzend in ihre Tasche. Kilian sah auf seine Armbanduhr. »Hast du noch was vor?«
»Eigentlich nicht, Maxi ist ja nicht da.«
Kilian nahm all seinen Mut zusammen. »Kommst du mit ins ›Nautiko‹?«
Er registrierte ein leises Zucken ihrer Mundwinkel.
»Los, komm, es ist Freitag, du kannst morgen ausschlafen, und Maxi kommt erst am Sonntag wieder.«
»Nein, lange schlafen kann ich leider nicht. Ich habe Frühschicht an der Promenade von Duhnen und muss pünktlich sein, um den Eintritt für den Strand zu kassieren.«
»Nur auf ein Bier!«
Diane ließ sich nicht lange bitten und folgte ihm, zu seiner Überraschung.

Aus den Lautsprechern dröhnte Alice Cooper. An einem der Tische saß eine Gruppe Frauen, die Bier tranken und sich lautstark unterhielten. Im Hintergrund warfen zwei Typen Dartpfeile. Kilian und Diane setzten sich an die Theke und bestellten Krombacher.
»Kommst du öfter her?«, fragte Diane dicht an Kilians Ohr.
»Gelegentlich. Ich finde es cool hier. Die Leute sind okay.«
Diane hatte die Beine übereinandergeschlagen und wippte im Takt von »Lost in America«.
Kilian ging im Kopf sämtliche Gesprächsthemen durch. *Lass*

dir was einfallen, Alter. Du sitzt hier mit der tollsten Frau des Universums. Los, vermassel es nicht. »Deine blonden Haare haben mir besser gefallen.«

Diane antwortete einsilbig.

Mecker doch nicht an ihr rum, du Blödmann. Versuch es mit Komplimenten. Jede Frau fährt darauf ab. »Du hast wirklich schöne Augen«.

Diane lachte. »Entspann dich! Lust auf eine Runde Billard? Wer verliert, zahlt die nächste Runde.«

Diane beherrschte den Kö, doch gegen Kilian hatte sie keine Chance. Eine Runde nach der nächsten ging auf ihr Konto. Als der Wirt sie schließlich rauskehrte, hatten sie ziemlich getankt.

»Wir müssen die Autos stehen lassen«, bestimmte Diane vor der Tür. »Ich kann nicht mehr fahren und du erst recht nicht.«

Kilian widersprach nicht, er spürte den Alkohol deutlich.

»Du kommst mit zu mir«, entschied Diane und hakte sich bei ihm unter. »Ich klappe die Couch aus.«

Sie torkelten Arm in Arm. Kilian versuchte, jeden Augenblick zu genießen, und schmiegte sich an Diane. Sie alberten herum, lachten und erreichten spät in der Nacht ihre Wohnung in der Schillerstraße.

Abermals übernahm sie das Regiment, schickte ihn ins Bad und bezog in der Zwischenzeit die Schlafcouch. Kilian war ein wenig enttäuscht, als er das gemachte Bett vorfand. Natürlich hatte er gehofft, sie würde ihn unter ihre Decke lassen, aber so betrunken war Diane nicht.

Am nächsten Morgen weckte ihn die Sonne. Der Geschmack von Bier und Zigaretten lag pelzig auf Kilians Zunge. Sein Magen rumorte, ihm war schlecht.

»Diane«, rief er, so laut er konnte, »bist du wach?«

Keine Antwort. Seine Jeans lag auf dem Boden, und die Lederjacke hing über der Lehne des Stuhls. Kilian rief noch einmal nach Diane, aber in der Wohnung blieb es still.

Schlaftrunken taumelte er ins Bad, entleerte Blase und Darm.

Die Übelkeit verschwand, als er in der Küche ein Glas Wasser getrunken hatte. Kilian schaltete sein Handy an. Eine SMS. »War nett gestern. Mach dir Kaffee und zieh die Tür ins Schloss, wenn du gehst. Wir sehen uns Sonntagabend, LG Diane«

Im ersten Moment war er unschlüssig. Eigentlich hatte er es nicht eilig, und wer weiß, wann sich noch einmal die Gelegenheit ergeben würde, sich in Dianes Wohnung umzusehen.

Das Schlafzimmer zog ihn magisch an.

Er öffnete die Tür und blieb wie angewurzelt stehen. Die Wände waren mit Babybildern tapeziert. Weich gezeichnete Poster, riesige Porträtaufnahmen eines wirklich süßen Kindes. Auf manchen Bildern lächelte Diane zusammen mit dem Säugling in die Kamera, hielt das Kind im Arm, lag neben ihm auf der Couch.

Kilians Mund wurde trocken, er konnte kaum atmen, musste das Zimmer verlassen. Er schloss die Tür und stieß sie sofort wieder auf. Maxi. Fotos seiner Schwester hingen zwischen denen des anderen Kindes. Um sicherzugehen, trat Kilian näher. Kein Zweifel. Die Wände waren gespickt mit Aufnahmen von Maxi. Kilian nahm das verstört zur Kenntnis.

Mit klopfendem Herzen ging er in die Küche und stellte die Kaffeemaschine an. Nach und nach wurde er ruhiger. Diane konnte doch ruhig Fotos ihres Kindes aufhängen. Was war schon dabei? Sie hatte ihre Tochter verloren. Plötzlicher Kindstod, das hatte sie ihm neulich erst anvertraut. Die Fotos von der Kleinen an der Wand zeigten bestimmt ihr Baby. Gut, Kilian fand die Menge etwas übertrieben, aber im Grunde ging es ihn nichts an. Dass Diane auch Bilder von Maxi aufgehängt hatte, daran gab es im Prinzip auch nichts auszusetzen. Diane vergötterte Maxi und machte keinen Hehl daraus.

Er atmete durch, fand Dianes Wohnung gemütlich. Helle Holzmöbel, Kerzen, rote Sitzkissen auf den Stühlen, die um den Esstisch standen.

Kilian öffnete die Tür zum Gefrierschrank, seine Kopfschmerzen wurden nicht besser. Er suchte ein Eispack und riss die oberste Schublade auf. Sie enthielt Spinat, Eiscreme und eine Tüte mit Briefen.

Ungläubig starrte Kilian auf den Stapel. Briefe im Gefrierschrank? Seine Neugier war geweckt, er nahm den Packen heraus und starrte wie hypnotisiert auf den Absender. Ronald Dallinger.

Der Name ratterte durch die Windungen seines Gehirns. Mit klopfendem Herzen zählte Kilian die Umschläge.

Neun Briefe aus der JVA Hannover.

Was um alles in der Welt hatte Diane mit diesem Schwein zu schaffen?

Kilian zog willkürlich einen Brief aus dem Gefrierbeutel, setzte sich an den Küchentisch und begann zu lesen:

Mein Juwel,
wenn ich aufs Bett steige und mich auf die Zehenspitzen stelle, kann ich den Mond sehen. Den gleichen Mond, der auch bei dir scheint. Das können sie uns nicht nehmen!!
Ich versuche mir vorzustellen, wie du auf dem Balkon deiner kleinen Wohnung sitzt, Wein trinkst und in den Nachthimmel schaust, jetzt natürlich nicht. Es ist ja schon zu kalt. Aber im Sommer, wenn die Nächte lau sind.
Ich rieche dich, deine Briefe duften nach dir. Intensiv.
Vanille und Jasmin. Emporio She. Wie du siehst, habe ich mir den Namen deines Parfums gemerkt. Ich sauge alles auf, was mit dir zu tun hat. Nichts ist mir wichtiger.
Wie gerne würde ich dir dabei zusehen, wie du an dem Rotwein nippst, im Licht der Außenlampe in ein Buch versunken Seite für Seite umblätterst. Es sind diese kleinen Gesten, diese »unbedeutenden« Situationen, die ich mir immer wieder vorstelle.
Nicht rausgehen zu können, wenn mir danach ist, kein Bier im Kühlschrank und kein Spätfilm in deinem Arm. Und doch helfen mir genau solche Gedanken durch die endlosen eintönigen Tage und Nächte. Zu wissen, dass all dies draußen auf mich wartet, ist ein Geschenk. Schön, dass du so großen Anteil an mir nimmst. Ja, die Pfunde purzeln weiter!
Nun möchte ich aber versuchen, deine Fragen zu beantworten.
Ja, ich konnte das Urteil damals akzeptieren. Natürlich war die Verurteilung zuerst ein Schock. Aber immerhin hat das Gericht erkannt, dass ich nicht töten wollte, ansonsten wäre ich nicht so glimpflich davongekommen. So hatte ich mal wieder Glück im Unglück. Büttner (mein Rechtsanwalt) sagte mir gleich, dass ich bei guter Führung früher freikäme. Das hat mir echt geholfen.

Hier drin braucht man Perspektiven, sonst wird man verrückt.
Die meisten Leute machen sich nicht die Mühe, hinter die Fassade zu blicken, das stimmt! Vieles, was damals passiert ist, kann ich auch nicht mehr erklären. Ich war einfach innerlich so wütend, weiß aber auch nicht, wie ich zu solchen Taten fähig war.
In den Therapiesitzungen ging es anfangs oft um die Situation, die Umstände, unter denen der Junge zu Tode kam. Ich wollte ihn nicht töten, das hast du richtig erkannt, natürlich nicht. Aber es ist nun mal passiert. Selbstverständlich kann ich meinen Eltern keine Vorwürfe machen, aber hätte mein Vater mich nicht gezwungen, mit ihm auf Geschäftsreise zu gehen, wäre ich sicherlich früher zu unserem Wochenendhaus gefahren, das ist doch logisch. Essen hatte ich dem Mädchen ja auch mitgebracht, das zeigt doch, dass ich sowieso nicht vorhatte, sie zu töten. Oder? Und den Jungen habe ich ja gar nicht entführt, der ist ja nur zufällig in die Geschichte hineingeraten, da konnte ich gar nichts für. Tragisch, natürlich.
Ich denke, ich war einfach in Panik. Ich habe im Affekt gehandelt, das hat der Richter letztlich ja auch bestätigt. Klar, es gibt heute noch Fragen, die mich umtreiben. Wirklich! Unterscheidet mich das nicht von einem Tier? Ist das nicht der deutlichste Beweis dafür, dass mich die Ereignisse alles andere als kalt lassen!?
Und ich bezahle schließlich auch dafür.
Mal sehen, vielleicht schreibe ich den Familien doch noch mal ein paar Zeilen. Ich habe ihnen früher schon geschrieben, aber Büttner hat mir erzählt, dass sie die Annahme der Briefe verweigert haben. Ein bisschen gewundert hat mich das schon, immerhin war die ganze Sache da auch schon über ein Jahr her.
Ich wollte ihnen ja nur sagen, dass es wirklich keine Absicht war, dass der Junge starb. Ich habe es vor Gericht gesagt und wiederhole mich gerne: Ich wollte das Mädchen nicht töten und den Jungen schon gar nicht, und natürlich tut mir auch leid, was geschehen ist. Aber irgendwann muss es ja auch mal gut sein, ich meine, ich werde mein Leben lang immer damit leben müssen. Das ist nicht einfach, und ich denke, da muss Vergebung drin sein, oder?
Außerdem lebt die Kleine doch, oder?
Du weißt, dass ich an Gott glaube, und viele Menschen beten jeden Tag zu ihm, rennen in die Kirche und lauschen den Worten der Heili-

gen Schrift. Aber wenn es drauf ankommt, wenn es wirklich mal was zu verzeihen gibt, dann klappt das nicht so gut, finde ich. Nun ist es bis zu meiner Entlassung ja nicht mehr lange, und irgendwann muss doch mal Gras über diese Geschichte wachsen. Schön, dass wir da gleich denken!

Was mich außerdem auf die Palme bringt, ist die ständige Frage nach dem Vergessen: »Herr Dallinger, denken Sie manchmal an die Kinder?« Was für ein Schwachsinn. Natürlich denke ich daran. Wie soll ich denn so eine Geschichte vergessen? Was glauben die Leute eigentlich? Ich vergesse doch nicht, was ich getan habe, nur weil ich mal pfeifend über den Flur gehe oder bei einem Film laut lache. Ich bin es nur satt, immer wieder darauf angesprochen zu werden.

Versprich mir, dass du mir niemals diese blöde Frage stellst! Nein, du brauchst es nicht zu versprechen, ich weiß, dass du mich völlig anders siehst. Deine Briefe sind so liebevoll, so behutsam und aufrichtig. Deshalb finde ich das, was zwischen uns ist, so wohltuend. DU machst mir keine Vorwürfe. DU nimmst mich an, wie ich bin, obwohl du weißt, was ich getan habe. Aber bei dir habe ich das Gefühl, sicher zu sein. DU bist der Engel, den Gott mir geschickt hat, und das kann doch nur bedeuten, dass Gott mir verziehen hat. Das macht mich glücklich. DU machst mich glücklich, meine Liebe. Alle Gedanken, die ich über dich habe, machen mich froh.

Klar, manchmal überkommt mich so eine Panik. Dann stelle ich mir vor, dass du einen anderen kennenlernst, der dein Herz erobert. Was hätte ich da für eine Chance! Eine Frau wie du kann an jedem Finger einen Kerl haben, dessen bin ich mir bewusst. Aber was kann ich tun? Ich kann die Dinge nur geschehen lassen und das Beste hoffen, darauf vertrauen, dass alles, was du mir schreibst, wirklich stimmt, dass du tatsächlich all diese wunderbaren Gefühle für mich hast.

Dass du mir eine Bleibe für den Übergang besorgen willst, finde ich ganz großartig, und ich weiß gar nicht, wie ich dir danken soll, dass du das für mich machst.

Ich bin auch wirklich bescheiden. Hier lernt man, keine Ansprüche zu stellen. Ein Zimmer mit Bad reicht mir, und natürlich wäre es schön, wenn es in der Nähe von Cuxhaven ist, damit du nicht so weit weg bist. Aber es wird schwer, was zu finden, glaube ich. Wer vermietet schon an einen Ex-Knasti!

Meine Mutter kann nicht glauben, dass ich wieder an die Nordsee möchte. Aber mit dir wird es dort wunderbar sein.
Themenwechsel, sonst werde ich noch sentimental!
Wenn du auf den Weihnachtsmarkt fährst, kannst du mir dann gebrannte Mandeln besorgen? Ich hätte so gern mal wieder welche, manchmal rieche ich diesen Karamellgeruch förmlich. Und so wie ich abnehme, kann ich etwas Zucker gebrauchen. Nein, hier gibt es wenig Vorweihnachtliches. Stimmung kommt da gar nicht auf. Den Kranz im Eingangsbereich wirst du ja sehen, wenn du vor Weihnachten kommst. Er ist ziemlich scheußlich. Lila und silbern, grässlich!!! Und dann diese unechten Kerzen! Aber egal, schon das übernächste Weihnachtsfest feiern wir zusammen.
Jetzt muss ich aufhören, gleich gibt es Abendessen.
Mein Juwel, du weißt, dass ich dich endlos vermisse. Was soll die Frage?! In meinen Gedanken bist du nur du nur duuuuuuuu!!! Vergiss das niemals. Ich liebe dich aufrichtig. Dein Ronny

Der Brechreiz überkam Kilian von jetzt auf gleich. Er schaffte es gerade noch rechtzeitig ins Bad, übergab sich und bekam gleichzeitig Durchfall. Über eine halbe Stunde traute er sich nicht von der Toilette. Einerseits wünschte er sehnlichst, dass er die Kuverts niemals entdeckt hätte. Andererseits spürte er grenzenlose Wut. Wie schaffte es diese gestörte Tussi, mit diesem minderwertigen Subjekt eine wie auch immer geartete Beziehung einzugehen und gleichzeitig Maxi in den Arm zu nehmen? Abschaum, unterste Schublade, mehr fiel Kilian dazu nicht ein. Er war so wütend, dass er am liebsten ihre ganze Wohnung auseinandergenommen hätte.

Was hatte diese Lügnerin gestern an der Post gemacht? Wollte sie diesem Arsch den nächsten Liebesbrief schicken? Kilian rannte in den Flur, durchwühlte ihre Handtasche. Nichts. Auch in der Küche und im Arbeitszimmer wurde er nicht fündig. Dreckschlampe.

Außer sich stopfte er den Brief aus dem Gefrierschrank in seine Hosentasche, machte die Kaffeemaschine aus und stürmte aus Dianes Wohnung.

Cuxhaven-Duhnen

Diane stand vor dem gelben Strandkorb im Eingang Wehrbergsweg und kontrollierte die Karten der Kurgäste. Menschen mit Wohnsitz in Cuxhaven winkte Diane schnell durch, sie brauchten nur ihren Personalausweis vorzulegen. Mit den Kurgästen gab es in den allermeisten Fällen keine Probleme. Viele besuchten seit Jahren diesen Küstenstreifen und kannten die Gepflogenheiten, wonach das Betreten des Strandbereiches nur mit gültiger Kurkarte möglich war.

An diesem Vormittag war der Andrang auf den Strandbereich groß, auch wenn die herbstlichen Temperaturen die Menschen in warme Kleidung zwangen.

Das Meer hatte sich zurückgezogen. Die Sicht war hervorragend. Pferdewagenkolonnen, besetzt mit Kurgästen, machten sich zur Insel Neuwerk auf. Ihr Lachen schallte bis zum Strand. Kinder buddelten trotz Kälte im Sand oder spazierten an der Hand eines Elternteils durch den aschbraunen Schlick.

Diane sah Kilian kommen. Er rempelte einige Touristen an, die in der Schlange standen, um ihre Karten vorzulegen, baute sich vor Diane auf und hielt ihr ein ordentlich gefaltetes Blatt Papier unter die Nase. »Kannst du mir das erklären?« Er schrie ihr die Worte entgegen.

»Kilian! Was soll –?«

Er fasste sie mit einer Hand grob an der Schulter. »Wie kannst du nur? Du schreibst diesem Schwein! Diesem Dallinger!«

»Du hast in meinen Sachen rumgeschnüffelt?«

»Ist doch scheißegal!«

»Entschuldigung«, sagte ein junger Mann in dicker Daunenjacke, der ein Baby im Arm hielt. »Könnten wir kurz vorbei?«

Diane zog Kilian zur Seite, damit der Kurgast weitergehen konnte, und ließ auch den Rest der Schlange durch, dann drehte sie sich zu ihm um. »Wir können das unmöglich hier besprechen. Ich –«

Kilian schnellte vor und packte Diane mit beiden Händen am Hals. Ihr blieb für einen Augenblick die Luft weg. Seine Pupillen waren geweitet, er machte ihr Angst.

»Was gibt es da zu besprechen! Die Fakten sprechen für sich! Ich verstehe nur nicht, wie sich eine Frau wie du auf einen Mörder einlassen kann! Was kompensierst du da? Den Tod deiner Tochter? Du bist doch krank!«

Diane japste nach Luft. »Lass mich los!«

Kilian drückte fester zu. »Welche Faszination geht von so einem Arschloch aus? Ist es der Reiz, nie zu wissen, was in seinem kranken Hirn vorgeht? Eine Art Adrenalinkick gratis! Ich habe –«

»Hör auf, Kilian. Es ist nicht so, wie du –«

»Ach nein? Wie ist es dann?«

Diane sah sich hilfesuchend um. Einige Passanten drückten sich am Eingang vorbei, andere blieben kopfschüttelnd stehen. Eltern schirmten ihre Kleinen vor der Szenerie ab.

Kilian packte Diane an ihrem Pullover und riss sie mit sich.

»Lassen Sie die Frau los«, mischte sich nun eine Blondine auf High Heels ein.

»Können Sie Ihre Streitereien nicht zu Hause erledigen?«, protestierte ein dicker Glatzkopf in Regenjacke und Gummistiefeln.

Kilian warf Diane zu Boden, stürzte sich auf sie, malträtierte sie mit den Fäusten und schlug ihr ins Gesicht. »Frauen wie du gehören in die Klapse! Und wehe du näherst dich noch einmal meiner Familie!«

Ein Mann sprang herbei, versuchte Kilian von Diane wegzuziehen, er schaffte es nicht. Kilian wehrte sich, trat dabei Diane gegen den Kopf und in den Magen. Zwei weitere Passanten waren nötig, um ihn von seinem Opfer wegzuziehen.

Sie hielten ihn fest, bis die Polizei kam.

»Du solltest dich schämen, eine Frau zu verprügeln«, rief ein alter Mann mit Wollmütze und spuckte Kilian ins Gesicht, als die Beamten ihn zum Streifenwagen eskortierten.

Cuxhaven-Wernerwald

An diesem Tag arbeitete Phyllis wie eine Besessene und widmete sich dem Verschluss der Kiste – erstaunt darüber, wie leicht ihr die Arbeit mittlerweile von der Hand ging. Sägen, bohren, Kanten abschmirgeln. Schneller als erwartet konnte sie den Deckel mit zwei Scharnieren an die Rückwand der Kiste montieren. Doch leider schloss er nicht richtig.

Sie besserte nach. Es dauerte einen halben Tag, bis sie auch damit zufrieden war. Ganz zum Schluss bohrte sie fünf streichholzdicke Löcher in den Deckel, trat einige Schritte zurück und betrachtete ihr Werk.

Anheben konnte sie die Kiste nun nicht mehr. Zu massiv, zu schwer. Nur mit Mühe und vollem Körpereinsatz schaffte sie es, die Holztruhe in der Grube zu versenken. Das Ergebnis befriedigte sie im höchsten Maß. Passgenau versank die Kiste in der ausgesparten Öffnung, und wenn sie den Deckel zuklappte, bildeten Estrich und Kistenverschluss eine Ebene.

Als sie an diesem Abend nach Stade fuhr, hatte sie sämtliches Werkzeug und Material im Kofferraum. Die handwerklichen Arbeiten waren abgeschlossen.

Am nächsten Tag fuhr Phyllis noch einmal in den Wernerwald. Eine Gruppe Wanderer kam ihr entgegen, die sie beschimpften, als sie an ihnen vorbeifuhr. Vielleicht, weil sie ziemlich schnell an ihnen vorbeiraste. Phyllis beachtete sie nicht weiter, parkte vor ihrem Häuschen und stieg in den Keller hinab, in dem es angenehm nach Holz duftete.

Sie holte ein Diktiergerät aus ihrer Tasche, stellte es an, kletterte in die Kiste, schloss den Deckel und schrie so laut sie konnte um Hilfe. Anschließend spulte sie das Band des Aufnahmegeräts zurück und ließ es laufen.

Zufrieden mit dem Ergebnis verließ sie den Wernerwald. Bis zu ihrem nächsten Besuch würde ein bisschen Zeit vergehen.

Cuxhaven-Duhnen, Christian-Brütt-Weg

Phyllis ließ ihre Schwester nicht aus den Augen.

Iska wendete Forellenfilets in der Pfanne. Der Geruch von Knoblauch, Zitronensaft und gebratenem Fisch verbreitete sich in der Küche.

»Ich verstehe einfach nicht, was in den Jungen gefahren ist«, sagte Iska und drehte sich zu Phyllis um. »Ich meine, ich kenne ihn ja nicht so gut, aber im Grunde scheint er doch ein netter Kerl.«

Phyllis richtete sich kerzengerade auf. Sie wollte etwas sagen, aber ihre Schwester ließ sie nicht zu Wort kommen.

»Er hat Diane windelweich geprügelt! Das ist die Frau, die auf seine Schwester aufpasst, du weißt schon, Maxis Tagesmutter. Sie hat mehrere Platzwunden am Kopf, Prellungen und den Kiefer gebrochen. Kannst du dir das vorstellen! Das ist nicht zu verzeihen! Und ich verstehe auch nicht, warum sie ihre Anzeige zurückgezogen hat.«

»Ich möchte dir etwas anvertrauen«, sagte Phyllis. »Aber du musst mir versprechen, dass du dich nicht aufregst.«

Iska setzte sich an den Tisch.

Phyllis suchte nach Worten. »Du weißt, was ich davon halte, dass Anna Koranth den Mord an ihrem Sohn gerächt hat.«

Iska wurde bleich.

Phyllis kam direkt zum Punkt. »Ich habe das Gleiche vor.«

»Was hast du vor?«

»Ich werde Dallinger töten.«

»Bist du nicht ganz bei Trost?« Iska griff die Hände ihrer Schwester und zog sie über den Tisch zu sich herüber. »Phyllis, mach das nicht! Bitte!«

»Ich weiß, das hört sich verrückt an. Aber ich will und kann so nicht weiterleben. Dallinger kommt raus, und wir werden ihn erwarten.«

Iska ließ die Hände ihrer Schwester los. »Wir? Wer?«

»Diane und ich.«

»Was redest du denn da?«

Phyllis ließ sich nicht beirren. »Diane hat sich Dallingers Vertrauen erschlichen und mit ihm Kontakt aufgenommen, sie schreibt ihm regelmäßig ins Gefängnis. Für uns war es die naheliegendste Idee, um sein Umfeld zu erkunden und seine Entlassung zu beschleunigen. Eine feste Beziehung unterstützt die positive Prognose. Und wie es scheint, geht unser Plan auf. Dallinger hat Diane beim Prozess damals nur einmal gesehen, und das ist Jahre her. Für die wenigen Besuche im Knast hatte sie die Haare gefärbt und eine Brille getragen. Den Justizbeamten hat sie den Personalausweis ihrer Schwester vorgelegt und sich als Emily ausgegeben. Dallinger schöpft keinen Verdacht.«

»Ich verstehe kein Wort! Was hast du denn mit dieser Diane zu schaffen?«

»Wir kannten uns von der Zeit, als ich die Mädchen trainiert habe. Und als dann diese schreckliche Geschichte … Wir halten Kontakt, sie sagt mir, wie es Maxi geht.«

Iska verschränkte die Arme vor der Brust und starrte ihre Schwester an, als spräche sie eine fremde Sprache. Sie ergriff erneut Phyllis' Hände. »Anna hat ihren persönlichen Rachefeldzug geführt und ihn mit ihrem Leben bezahlt. Willst du das riskieren? Ist es dir das wert? Ivo kommt davon nicht zurück, und Maxi überwindet dadurch nicht ihr Trauma! Ganz zu schweigen davon, dass ich dich lebend brauche!«

»Ich habe nicht vor zu sterben. An diesem Punkt unterscheide ich mich von Anna. Und ich weiß, dass Ivo niemals zurückkommt und ich Maxis Leid nicht lindern kann. Darum geht es doch gar nicht …«

»Worum geht es dann? Um Rache, Selbstjustiz? Genugtuung?«

Die Schwestern blickten sich in die Augen.

»Ich lasse mich nicht davon abhalten, auch nicht von dir!«, rief Phyllis lauter, als sie beabsichtigt hatte.

Iska stand auf, nahm den Fisch vom Herd, warf ihn auf zwei Teller, gab hastig Kartoffeln dazu und setzte sich wieder.

Phyllis schob das Essen zur Seite. »Ich habe keinen Hunger.«

Iska knetete die Kartoffeln mit der Gabel. Aufgebracht. Verärgert.

»Ich werde nicht sterben, und ich gehe nicht ins Gefängnis. Ich habe alles ganz genau geplant –«

»Nicht!« Iska hob die Hand. »Kein Wort mehr. Ich will nicht wissen, was du vorhast!

»Ich werde ihn in eine Kiste stecken.«

»Du respektierst niemals meine Grenzen!« Iska knallte ihre Gabel auf den Teller und schob ihn zur Seite. »Und wie willst du das anstellen? Er wird sich ja wohl nicht freiwillig einsperren lassen.«

»Diane hat angeboten, ihm für den Übergang eine Wohnung

zu besorgen. Dort werden wir ihn überwältigen und seiner gerechten Strafe zuführen.«

»Dafür wollt ihr extra eine Wohnung anmieten?«

»Darauf kommt es uns nicht an«, sagte Phyllis. »Dallinger wird entlassen, und wir sind bereit.«

»Du bist doch völlig verrückt!« Iska stand auf, öffnete den Mülleimer und warf ihr Essen hinein. »Es ist nicht richtig!«

»Dallinger hat deinen Enkel getötet, und er hat einen meiner Schützlinge verschleppt, ein kleines Mädchen, das in meiner Obhut war. Ich kann das nicht einfach ignorieren.«

»Dann mach eine Therapie, oder kümmer dich mit mir zusammen um Norma!«, schrie Iska. »Sie braucht uns!«

»Das werde ich, aber zuerst muss ich dafür sorgen, dass Dallinger bezahlt.«

»Und der Junge? Willst du Kilian etwa auch in die Sache mit reinziehen?«

»Diane und ich werden uns besprechen, aber wir müssen ihm die Wahrheit sagen. Wir können ihn nicht in dem Glauben lassen, dass Diane etwas mit Dallinger angefangen hat.«

»Du machst einen Fehler«, sagte Iska scharf.

»Vielleicht, aber das ist meine Sache!«

»Nicht, wenn du andere Menschen da mit reinziehst. Eventuell bist du so einem Plan gewachsen, psychisch und auch körperlich. Aber Diane nicht und dieser arme Kilian schon gar nicht!«

Liebe Emily,
nun ist es bald so weit. Ich freue mich so auf die Entlassung und kann das Gefühl überhaupt nicht mit Worten beschreiben, das ich empfinde. Du und ich endlich vereint.
Ich liege nachts wach und stelle mir vor, wie du mich am Tor empfängst, wir uns endlich in die Arme nehmen können. So oft und so lange wir wollen.
Es freut mich, dass deine Wunden verheilt sind. Ich kann immer noch nicht fassen, dass dieser Autofahrer Fahrerflucht begangen hat. Wie charakterlos ist so etwas, wenn man eine Fußgängerin anfährt, und überhaupt!
Hat die Polizei sich eigentlich noch einmal bei dir gemeldet, oder ist das Verfahren eingestellt worden? Der Typ soll jedenfalls in der Hölle schmoren. Manche Menschen haben einfach kein Gewissen. Wegen diesem Arsch habe ich dich jetzt wochenlang nicht gesehen. Sorry, kein Vorwurf an dich. Ich verstehe, dass du dich mir nicht so ramponiert zeigen wolltest, obwohl ich damit kein Problem gehabt hätte. Für mich bist du immer wunderschön!
Echt super, dass das mit der Wohnung geklappt hat. Ich kann kaum glauben, dass du einen Vermieter gefunden hast. Holte-Spangen ist hübsch und gar nicht weit von dir entfernt. Du wirst sehen, vor uns liegt eine tolle Zeit.
Nein, meine Eltern rühren sich nicht. Wahrscheinlich haben sie Angst, dass ich bei ihnen einziehen will. Die denken so begrenzt! Da kann ich denen hundertmal von dir schreiben. Ich werde mit ihnen keinen Kontakt aufnehmen. Im Grunde bin ich froh, wenn ich mit ihnen nichts zu tun habe.
In der Vergangenheit hatte ich ja auch deshalb Probleme, weil sie mir tierisch auf die Nerven gegangen sind. Prof. Peters hat mir da ganz schön die Augen geöffnet, und jetzt, wo wir eine gesunde Distanz haben, fühle ich mich viel gelöster.
Ich wiege übrigens nur noch neunzig Kilo! Das musst du dir mal vorstellen. Knapp achtzig Pfund habe ich mir vom Leib gehungert. Da ist es kein Wunder, dass mich die Leute von früher nicht wiedererkennen. Mein Cousin hat mich neulich besucht, der hat vielleicht Augen gemacht!
Gefalle ich dir? Ich sehe doch ganz ansehnlich aus, oder?

Du musst keine Angst haben. Ich erwarte nicht zu viel von dir. Ich möchte einfach glücklich sein, und das bin ich, wenn ich bei dir sein darf. Meine Mutter hat früher immer gesagt: »Das Glück kommt zu denen, die lachen.«
Ich lache täglich, seit ich dich kenne! Jetzt wird alles gut.
Es grüßt voller Vorfreude, dein Ronny

Cuxhaven-Duhnen, Christian-Brütt-Weg

Iska schlief keine Nacht mehr durch. Seitdem sie von Phyllis' Plan wusste, plagten sie Durchfall und eine Unruhe, die sie nicht in Worte fassen konnte. Aber egal wie sie die Angelegenheit auch drehte, es war Phyllis' Sache. Sie hatte eigene Sorgen, andere Probleme, und die betrafen Norma.

Ihre Tochter ließ sie nicht mehr in die Wohnung, hatte sogar den Schlüssel zurückverlangt. Iska war diesem Wunsch nachgekommen, aber nicht ohne sich vorher ein Exemplar nachmachen zu lassen.

Das letzte Treffen war Wochen her. Damals hatten sie sich im »Leuchtfeuer« verabredet und zusammen Kaffee getrunken. Norma hatte noch verschlossener gewirkt als sonst. Das Treffen schleppte sich dahin, ein Gespräch war kaum möglich gewesen. Norma beantwortete keine Frage, machte einen merkwürdig gehetzten Eindruck, schien äußerst nervös, und Iska kam es so vor, als mustere sie jeden Gast argwöhnisch. Beim Thema Arbeitsamt wurde sie dann wütend und schimpfte so laut auf die Behörde, dass die anderen Gäste des Cafés herübersahen. Schließlich war ihre Tochter aufgebracht davongestapft und ging seitdem nicht mehr ans Telefon. Phyllis kam auch nicht an ihre Nichte heran.

Sie hatte es versucht, mehrmals.

Heute wollte Iska nun nach dem Rechten sehen, egal wie groß die Gegenwehr war, und sich keinesfalls abwimmeln lassen.

Cuxhaven, Haydnstraße

Nachdem sie mehrfach geklingelt hatte, drehte Iska den Schlüssel im Schloss. Die Tür ließ sich kaum öffnen, Iska musste sich dagegenstemmen.

Ein muffiger Geruch schlug ihr entgegen.

In der Diele parkte ein Kinderwagen, Bälle, mehrere blaue, prall gefüllte Müllsäcke, leere Pizzaschachteln, Zeitungen und mindestens zehn leere braune Kartons. Kein Wunder, dass die Tür kaum aufging. In der Ecke neben dem Badezimmer stapelte sich schmutziges Geschirr.

Iska versuchte, das Puzzle zusammenzusetzen. Wozu brauchte Norma einen Kinderwagen, und was bewahrte sie in den Müllsäcken auf?

»Norma? Norma, Kind, ich bin es, deine Mutter!«

Keine Antwort.

Mit Mühe bahnte sich Iska einen Weg ins Wohnzimmer und hielt den Atem an. Um den Esstisch standen fünf Kinderstühlchen, die Ecke vor dem Fenster dominierte ein Laufstall. Auf dem Boden lagen Puppenarme, Beinchen und unterschiedliche, merkwürdig bleiche Köpfe. Iska ging in die Hocke und hob ein blond gelocktes Haarteil auf. »Was ist denn hier los?«

Sie trat an den Tisch. Plastikbecher mit verschiedenen Farben. Pinsel. Daneben Scheren, Pinzetten, Teppichmesser. Auf einem eigentümlichen Holzgestell waren Puppenbeinchen aufgespießt, offenbar hatte Norma sie bemalt und zum Trocknen über die Stäbe gestülpt. Blaue und braune Augen starrten ihr entgegen. Iska entdeckte Normas Lieblingstasse, die halb mit Kaffee gefüllt war. Das Getränk war noch warm.

Mit wenigen Schritten stand sie vor dem Schlafzimmer. Verschlossen.

»Norma, mach bitte auf«, rief Iska und hämmerte mit den Fäusten gegen Tür. »Bitte, Kind! Lass mich rein, ich weiß, dass du da bist!«

Keine Reaktion.

»Norma, wenn du mir nicht sofort antwortest, dann rufe ich die Feuerwehr. Die brechen die Tür auf.«

Rascheln, Poltern und dann Normas Stimme. Müde und tonlos. »Lass mich in Ruhe.«

»Ich will doch nur mit dir reden!«

»Ich aber nicht mit dir!«

»Kind, was ist denn los? Was hat das alles zu bedeuten?«

»Nichts Mutter, alles okay.«

Iska seufzte. »Es tut mir leid! Ich gehe nicht eher, bis ich dich gesehen habe und überzeugt bin, dass wirklich alles in Ordnung ist!«

Cuxhaven-Sahlenburg

Den ersten Nachmittag in Freiheit verbrachte Ronald Dallinger nach einem etwas holprigen Anfang schließlich so, wie er ihn sich in der JVA vorgestellt hatte. Er stand bei kräftigem Wind auf dem Aussichtsturm zwischen Sahlenburg und Duhnen, füllte seine Lungen mit salziger Seeluft und versuchte, den Blick über das Wattenmeer zu genießen. »Der Nordwind ist ein rauer Vetter, doch bringt er auch beständiges Wetter.« Sein Lächeln gefror. Emily fehlte. Sie hätte diese Situation perfekt gemacht.

Selbst als es zu nieseln begann, rührte er sich nicht vom Fleck, er wollte einfach so lange wie möglich draußen bleiben, obwohl sich eine Erkältung ankündigte und er ständig niesen musste.

Seine Gedanken blieben bei Emily.

Eigentlich hatte sie ihn abholen wollen, aber irgendetwas Berufliches durchkreuzte die Pläne. Genauer hatte sie sich am Telefon nicht geäußert. Ronny hatte ihr nicht folgen können, versuchte es auch nicht. Ihre SMS hatte sich eingebrannt. »Ich werde nicht da sein, wenn sich das Tor für dich öffnet.« Ein Schlag in sein Gesicht. Was war wichtiger als seine ersten Schritte in die Freiheit?

Am Telefon hatte sie stammelnd wirres Zeug geredet, Erklärungen formuliert, weinend ihr Bedauern geäußert. Es war ihm gelungen, seine Enttäuschung zu verbergen, großzügig mit Floskeln zu reagieren. »Ich kann auch allein den Bus nehmen. Wir sehen uns abends. Unser ganzes Leben liegt vor uns.«

Die Fahrt zur angegebenen Adresse gestaltete sich schwierig.

Der Weg von Hannover nach Holte-Spangen war mit öffentlichen Verkehrsmitteln eine halbe Weltreise. Nach einigem Hin und Her hatte er schließlich den verdammten Bauernhof gefunden. Die Familie, die im Hauptgebäude lebte, war bei seiner Ankunft nicht zu Hause. Gott sei Dank. So blieben ihm Höflichkeiten erspart.

Der Schlüssel lag unter der Fußmatte.

Vorübergehend, das Wort beruhigte ihn. Langfristig wollte er mit Emily zusammenziehen. Sie schien damit auf einmal keine Eile zu haben. Ihre letzten Briefe waren in dieser Hinsicht vager geworden. Dafür betonte sie in letzter Zeit häufiger, dass sie sich eigentlich kaum kannten. Er teilte diese Ansicht nicht, auch wenn ihm gelegentlich Zweifel kamen. Emily wirkte irgendwie abweisend und dominant.

Bei ihrem letzten Knastbesuch hatte sie ihn ziemlich lahm begrüßt, nach Qualm gestunken und ihm einfach nur die ausgestreckte Hand entgegengehalten, Kaugummi kauend. Dieses Verhalten war seinem bisherigen Bild von ihr in keiner Weise gerecht geworden. Zwei Dinge störten ihn massiv. Erstens: In seiner Vorstellung kam sie ihm entgegengelaufen, sobald sie ihn sah, fiel ihm um den Hals, erwartete ihn voller Sehnsucht und hauchte sinnliche Worte in sein Ohr.

Die Realität ernüchterte ihn.

Zweitens fand er es geradezu abstoßend, dass Emily rauchte. Qualmende Frauen mochte er nicht. Und er fühlte sich ein wenig betrogen, weil sie dieses Laster offenbar vor ihm verborgen hatte. Ohne Umschweife hatte er sie darauf angesprochen.

»Das ist meine Sache.«

Ronny war immer noch fassungslos über diese Antwort und Emilys Ton, der alles andere als liebevoll geklungen hatte. Und jetzt die Sache mit dem verpatzten Wiedersehen.

Möwen flogen kreischend über seinen Kopf hinweg. *Beruhig dich. Du steigerst dich da in etwas rein. Was würde dir Prof. Peters raten?* Vielleicht brauchte Emily einfach Zeit. Wenn er ehrlich war, hatte er die letzten Wochen in der JVA auch eine wachsende Unruhe gespürt. Immerhin war das ein neuer Lebensabschnitt, allein, ganz ohne Wärter, und dann die ganzen Bewährungsauflagen. Eventuell war ihre leicht ruppige Art ein Schutz, denn wie sie selbst einmal gesagt hatte, war sie es nicht mehr gewohnt, einen Freund zu haben, geschweige denn Rechenschaft abgeben oder gehorchen zu müssen – ohnehin überholte Werte in einer Beziehung, wie sie ihm unter die Nase gerieben hatte.

Diese Meinung teilte er nicht.

Ronny schnalzte mit der Zunge. Frauen. Irgendwie verstand er sie nicht. Im Knast war ihm die Geschichte mit Emily leicht erschienen. Aus seiner Sicht hatte die Beziehung bis vor ein paar Wochen tadellos funktioniert, ähnlich wie damals mit Kimberly.

Ronny spürte einen Stich in der Magengrube.

Kimberly. Was wohl aus ihr geworden war? Einmal hatte er ihr einen Brief aus dem Knast geschrieben. Geantwortet hatte sie nie. Auch darüber konnte er sich aufregen, aber er wollte Kimberly abhaken und sich Emily widmen. Nur beschlich ihn das Gefühl, dass die Sache mit ihr schwierig werden könnte. Und da sah er ein Problem. Starke Frauen törnten ihn ab.

Er nieste mehrmals hintereinander.

Gegen sechzehn Uhr machte er sich mit dem Fahrrad, das er sich aus dem Schuppen neben seinem neuen Zuhause geborgt hatte, auf den Heimweg. Er nahm den schmalen Weg am Meer entlang.

Die Enttäuschung über Emily legte sich nicht. Er fasste den Entschluss, ihr seinen Missmut über die Abholsituation mitzuteilen. Oder behielt er seine Verstimmung besser für sich? Gern hätte Ronny in dieser Sache ein kurzes Gespräch mit Peters geführt.

Noch bevor er die ersten Häuser erreichte, sah er das Mädchen. Sie kam ihm auf einem Fahrrad entgegen, saß locker im Sattel und fuhr mit dem Wind. Blonde Zöpfe wippten.

Ronny drehte sich instinktiv zu allen Seiten. *Emily machte ihn echt wütend.* Sie waren allein, er und die Kleine, die stetig näher kam. Schon konnte er ihre Gesichtszüge erkennen. Weich, süß und unschuldig. Die schweißnassen Innenflächen seiner Hände rutschten von den Plastikgriffen der Lenkstange. *Emily machte ihn richtig sauer.*

»Ein Stern, der deinen Namen trägt …« Die Melodie seines Klingeltons war zu laut eingestellt. Er erschrak so heftig, dass er für einen Moment das Gleichgewicht verlor und vom Sattel springen musste. Ronny riss das Mobiltelefon aus der Innentasche seiner Windjacke und starrte auf das Display. Emily.

»Was?«

Nichts Besonderes. Belanglosigkeiten, sie schäumte geradezu über. »Ich komme später, muss noch einkaufen, Wein oder Bier?«

Das kleine Mädchen flitzte vorbei. Ronny verfolgte sie mit den Augen, löste sich ungern.

Doch der Moment war vorüber. Zu seiner Verwunderung spürte er Erleichterung, sprach versöhnlicher mit Emily, versicherte ihr, dass er sich auf den gemeinsamen Abend freute, egal, wann sie zu ihm käme.

Seine Laune besserte sich.

Vielleicht war ein Neustart in einer anderen Gegend notwendig. In Cuxhaven holten ihn Erinnerungen und Bilder ein, die er eigentlich vergessen wollte. Zudem war es mit Sicherheit nur eine Frage der Zeit, wann sich seine Rückkehr bis in jeden Winkel dieser Region herumgesprochen hätte. Er wollte sich das Spießrutenlaufen ersparen, sich und auch seiner Freundin.

Und wenn sie ihn wirklich liebte, würde sie ihm überallhin folgen.

Auf einmal freute er sich auf Emily, radelte nach Hause und stellte das Rad in den Schuppen zurück. Als er mit großen Schritten über die Wiese ging, bog ein roter Jeep auf die Einfahrt. Ein junger Typ sprang aus dem Wagen, winkte und kam auf ihn zu.

»Ist Kilian da?«

»Wer?«

»Kilian. Oder holt er Maxi ab?«

Alarmglocken schrillten. Maxi. Der Name ließ Ronny hellwach werden. Er beschloss zu pokern. »Keiner zu Hause. Was willst du denn von Kilian?«

»Er schuldet mir Kohle, aber ich kann auch ein anderes Mal wiederkommen. Sagen Sie ihm einfach, dass Gregor da war!«

Ronny lächelte, machte keine Anstalten, ins Haus zu gehen, und stellte die Fragen, die ihm schlagartig in den Sinn kamen.

Cuxhaven-Holte-Spangen

»Ich hoffe, du magst Schweinebraten mit Rosenkohl.« Die dreiste Schlampe hielt ihm eine Pappschachtel unter die Nase, als sie endlich in der Tür stand.

»Tiefkühlkost?« Ronny hätte ihr am liebsten die Fresse poliert. Er riss sich zusammen. »Eigentlich hatte ich mir mein erstes Essen in Freiheit anders vorgestellt.«

»Wie denn?«

Er zog die Schultern hoch.

Sie klang bestimmt. »Es wird dir schon schmecken.«

»Und warum kommst du so spät?«

Sie zog ihren Mantel aus und hängte ihn an die Garderobe. »Überstunden.«

Dieser schnippische Tonfall missfiel ihm außerordentlich. »Ist alles okay?«, fragte er und schniefte in ein Taschentuch.

Offensichtlich suchte sie in den Schränken über den Kochplatten nach einem Gefäß, welches sich für die Mikrowelle eignete. »Warum?«

»Du bist irgendwie anders.«

Sie drehte sich nach ihm um. »Vielleicht ein wenig nervös. Immerhin ist auch für mich alles neu. Wir müssen uns erst richtig kennenlernen.«

Ronny überwand sich, machte einen Schritt auf sie zu und umfasste vorsichtig ihre Handgelenke. »Das verstehe ich. Aber du brauchst keine Angst zu haben. Ich habe dir nichts vorgemacht, ich bin verrückt nach dir.«

Er zog sie an sich, legte seine Wange an ihre, spürte ihre leichte Gegenwehr, roch ihren Duft. Vanille. »Du bist so wunderschön.«

Behutsam löste sie sich aus seiner Umarmung. »Ich habe großen Hunger.« Sie reichte ihm eine Flasche Weißwein und einen Korkenzieher.

Ronny ließ sie nicht aus den Augen, stellte sich ihren weichen Körper unter seinem vor. Er spürte gar nichts. Das Dreckstück stieß ihn ab. Unheimlich sogar. Er beobachtete sie, ließ sie in ihrem Netz aus Lügen zappeln. Noch fühlte sie sich vielleicht überlegen. Oh Gott, sie machte ihn sauer. Geradezu unsagbar sauer. Aber er musste sich beherrschen und tröstete sich mit dem Gedanken, dass er auf jeden Fall heute noch über sie triumphieren würde.

***

Kilian drückte sich gegen das Holz des verwitterten Schuppens und ließ den Anbau neben der Garage nicht aus den Augen. Er trug dunkle Kleidung und hatte das Gesicht mit einer schwarzen Sturmhaube verdeckt. Seine Augen starrten durch schmale Schlitze. Seit über einer Stunde wartete er auf das vereinbarte Zeichen, eine Kerze im Fenster. Warum hielt sich Diane nicht an die Zeitvorgaben?

Mitternacht war längst vorbei.

Kilian schob die Haube über die Lippen nach oben, sog an einer Zigarette, warf die Kippen allerdings nicht achtlos auf den Boden, auch wenn er hier zu Hause war, sondern sammelte sie in einer kleinen Schachtel. Solche Dinge hatte Phyllis ihm eingeschärft.

Im Anbau brannten jetzt Kerzen. Das Küchenfenster stand einen Spalt offen. Komisch.

Unzählige Male waren sie die Pläne durchgegangen. Dallinger anreisen lassen. Dann das Abendessen mit einer exakten Menge Fentanyl versetzen. Ende. Den Rest erledigten sie gemeinsam.

Hoffentlich beachtete Diane die Dosis des Schlafmittels, schließlich sollte Dallinger nicht seelenruhig abkratzen. Den Gedanken, dass sich dieses Schwein gerade an Diane ranschmiss, ertrug Kilian kaum, tröstete sich aber mit der Gewissheit, dass alles nur ein Spiel war. Ein gut durchdachtes, riesengroßes Täuschungsmanöver, um es dieser minderwertigen Kreatur heimzuzahlen.

Genial vorbereitet und generalstabsmäßig durchdacht von Phyllis, die Kilian schlichtweg für ein Genie hielt.

Er freute sich auf Dallingers blödes Gesicht, wenn ihm der Verrat bewusst wurde. Seit Wochen stellte er sich vor, wie sie ihn kaltmachten. Kilian war dankbar und glücklich, dass Phyllis ihn eingeweiht hatte. Die Idee, Dallinger für seine Ankunft im Anbau neben dem Haus seines Vaters unterzubringen, hatte er zu dem Plan beigesteuert. Einfach und geistreich. Phyllis hatte ihn dafür gelobt. Die kleine Einliegerwohnung stand seit dem Tod seiner Großmutter leer, sie eignete sich perfekt. Zudem wirkte sich günstig aus, dass sich sein Vater noch immer in der Entzugsklinik aufhielt, und Maxi verbrachte ein paar Tage bei ihrem Patenonkel in Hamburg. Sie hatten alles bedacht, sämtliche Szenarien durchgespielt.

Jetzt wehte Musik herüber. Kilian sah irritiert auf seine Armbanduhr. Verdammt. Rock 'n' Roll stand nicht auf dem Plan. Aber er rührte sich nicht, dachte an die Worte, die Phyllis ihm hundertmal eingeschärft hatte. »Du bleibst auf deinen Posten, egal was passiert.«

***

Ronny wippte mit dem Fuß. Im Radio lief »My girl« von den Stones.

Ich-heiße-gar-nicht-Emily stand mit dem Rücken zu ihm vor der Spüle und wusch Besteck unter fließendem Wasser. Es kostete ihn Mühe, sie deswegen nicht zu rügen. Verschwendung von Ressourcen war nicht in seinem Sinn. Aber darum ging es jetzt natürlich nicht. Er versuchte sich abzulenken, starrte auf die Speckpolster an ihren Hüften.

Sie wirkte angespannt, den ganzen Abend schon. Kein Wunder. Sie hatte ihn von der ersten Minute an belogen. Es würde Spaß machen herauszufinden, warum.

Sie warf einen Blick über die Schulter, ihre Rehaugen liebkosten ihn kalt. »Hat es dir geschmeckt?«

»Ausgezeichnet, meine Liebe, besser als erwartet.« *Fertigessen. Dass Lügenmaul es überhaupt wagte, ihm so einen Fraß vorzusetzen. Braune Augen sind gefährlich, aber in der Liebe ehrlich. Blablabla!*

»Komm her«, sagte er betont lässig, als er sich die Nase dezent geputzt hatte. »Ich möchte mit dir anstoßen.«

»Gleich.«

Er wollte ihr Gesicht sehen, wenn er sie konfrontierte.

Gregor hatte sich als die reinste Plaudertasche erwiesen. Allerdings konnte Ronny die Puzzlestücke nicht komplett zusammensetzen. Noch nicht.

Emily-Diane-Lügenmaul trocknete ihre Hände, hängte das Geschirrtuch an einen Plastikhaken und setzte sich. Ihr Rock rutschte über die Knie. Orangenhaut auf den Oberschenkeln. So etwas störte Ronny nicht. Lächelnd machte er den ersten Schachzug. »Wann kommen die Leute, die hier wohnen, aus dem Urlaub zurück?«

»Ich weiß es nicht genau.« Sie griff ihr Glas.

»Auf meine Freiheit und unsere Liebe«, sagte er, diese Emily-

Schlampe fest im Blick. *Sprechen Sie aus, was Sie bewegt. Fressen Sie nichts in sich hinein.* Ronny gönnte ihr noch einen Schluck, bevor er Prof. Peters Ratschlag befolgte. »Du bist eine widerwärtige Lügenfresse!« Er freute sich, dass er gelassen klang.

Sie saß regungslos. Zuckte nicht einmal mit den Lidern. Ein Pokerface. Unglaublich. Ronny forschte in ihrem Gesicht nach kleinsten Regungen. Es schien, als wäre die Dreckshure schockgefroren. »Hast du mich gehört?«

Sie nippte am Wein, ruhig, ohne den Blick zu senken. »Ich weiß nicht, was du meinst.«

Provokation erster Güte. *Kaltschnäuziges Miststück.* Ronny schoss mit seinem Oberkörper über den Tisch, umklammerte ihren Hals und drückte zu. Bambiauge blieb keine Zeit zu schreien. »War überhaupt irgendetwas von dem, was du mir vorgemacht hast, wahr?«

Sie schnappte nach Luft.

»Du bist das Kindermädchen von dieser Maxi! Lüg mich jetzt ja nicht an!«

Sie packte seine Handgelenke, versuchte, ihn abzuwehren.

»Was soll das ganze Theater, hm? Was hast du jetzt vor? Ich bin ganz Ohr!«

Ihre Tränen ließen ihn kalt. Sie versuchte aufzustehen, er hielt sie fest und kam gleichzeitig um den Tisch. »All die Briefe, all die Versprechungen! Alles gelogen, du elende Missgeburt!«

Er riss sie herum, drückte fester zu, bis Emilys Gesicht blau anlief.

***

Musik. Schreie aus dem Anbau.

»Da stimmt was nicht! Phyllis, wo bist du?« Kilian war völlig panisch, schrie in sein Handy.

»Am Feldweg an der Abzweigung Spangenberg …«

»… ich muss Schluss machen. Diane schreit …«

»Nein, warte …«

Kilian schob sein Mobiltelefon in die Hosentasche. *Scheiße. Wer weiß, wozu das Schwein in der Lage ist.* Er löste sich aus seinem Versteck. In gebückter Haltung schlich er vorwärts, bis er die Wand des Anbaus berühren konnte. Dort richtete er sich auf, presste sich gegen die Fassade, hob vorsichtig den Kopf und spähte durchs Fenster.

Im Radio verlas ein Sprecher jetzt Nachrichten, laut und monoton. Gespültes Geschirr auf der Spüle. Gläser und eine leere Flasche Wein standen im Kerzenlicht auf dem Tisch. Die Flammen flackerten.

Von Diane und Dallinger nichts zu sehen. Keine Stimmen.

Kilian huschte zum Eingang.

Cuxhaven, Haydnstraße

Norma lag auf ihrem Bett.

Sie konnte weder ihre Arme noch die Beine bewegen. Der Grund dafür war ihr schleierhaft, aber sie hatte eine Vermutung. Ihre Mutter machte gemeinsame Sachen mit Claire und den anderen. Das war die einzig logische Erklärung, denn seit ihrem letzten Besuch ging es ihr so beschissen.

Norma wagte es nicht, die Augen zu öffnen. Claire, Brandon, Amy, Kitty, Maxwell und Francis kreisten sie ein, stierten sie an. Schweigend, mit blutunterlaufenen Augen, zum Äußersten bereit.

Stell dich schlafend. Vielleicht verschonen sie dich dann.

Claire gab den Ton an. Norma hörte sie flüstern. Zweifellos war sie die Anführerin. Das schmerzte Norma besonders. Gerade Claire hatte sie so viel Zuneigung geschenkt.

Aber es schien, als könnte sie diesem Kind nichts recht machen. Sie stimmte Dorit zu. Ihre Augen hatten wirklich etwas Verschlagenes. Genau wie Brandons. Auch er agierte hinterlistig und schlau. Neulich hatte er sie beklaut. Die goldene Armbanduhr fehlte in der kleinen Schmuckschatulle. Niemand anderes kam dafür in Frage. Nein, auch nicht der Typ vom China-Lieferservice. Die Uhr hatte hundertprozentig nicht auf der Kommode im Flur gelegen, als sie neulich das Geld für ihn aus der Küche geholt hatte.

Brandon hatte das Erbstück an sich genommen, davon war Norma überzeugt. So viel kriminelle Energie versetzte sie in Erstaunen. Und dann wollte Brandon die Klauerei nicht einmal zugeben, versuchte stattdessen, dem Lieferanten alles in die Schuhe zu schieben. Und als er damit nicht weiterkam, beschuldigte er ausgerechnet Jason. Wie lachhaft. Jason glich einem Engel. Ein Ausnahmekind, ihr absoluter Liebling.

Norma lauschte, ohne die Augen zu öffnen. Wenn sie nur wüsste, was Claire vorhatte.

Sie spürte einen kalten Luftzug. Die Bande näherte sich. Jemand berührte ihren rechten Fuß. Reflexartig schnellte sie hoch. Schrie, schlug um sich. Die Monster stoben davon, entzogen sich ihrem Blick, verbargen sich unter dem Bett und hinter der Gardine. Sie waren flink. Seit Stunden wiederholten sie jetzt schon dieses Spielchen.

Entkräftet ließ Norma sich auf den Rücken fallen. Der Lattenrost knarrte unter ihrem Gewicht. Claire zischte Gemeinheiten. Die anderen stimmten ein, raunten unaussprechliche Frechheiten in ihre Richtung.

Jemand fasste sie grob am Arm. Norma machte sich steif, wagte nicht, sich zu bewegen, hielt die Augen fest geschlossen.

»Du hast Ivo getötet!« Claires Stimme. Der Satz zerschnitt die Stille. Fauliger Atem kroch Norma in die Nase.

Ihr Herz schlug bis zum Hals. Ohrensausen. Flugzeuge jagten durch ihr Hirn. Tränen quetschten sich durch die zusammengepressten Lider.

»Du hast zugelassen, dass Ivo stirbt. Zweimal!«

Zweimal. Die Zahl donnerte in ihren Ohren. Zweimal.

Es stimmte. Einmal im Wald, in den Fängen dieses Mörders, und dann auf dem Regal im Flur. Seit seiner Ankunft staubte er dort ein. Sie hatte als Mutter versagt. Zweimal. Das schreckliche Kind sprach die Wahrheit. Es ließ sich nicht leugnen.

»Zwei!«, schrie Claire. »Zwei«, flüsterte sie. »Zwei. Zwei. Zwei.« Rhythmisch, wie die Salve eines Maschinengewehrs.

Norma rang nach Luft, hielt sich die Ohren zu, wälzte sich auf dem Federbett.

»Zweimal. Zweimal.« Claires Stimme schwoll an, unterstützt

von den anderen schwoll der Gesang zu einem unharmonischen Chor an.

Laut, schrill. Erbarmungslos.

Cuxhaven-Holte-Spangen

Geräuschlos huschte Kilian ins Haus, stand in der winzigen Wohnküche. Horchend drückte er sich neben den schmalen Spind. Er kannte sich aus. Von der Küche gingen zwei Türen ab, die eine zum Bad, hinter der anderen lag das Schlafzimmer. Eine Reisetasche stand vor der Spüle. Über einer Stuhllehne hing Dianes Handtasche.

Das Radio nervte.

Kilian widerstand dem Wunsch, es auszuschalten, zog sein Messer aus der Hosentasche, klappte es auf.

Vorsichtshalber, zu allem entschlossen.

Im Halbdunkel näherte er sich dem Schlafzimmer. Jeder Muskel seines Körpers zum Zerreißen angespannt. Sämtliche Sinne in Alarmbereitschaft. Im Türrahmen stoppte er. Schemenhaft erkannte er eine Gestalt. Groß, schmaler als gedacht. Dallinger. Das Schwein lag auf dem Boden, die Arme merkwürdig verdreht. Ohne ihn aus den Augen zu lassen, umfasste Kilian das Klappmesser fester.

Leises Schluchzen. Kilian fuhr herum. Diane stand weinend auf der Schwelle zum Wohnraum.

»Was ist passiert?«, flüsterte Kilian und legte das Messer beiseite.

Sie trocknete sich die Augen mit einem Papiertuch. »Er hat es rausbekommen.«

»Was?«

»Alles, dass ihr hier wohnt, dass ich Maxis Kindermädchen bin und auch …«

Kilian starrte Diane entgeistert an. »Das kann nicht sein. Ich habe alle Namensschilder entfernt, sogar vom Briefkasten und …«

»Irgendjemand hat gequasselt.«

»Wer?«

»Keine Ahnung, heute Nachmittag.«

»Du solltest ihn nicht aus den Augen lassen, ihn bewachen, bis wir kommen und …«

»Ich war aber nicht da«, weinte Diane.

»Wie, du warst nicht da?«

»Nerv nicht! Ist doch jetzt egal«, verteidigte sie sich. »Er weiß Bescheid.«

»Hat er das Fentanyl geschluckt?«

»Ich habe es in Bratensoße aufgelöst. Er hat keinen Verdacht geschöpft. Ich denke nicht … ich meine, er kann ja nicht wissen, was wir vorhaben. Aber er hat mich gewürgt, wollte wissen, warum ich mit ihm spiele. Gott sei Dank hat ihn das Schlafmittel umgehauen. Ihm wurde übel, er taumelte hinter mir her. Ich bin ins Schlafzimmer gelaufen, wollte da aus dem Fenster. Es war schrecklich … Dann ist er plötzlich zusammengesackt.«

»Mensch, warum hast du mich nicht gerufen?«

»Das wollte ich ja, aber es ging nicht. Ich habe mich im Bad eingeschlossen und war dann wie gelähmt. Ich hatte solche Angst!«

Kilian zog eine Rolle Klebeband aus der Hüfttasche seiner Militärhose, kniete neben Dallinger nieder, griff kühn seine Arme und fesselte ihn. Zimperlich ging er nicht vor.

»Mach das Radio aus! Es macht mich wahnsinnig.«

Diane sank auf den Boden. »Ich … kann nicht mehr, ich kann unmöglich …«

»Der Rest wird ein Kinderspiel«, sagte Kilian.

»Nein, ich steige aus.«

»Du spinnst! Phyllis und ich schaffen das nicht allein. Du kannst uns doch jetzt nicht im Stich lassen.«

Diane begann wieder zu weinen.

Kilian lief in die Küche, schaltete das Radio aus, rannte zurück ins Schlafzimmer, konzentrierte sich auf Dallingers Beine, umwickelte sie in Höhe des Sprunggelenks mit Klebeband und riss ein Stück für den Mund ab.

»Fertig!«

Ein Auto näherte sich. Phyllis.

Kilian ging neben Diane in die Hocke. »Okay, was ist los?«

Sie bebte. »Ich weiß nicht. Es war alles so …«

»Schrecklich?«

Diane wurde von einem Weinkrampf geschüttelt.

Er legte seinen Arm um sie. »Alles wird gut.«

Sie stieß ihn weg. »Nichts wird gut! Gar nichts! Er wollte mich umbringen. Wenn er nicht das Fentanyl geschluckt hätte, wer weiß, was er mit mir gemacht hätte.«

»Er hat es aber geschluckt, und dir ist nichts passiert.«

»Nichts passiert?« Diane riss den Kragen ihres Pullovers nach unten. Hässliche Würgemale kamen zum Vorschein. »Und was ist das? Du hast gut reden, du musstest dich ja nicht in so eine Gefahr begeben!«

Diane hatte recht. Er war so ein Arsch. Sie hatte eine Menge riskiert und Mut bewiesen. Doch Dianes Ausstiegswunsch akzeptierte er nicht. »Phyllis kommt gleich. Wir ziehen unseren Plan durch! Okay?«

Sie rappelte sich hoch, stürmte in die Küche. »Du schnallst gar nichts! Du denkst, das hier ist ein Spiel! Schleichst dich rein, spielst Cowboy und Indianer! Lächerlich, schon wie du aussiehst mit dieser albernen Maske …«

»Sturmhaube!«

»Ist doch scheißegal! Ich kann das nicht, verstehst du! Ich habe einfach nicht die Kraft, egal was für eine Drecksau er ist. Es bringt auch nichts …«

»Das weißt du doch noch gar nicht!«

»Aber worum geht es? Um Rache? Will ich mich so rächen? Ist es wirklich mein Ding, oder habe ich mich vor einen fremden Karren spannen lassen?«

»Vor welchen Karren?«

»Vor Phyllis'? Vor deinen? Vor den Karren meiner eigenen Schuldgefühle wegen meiner toten Tochter?« Diane putzte sich die Nase. »Ja, es bricht mir das Herz, Maxis Sprachlosigkeit zu ertragen, und es ist schlimm zu sehen, wie du leidest, dein Vater säuft. Aber …«

»Aber was?«

Diane nahm ihre Handtasche. »Es ist nicht mein Weg. Und trotzdem bin ich weiter gegangen, als ich wollte.«

»Das fällt dir aber früh ein …«

Dallinger stöhnte. Kilian verstummte. Er und Diane standen wie erstarrt.

»Der kommt zu sich«, flüsterte Kilian.

»Das kann nicht sein.«

Phyllis fuhr vor, parkte direkt vor der Tür. Kilian lief hinaus.

»Was ist los?« Sie klang nervös.

»Es gibt Probleme. Dallinger ist auf Diane losgegangen, und nun will sie aussteigen.«

»Hat er ihr was getan?«

»Sie ist okay, aber …«

Phyllis stapfte an ihm vorbei ins Haus. Kilian folgte.

»Was ist los, Kindchen?« Sie breitete die Arme aus, Diane ließ sich hineinfallen und schluchzte herzzerreißend. Phyllis hielt sie fest, drückte sie an sich.

Kilian ging in die Küche, nahm die Müllsäcke aus dem Schrank unter der Spüle und begann, Dallinger darin einzuwickeln. Phyllis und Diane kamen dazu und halfen ihm.

»Der hat ganz schön abgenommen«, bemerkte Phyllis. »Das erleichtert die ganze Sache um ein Vielfaches.«

Gemeinsam schleiften sie den Gefangenen nach draußen. Locker gelang es dem Trio, den Körper auf die Ladefläche des Berlingos zu hieven.

Phyllis verriegelte den Wagen.

Wortlos gingen sie anschließend in die kleine Wohnung zurück, sammelten Dallingers persönliche Sachen ein und reinigten sämtliche Flächen von Fingerabdrücken.

Als sie damit fertig waren, verabschiedete sich Diane, stieg in ihren Wagen und fuhr davon, ehe Kilian etwas sagen konnte.

Kopfschüttelnd sah er Diane nach. »Was soll denn das?«

»Das war die Abmachung, den Rest schaffen wir allein.«

»Allein? Aber …«

»Kein Wort«, sagte Phyllis barsch.

Kilian fügte sich, aber die Situation gefiel ihm nicht. Nichts klappte. Seiner Meinung nach lief der Plan völlig aus dem Ruder. Aber er schwieg.

Als Phyllis losfuhr, war der Morgen nicht mehr fern und, oberflächlich betrachtet, deutete nichts auf die Geschehnisse hin, die sich in dieser Nacht im Anbau neben dem Haus der Bernsens ereignet hatten.

Schon am Ortsschild von Sahlenburg sahen sie den ersten Einsatzwagen der Polizei. Entlang der schnurgeraden Nordheimstraße standen Beamte in kleinen Gruppen. Ein ungewöhnliches Bild. Es passte weder zu dieser Stunde noch zu dem verschlafenen Örtchen.

Kilian rutschte tiefer in den Sitz, als Phyllis den Blinker setzte, um in den Berenscher Weg abzubiegen, dort aber von einem uniformierten Beamten gestoppt wurde.

Sie ließ die Scheibe hinunter.

»Moin, hier können Sie nicht weiter«, sagte der Polizist. »Wir haben das Gebiet um das Finkenmoor weiträumig abgeriegelt und beginnen gleich damit, Häuser im Umkreis von einem Kilometer zu evakuieren.«

Phyllis machte den Motor aus. »Du meine Güte, warum?«

»Waldarbeiter haben gestern eine alte Fliegerbombe entdeckt. Die muss entschärft werden.«

Kilian fuhr sich durch die Locken.

»Wo müssen Sie denn hin?«, fragte der Polizist und leuchtete kurz ins Fahrzeug, der Lichtstrahl streifte den verpackten Dallinger. »Wenn Sie hier wohnen, können Sie noch schnell ein paar Sachen aus Ihrem Haus holen. Allerdings müssten wir Sie zur Sicherheit begleiten.«

Phyllis startete den Wagen. »Nicht nötig. Wir kommen später wieder. Wie lange wird die Aktion dauern?«

»Schwer zu sagen, vielleicht bis Mittag.« Der Beamte tippte sich an die Mütze und ging davon.

Phyllis schloss das Fenster, schlug auf das Lenkrad und fluchte lautstark. »Das kann doch nicht wahr sein! Die ganze Planung für die Katz! All die Anstrengungen! So eine Scheiße!«

Kilian zuckte zusammen, er hatte Phyllis noch nie fluchen gehört. »Was machen wir jetzt?«

Phyllis antwortete nicht, wendete den Wagen und gab Gas. »Wir fahren an den Strand zwischen Arensch und Berensch und laden Dallinger im Watt ab. Den Rest wird die ansteigende Flut erledigen.«

Kilian gefiel der Vorschlag nicht, aber er hielt seinen Mund. Eigentlich war abgemacht, dass sie zu dritt in den Wernerwald fuhren und Phyllis ihn und Diane auf einer Lichtung absetzte. Der Rest wäre Phyllis' Sache gewesen. Sie sollten nur in der Nähe sein, falls etwas schiefging. Diese Bedingung hatte Phyllis gestellt, damals, als sie ihn einweihte. Er hatte zugestimmt, keine Fragen gestellt. Nun ließ sich der Plan nicht durchführen. Dann musste es eben anders gehen. Hauptsache, sie zogen das Ding durch, ein für alle Mal.

Auf der Landstraße zwischen Sahlenburg und Holte-Spangen kam ihnen die Wagenkolonne einer Hundertschaft entgegen.

»Voll bedrohlich«, murmelte Kilian.

Phyllis lachte. Es klang hysterisch. »Ich kann es immer noch nicht glauben. Der Typ hat doch wirklich Schwein!«

»Dallinger?«

»Wer sonst! Ich habe sein Ende geplant, bis ins Detail, und ausgerechnet heute wird hier so eine dämliche Bombe gefunden!«

»Ja, krass.«

»Können wir Dallinger nicht so lange zu euch zurückfahren?«, fragte Phyllis unvermittelt.

Kilian schreckte hoch. »Auf keinen Fall. Mein Vater kommt morgen oder übermorgen zurück. Das ist viel zu riskant.«

Phyllis murmelte einige unverständliche Worte.

Kilian brach der Schweiß aus, er drehte sich zur Ladefläche. »Meinst du, der Arsch ist schon tot?«

»Nein.«

Phyllis bog auf den Arenscher Weg ab. Zum Glück lag die Straße, die durch die Heidelandschaft nach Berensch führte, verlassen vor ihnen. Von der Unruhe, die in Sahlenburg herrschte, war hier nichts zu spüren. Phyllis fuhr zügig und bog in Berensch sofort rechts und dann gleich wieder links ab, um zu den Außendeichen zu gelangen. Die Gästehäuser des Dünenhofs lagen dunkel und versteckt hinter Hecken. Dort schliefen Besucher in Hörweite der Rotationsblätter eines einsamen gigantischen Windrades. Dahinter endete die asphaltierte Straße abrupt. Phyllis lenkte den Berlingo auf den Feldweg, der zum Meer führte.

Schließlich erreichten sie einen schmalen, mit Steinplatten ausgelegten Wanderweg. Phyllis lenkte den Wagen so, dass die Reifen auf der rechten Seite befestigt fuhren, die beiden linken Räder drehten sich auf schlammigem Untergrund.

»Die Flut kommt«, stellte Kilian fest.

Phyllis fuhr immer tiefer ins Watt. Am Horizont graute der Morgen. Lachmöwen kreisten über der Küste. Der Weg lag wie ein gerades Band vor ihnen, von morastiger Küstenheide gesäumt.

Ruckartig sank das Fahrzeug ein. Phyllis lenkte die linken Reifen sofort auf den Gehweg und die rechten in den Morast. Die Fahrt ging weiter. Allerdings sackte der Berlingo nach wenigen Metern erneut ein. Phyllis gab Gas, versuchte, die Seiten zu wechseln, doch diesmal drehten die Räder durch.

»Wir haben uns festgefahren, so ein verdammter Mist!«, fluchte sie. »Du musst aussteigen und die Kiste anschieben!«

Kilian schluckte den Kommentar herunter, den er auf der Zunge hatte. *So viel zum Thema: »Wir schaffen es zu zweit.«* Wortlos sprang er aus dem Auto. Kalter Schlamm gelangte in seine Chucks und verursachte Schmatzgeräusche beim Gehen. Er ging um das Fahrzeug herum und sah, dass beide linken Räder im Schlick feststeckten.

Phyllis gab Vollgas, aber dadurch drehten die Räder noch tiefer ein. Kilian bekam eine Ladung grauen Schlamm ab, während er sich mit vollem Körpereinsatz gegen das Fahrzeug stemmte.

»Es hat keinen Zweck«, rief er nach einer Weile, aber Phyllis wollte offenbar nicht aufgeben. Wieder und wieder drückte sie das Gaspedal durch. Ohne Erfolg. Der Berlingo wühlte sich im Morast ein.

»Du machst es nur schlimmer!«, rief Kilian, watete zur Beifahrerseite und riss die Tür auf.

Phyllis stellte den Motor ab, stieg aus und begutachtete ebenfalls das Desaster. »Das sieht übel aus.«

Kilian platzte der Kragen. »Ist das alles, was dir dazu einfällt? Nichts läuft nach Plan! Wir haben dieses Arschloch im Wagen, die Flut steigt, und wir stecken fest! Ich habe keinen Bock, eingelocht zu werden!«

»Ich muss auch improvisieren«, schrie Phyllis. Plötzlich wirkte sie wenig souverän. »Entschuldige bitte, wenn ich nicht immer gleich eine Lösung parat habe!«

»Lass uns das Schwein abladen und abhauen«, schlug Kilian vor.

»Wie, abhauen? Wir sitzen fest!«

»So eine verdammte Scheiße!« Kilian trat gegen die Stoßstange.

»Deine Schreierei bringt uns auch nicht weiter«, sagte Phyllis.

»Ich rufe Gregor an!« Kilian fischte sein Handy aus der XL-Jeans.

Phyllis packte ihn unsanft am Arm. »Du wirst niemanden anrufen!«

Kilian schüttelte sie ab. »Gregor ist in Ordnung, er wohnt in Arensch und fährt einen Wagen mit Allradantrieb, der zieht uns hier raus.«

»Wie sollen wir ihm erklären, was wir hier im Watt machen, noch vor Sonnenaufgang?«

»Der stellt keine Fragen!

»Und wenn doch?«

»Was schlägst du denn vor? Hast du eine Idee? Du weißt doch sonst immer alles!«

»Beruhige dich!«

»Einen Scheiß werde ich! Hier geht es auch um meinen Arsch! Wir werden jetzt zur Abwechslung tun, was ich sage, und –«

»Und in den Knast wandern!«, schrie Phyllis.

»Wir werfen Dallinger ins Watt, und dann rufe ich Gregor an.« Kilian wunderte sich, wie entschlossen er klang.

Mit versteinertem Gesicht sah Phyllis zu, wie Kilian die Hecktüren öffnete, den Sack mit Dallinger griff und ihn unsanft aus dem Fahrzeug zog.

Phyllis half wortlos.

Dann ging alles blitzschnell. Dallinger riss den grauen Müllsack völlig überraschend auseinander. Eine kurze Schrecksekunde waren Phyllis und Kilian überrumpelt. Irgendwie war es dem Schwein sogar gelungen, die Fußfesseln zu lösen. Nun trat er wie ein Verrückter um sich. Doch Kilian packte ihn. Wie von Sinnen zerrte er ihn aus dem Wagen. Dallinger schlug mit dem Kopf auf.

Kilian zögerte nicht eine Sekunde und drückte ihn unter die Wasseroberfläche. Die Flut ging ihm fast bis zu den Knien. Dallinger versuchte, sich aufzubäumen, schien Kräfte zu mobilisieren, schlug um sich. Jetzt eilte Phyllis Kilian zu Hilfe, wälzte sich auf Dallingers Oberkörper, scheute den Zweikampf nicht.

Gemeinsam gelang es ihnen, Dallinger zu überwältigen. Sie hielten ihn in den eisigen Fluten. Er wehrte sich. Es war wie ein letztes Aufbäumen. Die Wirkung des Fentanyls schwächte ihn. Seine Gegenwehr ließ nach. Kilian und Phyllis hielten ihn fest, bis er regungslos im Wasser trieb.

»Los, zurück zum Auto!«, befahl Phyllis dann.

Durch den Kampf mit Dallinger hatten sie sich weit vom Berlingo entfernt. Frierend stapften sie durch die kalte Flut, drehten sich ständig nach dem Körper um, der im Wasser trieb. Gehend rief Kilian Gregor an.

Wie erwartet stellte der Freund keine Fragen.

Nach einer gefühlten unendlich langen Wartezeit am Berlingo sahen sie den roten Jeep dann endlich durchs Watt auf sie zukommen. Das Wasser war mittlerweile beängstigend hoch gestiegen, die Reifen auf der Fahrerseite waren fast vollständig umspült. Erleichtert stellte Kilian fest, dass von Dallinger nichts mehr zu sehen war.

Mit Mühe brachte er gemeinsam mit Gregor das Abschleppseil am Berlingo an. Sie brauchten mehrere Anläufe.

Während der Rückfahrt saß Kilian bibbernd neben seinem Freund. Gregor machte die Heizung an und zog den Berlingo bis zur asphaltierten Straße. Sein Thema war die Fliegerbombe und die damit verbundene Aufregung. Kilian hörte kaum zu. Er fühlte sich erschöpft und wenig erleichtert.

Bis zum Spanger Damm fuhren sie hintereinander her. Das Polizeiaufgebot hatte weiter zugenommen, jedenfalls kam es Kilian so vor.

»Halt kurz an«, bat er seinen Freund an der Abzweigung nach Holte-Spangen.

Er stieg aus und ging zu Phyllis' Wagen.

»Es ist besser, wenn wir uns ein paar Tage nicht sehen«, sagte sie.

Kilian fror. »Was ist, wenn die Leiche gefunden wird?«

»Was soll dann sein? Nichts deutet auf uns hin.«

»Er hat sich gewehrt«, gab Kilian zu bedenken. »Es gibt mit Sicherheit Fasern unter seinen Fingernägeln oder sonstige Spuren. Der Polizei genügen kleinste Anhaltspunkte. Wir hätten ihn nicht im Watt abladen sollen. Das war eine blöde Idee.«

»Mach dir keine Sorgen, niemand kommt auf uns.«

»Rufst du Diane an?«, fragte Kilian. »Ich mache mir Sorgen.«

»Wir lassen sie ein paar Tage in Ruhe«, schlug Phyllis vor.

»Bist du erleichtert?«, fragte Kilian.

Phyllis zog die Schultern hoch. »Im Augenblick bin ich einfach nur müde. Ich übernachte bei meiner Schwester.«

Sie gab Gas, hupte noch einmal und fuhr davon.

Kilian sah ihr nach, bis sie in der nächsten Kurve verschwand.

Cuxhaven-Holte-Spangen

Die Fingerkuppen wellten sich von dem langen Bad in der Wanne, trotzdem ließ Kilian immer wieder heißes Wasser nachlaufen. Ihm wurde einfach nicht warm. Seine Stimmung schwankte zwischen Euphorie und Entsetzen. Dallinger. Sie hatten ihn tatsächlich kaltgemacht. Sollte sich sein Leichnam in der Nordsee aufblähen! Und selbst wenn seine Überreste irgendwann an Land getrieben wurden, so gab es nicht den kleinsten Hinweis auf die Umstände seines Ablebens.

Wirklich nicht? Realistisch konnte er die Möglichkeiten polizeilicher Ermittlungsarbeit nicht einschätzen. CSI New York. Mac Taylor und seine Leute knackten jede Nuss. Aber das war Fiktion, oder?

Mit einem flauen Gefühl im Magen tauchte Kilian, blieb einige Sekunden unter Wasser, hob den Kopf und schnappte nach Luft.

Natürlich würde Dallingers Tod Rätsel aufgeben. Klebebandreste an den Händen deuteten nicht gerade auf Selbstmord hin. Das Gefühl in der Magengegend verstärkte sich. *Ruhig bleiben, Alter.* Gregor konnte eventuell unangenehme Fragen stellen. *Mach dich nicht verrückt.* Wenn es darauf ankam, würden ihm die richtigen Antworten einfallen.

Diane schob sich in seine Gedanken. Einerseits konnte er verstehen, dass sie kalte Füße bekommen hatte, Dallinger war nicht zimperlich mit ihr umgegangen. Andererseits ließ man Freunde nicht im Stich, und schon gar nicht bei so einer heiklen Mission. Er spürte Enttäuschung. Gerade von Diane hatte er mehr erwartet. Mehr Einsatz, mehr Engagement. *Spiel dich nicht so auf, Alter! Du hast aus sicherer Deckung agiert, jedenfalls zu Beginn des Plans. Diane stand im Fokus!*

Trotzdem, sein Verhalten erfüllte ihn mit Stolz. Persönlich war er bei dieser Sache über sich hinausgewachsen. Als es brenzlig wurde, hatte er den Überblick behalten, Lösungen gefunden und sogar Phyllis diktiert, wo es langging. Er versuchte, sich jede Situation der vergangenen Nacht ins Gedächtnis zu rufen. Dieses Hochgefühl wollte er so lange wie möglich spüren. Endlich hatte er aktiv werden können. Der Verfall seiner Familie ging eindeutig auf Ronald Dallingers Konto.

Als Rache verstand er seinen Beitrag zu dessen Tod nicht. Gerechtigkeit, der Gedanke gefiel ihm viel besser, denn wenn Dallinger ernsthaft gedacht hatte, dass er mit dem Absitzen dieser lächerlichen Jährchen aus dem Schneider war, dann hatte ihn die vergangene Nacht eines Besseren belehrt.

Kilian wusch sich die Haare. Er spürte eine tiefe Befriedigung. Am liebsten hätte er Maxi nach Hause geholt, sie die ganze Nacht im Arm gehalten. Er ertappte sich sogar bei dem Gedanken, dass er seinem Vater nah sein wollte. Irgendetwas hatte sich in ihm gelöst. Das spürte er deutlich.

Kilian stieg aus der Wanne. Sein gutes Gefühl hielt an, bis er im Bett lag und Müdigkeit ihn förmlich überrollte.

Er erwachte erst am späten Nachmittag.

Tiefe Donner rollten über das Land, unterbrochen von Blitzen, die wie kurze Flashlights den düsteren Himmel erhellten. Kilians Glieder schmerzten, er spürte jeden Knochen, kochte Kaffee, schaltete sich durch Fernsehprogramme, erfuhr, dass die Bombe entschärft war, und blieb bei einer Dokumentation über Bergsteiger hängen.

Am Abend versuchte er, Phyllis zu erreichen. Ohne Erfolg.

Mittlerweile regnete es in Strömen. Er schob Fertigpizza in den Ofen, wickelte sich in eine Decke, zündete einige Kerzen an und verspeiste sein Abendessen vor einer Folge der Simpsons.

In der Werbepause stellte er den Ton aus. Wind heulte ums Haus. Regentropfen prasselten gegen die Fensterscheiben. Ein lautes Rascheln ließ Kilian hochfahren. Es kam aus der Diele. *Relax, Alter. Deine Sinne spielen verrückt.*

Er zog die Decke über seine Schultern. Da. Wieder das Geräusch. Und ein leises Stöhnen. Kilian wagte kaum zu atmen, starrte auf die Wohnzimmertür. Die Klinke bewegte sich. Eindeutig. *Hundertprozentig Quatsch. Du spinnst. Beruhige dich. Sieh genau hin, da ist nichts.*

Kilian starrte wie hypnotisiert auf den silbernen Griff.

Kaum wahrnehmbar wurde die Klinke nach unten gedrückt. Dann bewegte sich die Tür. Millimeter für Millimeter. Einbrecher. Kilian berechnete die Entfernung zum Fenster. Vier, maximal fünf Schritte. Und dann? Auf der Fensterbank standen mehrere Blumentöpfe. Hier kam er nicht raus. Das Fenster im Bad fiel ihm ein. Er hatte es nach dem Föhnen gekippt. Keine Blumen. Keine Barrieren.

Jetzt flackerten die Kerzen auf dem Tisch. Ganz klar.

Angriff ist die beste Verteidigung. Ruckartig sprang Kilian vom Sofa, machte ein paar Schritte auf den hellen Steinboden und riss die Tür auf. Die schmale Diele lag verlassen, spärlich beleuchtet vom Licht der Kerzen.

Die Anspannung ließ nach, bis sein Blick auf den Boden fiel. Dunkle Flecken, Matsch auf weißen Fliesen.

Ganz ruhig, Alter. Du hast den Dreck selbst ins Haus getragen. Oder nicht?

Sein Blick flog zur Haustür. Seine Turnschuhe standen auf der Fußmatte, da wo er sie ausgezogen hatte. *Sicher?* Todsicher. Und die kleinen schmutzigen Pfützen? Wie kam dann die Nässe ins Haus? Schlamm und Regen. Der Boden völlig siffig. Er stand wie versteinert.

Das Handy lag auf dem Couchtisch neben dem Sofa. *Beweg dich, Alter, ruf die Bullen.* Instinktiv ging er rückwärts, behielt sämtliche Türen im Blick, die vom Flur abgingen. Die Heftigkeit, mit der er gegen den Türrahmen flog, überraschte ihn vollkommen. Ein Tritt gegen seine Beine. Er knallte auf den Boden, schlug mit dem Hinterkopf auf die Fliesen.

»Ein Ton, und ich breche dir dein Genick.« Dallinger. Er riss ihn an den Haaren nach hinten, drückte ihm ein Messer an die Kehle. »Du nimmst jetzt dein Handy und bestellst deine beiden Komplizen hierher. Und keine Zicken oder ich schlitz dich auf! Verstanden?«

Kilian war beinahe ohnmächtig vor Schmerz.

»Ich habe gefragt, ob du mich verstanden hast!«

Dallinger schleifte ihn an den Haaren ins Wohnzimmer, schleuderte ihn gegen den Couchtisch. »Los jetzt!«

Mit zittrigen Händen drückte er zuerst Phyllis' Nummer. Besetzt. Er versuchte es bei Diane. Freizeichen, aber sie nahm das Gespräch nicht an.

Dallinger riss ihm das Mobiltelefon aus der Hand, steckte es ein, warf ihn aufs Sofa. Der Couchtisch flog in die Ecke, stieß gegen die Stehlampe, die umfiel und zerbrach.

Kilian wischte sich Blut von der Nase, hielt sich dann schützend die Arme vor sein Gesicht.

Dallinger schob den Sessel heran, nieste mehrmals. »Damit hast du nicht gerechnet!«

Kilians Blut tropfte auf das helle Designersofa. Schmerzen verhinderten klare Gedanken. *Das Schwein liegt im Watt! Nein, eben nicht! Er hat andere Klamotten an. Jemand hat ihm geholfen. Wer?*

Dallinger fuchtelte mit dem Messer vor Kilians Gesicht. »Du hast gedacht, die Arbeit ist erledigt! Hast du doch, oder?«

Das Badezimmerfenster. Er konnte es erreichen. Oder die Haustür. Raus hier. Der bringt dich sonst um.

»Ich habe dich etwas gefragt!«

Kilian kamen die Tränen. *Nicht weinen. Der ergötzt sich daran. Warum hatte das Fentanyl nicht gewirkt? Außerdem haben wir ihn unter Wasser gedrückt. Der war tot! So eine verfluchte Scheiße.* Kilian wollte seine Tränen zurückhalten. Es ging nicht.

Dallinger schnalzte mit der Zunge. »Ich stelle dir jetzt eine Frage, und ich möchte eine ehrliche Antwort. Bist du dazu in der Lage?«

Hör ihm zu, lass dich auf ihn ein, spiel das Spiel mit. Kilian nickte eifrig.

»Ich merke, wenn du mich anlügst«, sagte Dallinger ohne Aufregung in der Stimme. »Und wenn ich das Gefühl habe, dass du lügst, muss ich dir leider ein Ohr abschneiden. Hast du das verstanden?«

Kilian jaulte laut auf.

Dallinger stieß ihm seine Faust ins Gesicht. »Ob du mich verstanden hast?«

Kilian brüllte. Solche Schmerzen kannte er nicht. *Oh mein Gott. Meine Nase ist gebrochen.* Es war, als würde sein Kopf zerspringen.

Dallinger lehnte sich zurück. »Die Frage lautet: Verzeihst du mir? Kannst du verzeihen, was ich deiner kleinen Schwester angetan habe?«

Niemals. Wie könnte ich dir verzeihen, du mieses Stück Dreck.

Kilian nickte.

»Heißt das Ja?«

»Ja«, flüsterte Kilian.

»Entschuldige bitte«, sagte Dallinger, schnellte vor, packte Kilian an seinem rechten Ohr und setzte das Messer an. »Ich glaube, du hast mich gerade belogen.«

Cuxhaven, Haydnstraße

»Mach bitte die Tür auf, ich bin es, deine Mutter.«

Fäuste hämmerten gegen Holz.

Norma rührte sich nicht. Auf dieses Theater fiel sie nicht herein. So doof war sie nicht. Sie kannte ihre Pappenheimer.

Kitty konnte Stimmen nachmachen. Zufällig hatte Norma diese Gabe der Kleinen mitbekommen, als sie einmal, früher als erwartet, vom Friseur kam. In der Situation damals hatte Kitty Norma imitiert. Zuerst war die Kleine ein wenig verschüchtert gewesen, dann zunehmend mutiger, als sie dafür nicht gerügt wurde. Nach und nach stellte sich heraus, dass sie diverse Nachrichtensprecher und sogar Gabrielle Solis, Normas Lieblingsfigur aus

»Desperate Housewives«, nachmachen konnte. Eigentlich eine Sache für das »Supertalent«, Norma hatte tatsächlich mit der Anmeldung zu der Castingshow geliebäugelt. Da tummelten sich weitaus untalentiertere Kinder. Kitty konnte es weit bringen, vielmehr hätte sie es weit bringen können, wenn sie sich nicht entschieden hätte, mit den anderen gemeinsame Sache zu machen.

»Norma! Ich weiß, dass du da bist. Lass mich bitte rein.«

Kitty traf die Stimme ihrer Mutter gut, aber nicht gut genug. Vor ein paar Stunden hatte Norma die Bande überlistet, ihnen Schokopudding in Aussicht gestellt, sie damit aus dem Schlafzimmer gelockt. Wie Unschuldslämmer hatten sie sich um den Esstisch versammelt, sie aus großen Augen taxiert, anfangs jeden ihrer Schritte argwöhnisch beobachtet.

Norma hatte auf Zeit gespielt, jede noch so kleine Handlung ausgedehnt. Eine Schüssel gesucht, Eier aufgeschlagen, Eiweiß gequirlt, Milch aufgesetzt und alles mit Zucker verrührt. Die Taktik war aufgegangen. Claire und die anderen verloren das Interesse, begannen, untereinander zu reden, sich abzulenken.

In einem unbeobachteten Moment hatte Norma den Schneebesen behutsam auf die Anrichte gelegt, Jason gegriffen und sich mit ihm hier im Schlafzimmer eingeschlossen.

Ausgetrickst. Sie war eben doch klüger als die Bagage.

Hier konnte sie ewig ausharren. Hipp-Gläschen, einige Milchkartons, drei Pralinenschachteln und zehn Packungen Butterkekse hortete sie seit Wochen im Kleiderschrank. Heute lobte sie sich für ihre Weitsicht.

»Ich schlag die Tür ein!«

Norma drückte Jasons weichen Körper an sich.

Regentropfen klatschten gegen die Fenster. Das Gewitter beruhigte sich. Sie wiegte den Kleinen im Arm, sein Lieblingsbuch auf den Knien, und blätterte zur zweiten Seite. »›Der große Bär brachte den kleinen Bären ins Bett, dort wo die Bärenhöhle am dunkelsten ist …‹«

Du tust mir weh, kreischte Jason auf einmal.

Norma schreckte auf, seine Stimme klang merkwürdig verzerrt. »Was hast du denn?« Sie nahm ihren Liebling hoch, schenkte ihm all ihre Aufmerksamkeit.

Du bist böse, stieß Jason hervor.

Norma glaubte sich verhört zu haben.

Böse. Böse. Böse.

»Ich höre dich! Kind!«

Sie forschte in Jasons Gesicht, sah ihn liebevoll an. »Nein, ich liebe dich. Wirklich.«

Du sperrst uns hier ein, mich und die anderen. Und du hast Ivo qualvoll sterben lassen.

»Ivo?«, flüsterte Norma. »Nein, das stimmt nicht.«

Wo ist Ivo denn? Zeig ihn mir.

Normas Mund wurde trocken. Jasons Gesichtchen glich auf einmal Claires. Er roch wie Claire. Norma traute ihren Augen nicht. Jason war Claire. Sein einstmals speckiges, liebes Gesicht verzog sich zu einer hässlichen Fratze. *Du entkommst uns nicht. Niemals.*

Wer hatte hier wen ausgetrickst?

Norma warf Claire zu Boden. Drückte sich in die Ecke und zog die Steppdecke bis zum Kinn hoch. Mit angewinkelten Beinen schlug sie ihren Hinterkopf gegen das Bettgestell. Zuerst leicht, dann fester. Schlag auf Schlag.

Norma spürte keinen Schmerz.

Claires kleine Hände umklammerten den Bettpfosten. Sie zog sich hoch. Schon erschien ihre Fratze. Blutunterlaufene Augen fanden Normas Blick.

Spring aus dem Fenster. So kannst du entkommen. Einen anderen Ausweg gibt es nicht. Du hast Ivo im Stich gelassen. Zweimal.

Norma schrie, schüttelte den Kopf.

Poltern in der Diele.

Sie kommen.

Klopfgeräusche an der Tür. Dumpfe Schläge. Wie ein Rammbock. Laut. Im Takt. Ohrenbetäubend.

Sie kommen dich holen. Gnade dir Gott, wenn sie dich erwischen.

Norma drückte ihre speckigen Hände auf die Ohren. Ruhe. Sie sehnte sich so sehr danach. Stille. Für immer. Für immer und ewig, vereint mit Ivo.

Ihre Bewegungen waren automatisch. Ihr Geist steuerte nichts. Mechanisch erhob sie sich, setzte schwerfällig einen Fuß vor den anderen in Richtung Fenster.

Bye, bye, Norma. Claire sang die Worte. Geflüstert, heiser, hoffnungsvoll und irgendwie heiter.

Norma öffnete das Fenster weit. Feuchte Kühle strömte ins Zimmer.

Holz splitterte.

Mit Hilfe eines Stuhls kletterte sie keuchend auf die kalte Fensterbank. Eisig legte sich die Nachtluft um Normas Füße. Claires Lachen drang dumpf an ihr Ohr. Es übertönte Lärm und Rufe.

Bye, bye.

Normas Nachthemd blähte sich im Wind leicht auf wie ein Segel, als sie sich abstieß und in die Tiefe sprang.

Cuxhaven-Holte-Spangen

Der Rotzlöffel hat Heidenangst. Ronny setzte das Messer an. Es war einfach wunderbar, wie der Idiot um Gnade winselte.

Aber dieser Hänfling hatte es nicht besser verdient, er hatte sich die Scheiße selbst eingebrockt. Diese verlogenen Ratten hatten ihn den kalten Fluten überlassen, gehofft, dass er ins offene Meer trieb. Solche elenden Stümper. Mit seinem Überlebenswillen hatten sie nicht gerechnet.

Zugegeben. Anfangs hatte er sich äußerst schlapp gefühlt. Irgendetwas hatte ihm die verlogene Schlampe ins Essen geknetet. Was würde er darum geben, sie noch einmal in die Hände zu bekommen. Sie hatte mit ihm gespielt wie niemand sonst. Diese ganzen Briefe, all die schönen Worte. Gelogen. Seine Träume, dahin. Glück gab es für ihn einfach nicht.

Er zog die Nase hoch, dieser blöde Schnupfen. Das kalte Watt hatte ihm den Rest gegeben.

Aber noch war die Show nicht vorbei. Er war wie ein Bumerang, eine Katze mit sieben Leben. »Durch Zufall lernten wir uns kennen, durch Zufall müssen wir uns trennen, durch Zufall wird es einst geschehen, dass wir uns einmal wiedersehen!« Der Spruch seiner Mutter ließ ihn schmunzeln.

Mit Mühe hatte er sich aus dem Watt gekämpft. Gott selbst war sein Gehilfe. Wer sonst hatte ihm das Auto hingestellt. Verlassen parkte es am Feldweg neben dem Windrad. Das Nötigste hatte er im Kofferraum gefunden. Warme Klamotten, die einigermaßen passten, und ein Messer. Ronny setzte die Klinge an. Ein glatter Schnitt. *Der Scheißer wird bluten wie Sau.*

Ein Klingelton. *Vielleicht rief endlich eine der Schlampen zurück.*

»Keine Spielchen!«

Der Pisser glotzte blöd, rührte sich überhaupt nicht. Das Klingeln starb.

So ein Blödmann. Ronny schlug ihm das Handy aus der Hand und packte ihn.

Heulsuse heulte, hielt sich das Ohr. Es blutete jetzt schon wie Sau, obwohl er es nur angeritzt hatte.

***

Kilian wusste, dass er alles auf eine Karte setzen musste. Er hatte nur diesen einen Versuch. Wenn der misslang, dann gnade ihm Gott.

»Kann ich bitte kurz ins Bad? Da ist Verbandszeug.«

»Ich hab dich doch noch gar nicht richtig rangenommen!« Dallinger machte keine Anstalten, seinem Wunsch nachzukommen. Erst als Blut auf seine Hose tropfte, erhob sich das Schwein schwerfällig.

»Was bist du bloß für eine Memme!«

Dallinger schubste ihn vorwärts, stieß ihn ins Badezimmer.

Die Dose Raumspray stand direkt am Waschbecken. Kilian zögerte keine Sekunde, griff die Büchse, sprühte Dallinger eine Ladung ins Gesicht, schubste ihn zur Seite, lief durch die Diele. Ruckartig riss er die Haustür auf und rannte ins Freie. Stürmte los. Achtete nicht auf die Richtung. Drehte sich nicht um.

Er hörte das Arschloch fluchen. Sein Verfolger war ihm dicht auf den Fersen. Torpedierte ihn mit Schimpfwörtern.

Kilian hastete vorwärts, jagte die Straße entlang, hoffte auf ein Auto. Einen Nachbarn. Irgendjemanden, der ihm half. Aber nirgends brannte Licht. Weder bei den Petersens noch bei Tiedemanns.

Kilian ging die Puste aus. Sein Ohr pochte. Er spürte, dass er langsamer wurde. Jetzt riskierte er einen Blick zurück.

Der Abstand zu Dallinger war geringer als gedacht.

Verzweiflung packte ihn.

Als das Auto um die Kurve schoss, sprang er ohne nachzudenken auf die Straße und riss die Arme hoch.

Reifen quietschten. Er roch Gummi, japste nach Luft, drehte sich um.

Dallinger war in Deckung gegangen, ihn schützte die Nacht.

»Kilian!«

Sein Vater stand auf der Beifahrerseite. Hinter dem Steuer erkannte Kilian seine neue Lebensgefährtin. Noch nie hatte Kilian sich so gefreut, seinen Vater zu sehen.

»Ist etwas passiert? Was ist los?«

Ihm fiel keine plausible Erklärung ein.

»Komm, steig ein!«

Kilian gehorchte. Ihm war alles egal, nur nicht länger allein sein. Die Gefahr war nicht gebannt. Aber Johann mochte er sich nicht anvertrauen. Er musste Phyllis anrufen, klopfte auf die Hosentaschen. Dallinger. Der Mistkerl hatte sein Mobiltelefon.

Kilian lief sofort ins Haus, als sie ankamen.

»Wie sieht es denn hier aus?« Sein Vater klang eher erstaunt als böse. »Ist wirklich alles in Ordnung?«

Kilian stellte die Lampe auf und schob den Couchtisch an seinen Platz.

»Du blutest am Ohr«, stellte Johanns Freundin fest. »Lass mal sehen.«

»Es ist nichts. Gregor und ich hatten eine Auseinandersetzung.«

Sein Vater hielt ihn am Arm, betrachtete die Wunde. »Das sieht übel aus. Soll ich dich nicht besser in die Notfallambulanz fahren? Das muss genäht werden.«

»Quatsch.«

»Worum ging es bei eurem Streit?«

Kilian stand der Sinn nicht nach plötzlicher Fürsorge. »Ich muss los, ich bin verabredet!«

»Ich möchte mit dir reden«, sagte sein Vater.

Kilian starrte ihn an. »Jetzt?«

Johanns Freundin lächelte. »Dein Vater hat viele Fehler gemacht, es wird Zeit, dass er aufräumt.«

»Morgen«, sagte Kilian und drängte sich an Johann vorbei.

»Es ist ein Uhr nachts!«

»Ich weiß.« Kilian schnappte seine Jacke, die Autoschlüssel und verließ das Haus.

Cuxhaven-Duhnen

Kilian fuhr in den Christan-Brütt-Weg. Ferienhäuser und Eigenheime standen, von Gärten gesäumt, in der Reihe. Wahrscheinlich hätte er Iskas Haus nicht gefunden, aber ein Streifenwagen mit Blaulicht war wie ein Fingerzeig. Zwei Beamte kamen gerade durch den Vorgarten, als er vor ihrem Fahrzeug einparkte. Kilian stieg aus. »Ist Phyllis Dieckmanns was passiert?«

Der jüngere Polizist schüttelte den Kopf. »Gehören Sie zur Familie?«

»Nein, ich …«

»Dann würde ich an Ihrer Stelle die beiden Damen jetzt nicht stören.«

Kilian blieb unschlüssig stehen, wartete, bis die Polizisten um die Ecke bogen, und näherte sich zielstrebig der Haustür. Die Klingel erschien ihm sehr laut.

Es dauerte, bis Phyllis die Tür öffnete. »Es ist gerade schlecht«, sagte sie leise.

»Dallinger hat mich zu Hause überfallen«, platzte Kilian hervor. »Er hat mich gezwungen, dich und Diane anzurufen, aber zum Glück seid ihr nicht ans Handy gegangen.«

»Pst. Du weckst die ganze Nachbarschaft.«

Kilian fasste die Ereignisse flüsternd zusammen. »Der hat mein Handy!«

»Ich kann nicht. Nicht jetzt! Meine Schwester braucht mich.«

Kilian begann zu zittern. »Ich weiß nicht, wohin! Er wird keine Ruhe geben, wahrscheinlich lauert er mir auf. Ich …«

»Meine Nichte hat sich umgebracht. Ich kann unmöglich weg. Es ist furchtbar …«

Kilian fühlte sich auf einmal unglaublich müde. Er konnte einfach nicht mehr, er wollte nicht mehr. Am liebsten hätte er sich sofort hingelegt, hier, auf die Stufen, vor dieses Haus. Die Anstrengungen der letzten Tage warfen ihn fast zu Boden.

»Ich muss mich um Iska kümmern«, sagte Phyllis. »Und du fährst zu Diane. Dallinger kennt ihre Adresse nicht, sie hat sie ihm nie gegeben. Da seid ihr beide sicher. Schaffst du das?«

»Okay, ja.«

»Ich rufe Diane an. Fahr los, Kilian. Ich werde mich später um Dallinger kümmern.«

Er drehte sich um, blieb dann noch einmal stehen, warf einen Blick zurück. »Es tut mir leid wegen deiner Nichte.«

Kilian fuhr zu Diane ins Lotsenviertel und achtete darauf, dass niemand ihm folgte. Dallinger hatte kein Auto, aber wer wusste schon, wozu er fähig war.

Jedenfalls war Kilian erleichtert, als Diane die Wohnungstür hinter ihm zuschloss. Sie umarmten sich flüchtig.

»Hat Phyllis dich angerufen?« Er ließ sich erschöpft aufs Sofa fallen.

»Sie hat mir alles erzählt und mich gebeten, Dallinger um vier Uhr, also in knapp zwei Stunden, auf deinem Handy anzurufen.«

»Was?«

»Ich soll ihn zum Amtmann-Werner-Stein bestellen.«

»Das ist am Finkenmoor!«

»Ich weiß.«

Kilian schüttelte ungläubig den Kopf. »Warum sollte er dahin kommen? Er wird sich denken können, dass es eine Falle ist.«

»Die Chancen stehen fünfzig zu fünfzig, dass er kommt. Ich denke, er wird sich an mir rächen wollen, und dieser Wunsch ist stärker als jede Vernunft.«

»Ach, auf einmal so abgeklärt?« Kilian konnte sich die Spitze nicht verkneifen.

Diane verschwand in der Küche. Sie wirkte wie ausgewechselt. Locker. »Hast du Hunger? Möchtest du etwas essen?«

»Nein danke.« Kilian gähnte, die Augen fielen ihm zu. »Was glaubst du, was hat Phyllis vor?

»Ich habe keine Ahnung.«

Cuxhaven-Wernerwald

Phyllis ließ ihre Schwester ungern allein, aber sie sah keine andere Möglichkeit. Sie musste die Sache zu Ende bringen. Unwiderruflich und endgültig. Zurück zum ursprünglichen Plan.

Als Iskas Beruhigungsmittel endlich wirkte, verließ Phyllis das Haus.

Ihre rechte Hand umschloss den Griff der Walther P38 mit fünf Schuss. Mehr Munition gab es nicht, und mehr war nicht nötig. Schützenkönig Dieckmanns. Ihr Vater hatte sie früh mit Waffen vertraut gemacht. *Phyllis, du schießt hervorragend, so etwas verlernt man nicht.*

Und wenn doch?

Es ist wie Autofahren.

Aber heute muss ich auf einen Menschen schießen. Ich fürchte, das kann ich nicht.

Er wird dir keine Wahl lassen. Entweder er oder du.

Ich weiß, aber ich kann das nicht.

Das weiß er nicht! Du darfst dir nichts anmerken lassen und musst bestimmt auftreten. Sehr bestimmt.

Das kann ich.

Ich weiß.

Um kurz vor vier parkte sie ihren Wagen am Surferstrand in Sahlenburg, ging den Rest des Weges zu Fuß und postierte sich unweit des Gedenksteins hinter hoch aufgeschossenem Schilf. Egal von welcher Seite Dallinger kam, sie hatte alles im Blick und ihren Plan im Kopf. Trotzdem lief ihr Puls gerade Amok. *Ganz ruhig. Er weiß nicht, wie aufgeregt du bist. Konzentrier dich auf deine Atmung.* Es half, sie wurde ruhiger. Phyllis Dieckmanns war bereit.

Dallinger ließ sie warten.

Phyllis blieb wachsam, rührte sich nicht. Auch als es fünf Uhr wurde, verließ sie ihren Posten nicht. Sie wusste, dass er in der Nähe war. Wahrscheinlich rechnete er mit ihrer Ungeduld, mit irgendeinem Anhaltspunkt. Phyllis bot ihm keinen.

Ein Gänsepaar kündigte ihn schließlich an. Unvermittelt stoben sie aufgeregt über das stehende Gewässer. Kurz danach hörte Phyllis ein leises Knacken.

Sofort hatte sie den Zeigefinger am Abzug.

Sie sah Dallinger kommen. Rückwärts bewegte er sich auf sie zu, er fixierte den Wald vor sich – an der Uferseite vermutete er offenbar keine Gefahr. Das war ihre Chance. Phyllis hielt die Luft an, sprang mit der Waffe im Anschlag auf die Füße.

»Stehen bleiben oder ich erschieße dich an Ort und Stelle!«

Dallinger drehte sich um.

Phyllis zögerte keine Sekunde, zielte haarscharf an Dallinger vorbei. *Mach ihm sofort klar, wie der Hase läuft. Unmissverständlich.* Der Schuss brach die Stille, hallte im Wernerwald wider. Vögel erhoben sich kreischend. Dallinger zuckte, jaulte auf und starrte Phyllis aus hasserfüllten Augen an.

»Das nächste Mal schieße ich nicht daneben«, rief Phyllis. *Zeig keine Schwäche, keine Angst.* »Es ist mir egal, wenn der halbe Campingplatz zusammenläuft! Es interessiert mich nicht, ob ich verhaftet werde. Das nimmt mir jede Hemmung! Verstanden?«

Dallinger stand wie versteinert.

»Dreh dich um«, befahl Phyllis. »Wir machen einen Spaziergang.«

Dallinger stolperte niesend den Waldweg entlang. Phyllis hielt gebührenden Abstand, lenkte ihn mit knappen Befehlen zur ehemaligen Blockhütte seiner Eltern. Als sich die Silhouette des Hauses aus der Morgendämmerung schälte, blieb Dallinger stehen.

»Was soll der Mist?«

»Geh die Stufen rauf!«

Er warf einen Blick über seine Schulter.

Phyllis zielte mit der Waffe auf seinen Kopf. Jetzt begann der heikelste Teil ihres Planes. Sie durfte sich keinen Fehler erlauben. Die kleinste Schwäche, das minimalste Zögern konnte verheerende Folgen haben. *Du machst das gut. Sei dominant.* »Ich werde wieder schießen, und diesmal jage ich dir eine Kugel in den Schädel! Ins Haus mit dir, los!«

Er gehorchte, nahm die drei Stufen, gab der Tür einen Stoß, betrat das Holzhaus, gefolgt von Phyllis.

Drinnen blieb Dallinger unschlüssig stehen, traute sich offenbar nicht, sich umzudrehen.

Phyllis schielte zu der roten Trekkingflasche, die sie direkt an der Tür platziert hatte, und griff nach ihr, ohne Dallinger aus den Augen zu lassen.

»Dreh dich um!«, befahl sie, ihre Stimme zitterte leicht. *Verdammt. Zeig keine Schwäche.*

Er befolgte ihre Anweisung sofort, zog dabei die Nase hoch. Phyllis warf ihm die Flasche zu, er fing sie reflexartig auf.

Sofort war sie wieder mit beiden Händen an der Waffe. »Trink!«

Er reagierte nicht.

Sie feuerte wieder. Der Schuss krachte hinter Dallinger in die hölzerne Außenwand.

Der Gefangene taumelte, atmete hektisch. »Verdammte Scheiße!«

»Trink jetzt!«

Er setzte die Flasche an, stürzte die Flüssigkeit in seinen Mund, ein Teil lief ihm am Hals herunter.

»Öffne die Kellertür!« *Das machst du sehr gut. Knappe Befehle.*

Er ließ die Flasche fallen. »Ich gehe da nicht runter. Was soll denn die Scheiße?«

»Ich diskutiere nicht mit dir!«, zischte Phyllis. *Gut so. Bleib bei der Deutlichkeit und bei dieser Betonung.* »Beim nächsten Mal schieße ich dir direkt ins Gesicht.« *Oh Gott, das könnte ich nicht. Hoffentlich gehorcht er.* »Und jetzt öffnest du gefälligst die Tür zum Keller, drehst das Licht an und gehst hinunter!«

Ronald Dallinger ließ sich Zeit, hustete, stieg dann aber die Steintreppe hinab.

Großartig. Er traut sich nicht, sich zu widersetzen. Die Angst überwiegt.

Phyllis blieb oben auf dem Absatz stehen und zielte mit der Waffe auf ihn. »Zieh dich aus!«

»Was? Hier ist es scheißkalt! Ich hab jetzt schon Schnupfen und –«

»Die Kinder haben auch gefroren! Los, zieh dich aus, verdammt noch mal!«

Dallinger gehorchte, sichtlich empört und widerwillig. Entkleidete sich bis auf die Unterhose.

Ein hässliches kleines Frettchen. Blass, kaum behaart. Fast nackt nur ein Häufchen Elend. Da ist nichts übrig von dem Großmaul. Phyllis ließ nicht locker. »Zieh deinen Slip aus!«

»Warum? Was soll der Scheiß!« Dallinger näherte sich der Treppe, machte einen Schritt auf Phyllis zu.

Er sitzt in der Falle und weiß es. Der hat die Lage längst gecheckt, hat die Kiste im Boden gesehen und weiß, was ihm blüht. Pass auf, der Kerl ist gefährlich.

»Keinen Schritt weiter«, befahl Phyllis.

»Ich weiß, dass ich etwas Schlimmes getan habe. Das ist mir im Gefängnis klar geworden, und ich bereue das Schicksal der Kinder.«

Phyllis spannte jeden Muskel ihres Körpers erneut an. *Der will doch tatsächlich verhandeln. Gut, sie war kein Unmensch wie er, wollte ihm eine faire Chance geben.* »Du bereust also den Tod des Jungen?«

»Ja.«

»Dann beantworte mir folgende Frage: Wie hieß er?«

»Wer?« Er stierte zu ihr hinauf, grüner Schleim lief ihm aus der Nase.

»Der Junge, den du umgebracht hast!«

Dallinger verzog das Gesicht, kratzte sich mit einer Hand am Kopf.

»WIE WAR SEIN NAME?«

Schweigen.

»Du weißt es nicht«, schrie Phyllis ihm entgegen. »Du hast keinen blassen Schimmer, weil es dir egal ist! Dich interessiert gar nicht, wen du getötet hast.« Phyllis schwankte leicht, kämpfte gegen ihre Tränen. »Er war ein wunderbares Kind, einfach unglaublich! Und du hast ihn getötet, einfach so, du –«

»Ich habe ihn nicht vorsätzlich …« Er lallte bereits.

Das Betäubungsmittel wirkt. Seine Zunge wird schwer. Er kann sich gleich nicht mehr auf den Beinen halten.

»Ich … wollte doch … nur … Er hätte nicht in das Haus …«

»Ach so, es war quasi seine eigene Schuld! Verstehe ich das richtig?«

»Nein … ja …«

»Nein! Verschon mich mit deinen Ausreden, deiner Feigheit und mit dieser widerlichen selbstgerechten Art! Wir sind hier nicht bei Gericht, ich muss nicht abwägen, muss mir deine Sicht der Dinge nicht anhören!« Phyllis stellte sich breitbeinig auf, hob die Walther P38 und zielte erneut auf Dallinger. *Oh Gott, was mache ich, wenn er nicht auf mich hört?*

Er hört auf dich.

Und wenn er jetzt die Treppe hochkommt? Ich kann ihn doch nicht wirklich erschießen!

Doch! Du kannst. Wenn es sein muss! Denk an Ivo. Denk an Norma! Denk an deine Schwester!

»Steig in die Kiste, mach schon!«

Dallingers Augen funkelten. Sein Kopf fiel leicht nach vorn.

Phyllis ging eine Stufe tiefer. *Greif ihn an. Zeig keine Schwäche.* »Ich warne dich jetzt ein letztes Mal. Steig in die verdammte Kiste, oder ich puste dir dein Gehirn weg!«

Er hob den Kopf, doch es schien, als koste es Kraft, ihn aufzurichten. Schwankend stolperte er Richtung Kiste, stieg hinein und zog die Beine vor die Brust.

Geschafft. Gut gemacht! Phyllis ließ die Vertiefung im Boden nicht aus den Augen, fixierte sie, heftete ihren Blick auf Dallingers weiße Haut.

Minuten vergingen.

Wachsam bleiben. Es ist noch nicht vorbei. Geduldig wartete sie, bis sie ihn leise und regelmäßig atmen hörte. Sie wollte die Kiste mit zwei Schlössern verschließen und den Deckel außerdem zunageln. Dafür brauchte sie beide Hände. Dallinger musste hundertprozentig weggetreten sein.

Weitere Minuten vergingen. Phyllis instruierte sich, schwor sich mental auf die letzte Runde ein und stieg dann, die Pistole im Anschlag, die Treppe hinab.

In der Ecke unter dem Fenster, das sie von außen zugemauert hatte, lagen Hammer, Nägel und die zwei Schlösser bereit.

Phyllis spähte in die Kiste. Dallinger lag zusammengerollt wie ein Kind. Er füllte die Kiste beinahe aus. Sein Atem ging gleichmäßig. Vorsichtig trat sie näher, wartete, steckte ihre Waffe in den Hosenbund und berührte gleichzeitig seinen nackten Rücken mit ihrer Stiefelspitze.

Dallinger packte sie am Schuh, warf Phyllis zu Boden.

Sie schrie, knallte auf den Rücken.

Er war sofort auf ihr, drückte ihr die Kehle zusammen. »Du verdammtes Miststück! Ich bringe dich um!«

Phyllis riss ihr Knie hoch. Versuchte sich aufzubäumen, wegzurollen.

Er hielt sie fest. Sein Gesicht nah an ihrem.

Sie bohrte ihre Fingernägel in seinen nackten Rücken. Pitschte. Kratzte.

»Du …!« Überraschend verlor sein Würgegriff an Kraft. Abrupt. Sein Kopf prallte auf ihre Stirn. Schwer. Phyllis brüllte vor Schmerz.

Dallinger krampfte, unternahm einen Versuch, sich aufzurichten. Sackte aber zusammen, blieb schwer auf ihr liegen. Lallend. Speichel lief ihm aus den Mundwinkeln.

Angewidert rollte Phyllis ihn zur Seite, sprang hoch, zog ihn in die Kiste zurück, knallte den Deckel zu und brachte hektisch die Schlösser an. Wie von Sinnen griff sie den Hammer und verschloss die Kiste mit fünfzehn Stahlnägeln, die sie schnell ins Holz trieb.

Mit dem Hammer in der Hand lief Phyllis die Treppe hinauf, löschte das Licht, verschloss die Tür zum Keller sorgfältig, hob die Trekkingflasche auf und verließ das Haus.

Der kühle Morgen empfing sie. Phyllis sackte erschöpft auf die unterste Stufe und weinte bittere Tränen.

***

Ronny umgab völlige Dunkelheit.

Einen kurzen Moment fehlte ihm die Orientierung. Er hatte sich auf die Alte gestürzt und dann? Schlafmittel. Die Trekkingflasche, jetzt fiel es ihm wieder ein. Diese Drecksschlampe. Was hatte sie vor? Ronny rieb die Hände über seine Oberschenkel. Er fror. Wollten sie, dass er sich entschuldigte? Sollten ihn Erkenntnisse ereilen? Wie viel Zeit wohl vergangen war?

Ganz offensichtlich war diese Phyllis verrückt.

Sie hatte auf ihn geschossen! Völlig irre. So etwas hatte er nie gemacht. Gut, er war kein Unschuldslamm. Er hatte Tiere gequält, mit diesem Tacker auf sie gezielt und sie letztlich getötet, aber doch nur, um sie von ihren Qualen zu erlösen. Auf Menschen hatte er nie geschossen! Das war eine völlig andere Nummer.

Diese Alte war der Kopf der Bande. Schlampe und Pickelfresse gehorchten ihr. »Sag den Namen des Jungen! Wie hieß er?« So ein Scheiß! Beim nächsten Mal würde er ihr die Zähne einzeln mit einer Zange ziehen.

Sie wollte spielen, okay, er war bereit.

Wenn die dachte, dass er sich vor Angst in die Hose machte, dann hatte sie sich getäuscht.

Ronny hätte sich gern ausgestreckt, die Kiste war verdammt eng. Er fand eine wenig bessere Liegeposition, zog die Nase hoch und unterdrückte einen Hustenreiz.

Diese verlogene Emily-Schlampe hatte ihn getäuscht wie kein zweiter Mensch auf diesem Planeten. Da war noch eine Rechnung offen, ganz klar. Sie musste bezahlen, dafür wollte er stark bleiben.

Wenn nur diese verflixte Kälte nicht wäre. Ronny konnte sich einfach nicht warm halten, seine Knie schmerzten. Was sollte die Nacktheit? Sadismus. Zusätzliche Demütigung. Er hatte den Kindern die Sachen doch gar nicht ausgezogen! Diese Phyllis war viel brutaler als er! Sie wollte ihn weichkochen. Nur zu. Du weißt gar nicht, mit wem du dich angelegt hast!

»Kein Elend in der Welt ist von beständiger Dauer.« *Sehr tröstlich. Danke, Mutter.* Er umschlang die Beine und versuchte, das Knurren seines Magens zu ignorieren. Seine letzte Mahlzeit schien ewig her. Es fiel ihm schwer, nicht an Essen zu denken. Schon im Knast hatten ihn Gedanken an Pommes und Schnitzel manchmal verrückt gemacht.

Dazu lief seine Nase nun kontinuierlich, und der Husten wurde unangenehmer. Diese blöde Erkältung.

Durst.

Ohne Essen kam man ziemlich lange Zeit zurecht. Als Kind hatte er mal drei Tage nichts gegessen, es hatte ihm nichts ausgemacht. Aber Trinken war lebenswichtig. Hatte er dem Mädchen damals etwas zu trinken gebracht? Er erinnerte sich nicht.

Lange konnte kein Mensch ohne Wasser auskommen. Ein Erwachsener in seinem schlechten körperlichen Zustand hielt vielleicht zehn Tage durch. Maximal. Höchstens. Darum ging es dieser Phyllis wahrscheinlich. Sie wollte ihm Angst einjagen. *Pech gehabt. Da kannst du lange warten*!

Ronny stellte sich ein kaltes Bier vor. Dabei wurde ihm ein bisschen übel. Wasser. Glasklares Wasser. Am besten ohne Kohlensäure. Ihm fiel der Fall dieses Ingenieurs ein, der im Irak entführt worden war. Der Mann hatte seinen Urin getrunken. Ronny verzog das Gesicht.

Um sich abzulenken, begann er, eine Liste mit Rolling-Stones-Alben zu erstellen. Er mochte die Stones, seit er denken konnte. »My Girl«. Der Song erinnerte ihn allerdings an Emily-Diane-Schlampenmaul. Es war erst einen Tag her, dass sie gemeinsam am Tisch gesessen hatten. »Das Glück ist ein launischer Gesell!« *Ich weiß, Mutter!*

Denk nicht an die Lügentussi. Streich sie aus deinem Gehirn! Zumindest vorerst.

Konzentrier dich auf die Stones. *Sticky Fingers, Exile on Main Street. Voodoo Lounge, Black and Blue, Tattoo You.* Mit dieser Aufgabe verbrachte er einige Zeit, beruhigte sich und döste ein.

Durst weckte ihn. Seine Zunge klebte am Gaumen. Dazu rumorte sein Magen, und der Darm brannte wie Feuer, die Blase drückte. Wie lange war er weggetreten? Er beschloss, das Gefühl zu ignorieren, fiel wieder in eine unruhige Schlafphase.

Als er erwachte, war der Harndrang stärker, ließ sich nicht mehr ignorieren. NEIN! ICH WILL NICHT IN DIE KISTE PISSEN! WER WEISS, WIE LANGE ICH IN DEM SIFF LIEGEN MUSS!

Ronny krümmte sich, wollte nicht nachgeben. Stemmte beide Hände gegen den Deckel. Schlug auf die Wände. Am Ende wurde der Harndrang zu groß. Heulend entleerte er seine Blase. Urin wärmte kurzfristig seine Glieder, rann zwischen seinen Oberschenkeln auf den Holzboden. SCHEISSE! IHR SEID ALLE TOT! ICH FINDE EUCH, IHR DRECKSNUTTEN! VERDAMMT!

Jetzt zitterte er noch stärker als vorher. Ronny bettete den Kopf auf seine Armbeuge, damit er nicht in der Urinpfütze lag.

Er stank. Seine Pisse roch sauer, intensiv, aufdringlich. Panikwellen überkamen ihn jetzt, beunruhigten ihn. Klaustrophobisch war er eigentlich nicht, aber diese Beengtheit löste Beklemmungsgefühle aus, die ihm bisher unbekannt waren. Ungewöhnlich. *Du musst dich ablenken, du machst dich selbst verrückt. Vergiss die Alte. Bleib cool.*

Es gelang ihm nicht. Wann kam die Verrückte endlich zurück? Wie wollte sie etwas aus ihm herauspressen, wenn sie nicht nach ihm sah? LASS MICH ENDLICH RAUS! ICH HABE VERSTANDEN! ES TUT MIR LEID. WIE SOLL ICH UM VERZEIHUNG BITTEN, WENN SICH HIER NIEMAND BLICKEN LÄSST! WIE HIESS DENN DER JUNGE? HALLO!

Wie ein Besessener begann Ronny jetzt, mit den Handflächen gegen die Kiste zu schlagen, mobilisierte seine Kräfte, rief, so laut er konnte, um Hilfe. Er lag mitten im Wernerwald. Wanderer durchstreiften die Gegend, Kinder spielten im Unterholz. Es bestand die Chance, dass ihn jemand hörte. HILFE! Er lauschte. HILFE! Er horchte. Ronny ließ nicht locker, versuchte es wieder und wieder.

Diese beschissene Enge! Er stieß mit den Füßen gegen die Kistenwand. Feste. Stärker. Schrie, brüllte, steigerte sich hinein, beruhigte sich nur langsam.

Fieberhaft begann er nachzudenken. Wer konnte ihn vermissen? Eigentlich niemand. Es gab keinen Menschen in seinem Leben, dem er etwas bedeutete. Diese Erkenntnis fand er nicht besonders erstaunlich. Seine Eltern hatten ihn zu seiner Entlassung nicht einmal angerufen. Der Apfel fällt nicht weit vom Stamm. *Mit diesen Eltern hatte ich keine Chance. Ich kann nichts dafür, dass ich so bin, wie ich bin!*

Darmkrämpfe zogen ihm die Eingeweide zusammen. LENK DICH AB! DENK NICHT DARAN! *Beruhige dich mit sachlichen Inhalten.* Er kramte Fakten aus der Sanitäterausbildung zusammen. Durch den extremen Eiweißverlust muss der Körper den Stoffwechsel auf eine Art Sparmechanismus umstellen. Die Wasseransammlung im Organismus führt zu einem sogenannten Hungerödem. DAS IST NICHT BERUHIGEND! Zusätzlich wirkt sich starker Eiweißverlust merklich auf das gesamte Immunsystem aus. SCHEISSE!

Die anfänglich leichte Erkältung verschlimmerte sich zunehmend, er konnte kaum aufhören zu husten. Außerdem waren seine Nasenschleimhäute völlig ausgetrocknet und brannten. Er döste. Als er zu sich kam, schreckte er auf und stieß mit dem Kopf gegen den Deckel. Lauschte. Es blieb still. Durchfall. Er konnte nichts dagegen unternehmen. Wehrte sich nicht. Ließ den Dingen ihren Lauf. Eklige wässrige Brühe. Den Gestank ertrug er jedoch kaum. Er bekam kaum Luft, klebte unter dem Deckel.

Da waren kleine Löcher. Er ertastete sie mit seinen Fingerkuppen. Ersticken sollte er also nicht. Was hatte die Verrückte vor? Ronny presste sein Gesicht gegen das Holz, schrie, so laut er konnte, um Hilfe.

LASST MICH RAUS! BITTE!

Wut richtete ihn auf. Er versuchte aufzustehen, schaffte es immerhin in die Hocke, hielt den Kopf zwischen seinen Schenkeln, schlug gegen alle vier Wände, trat gegen den Boden, stemmte sich mit aller Kraft gegen den Deckel. Auf einmal schien die Luft nicht mehr zu reichen. Er hechelte. Röchelte. Hyperventilierte. Die Brust wurde zu eng. HILFE!

Diffuse Stimmen. ENDLICH. Sie kamen ihn holen. Das wurde auch Zeit. Wirklich. Die Beengtheit war kaum noch zu ertragen. Hier wollte er nicht verrecken, nicht dahinsiechen in dieser versifften, vollgepissten Holzkiste. WAS DAUERT DA DENN SO LANGE? LASST MICH ENDLICH RAUS!

HALLO!

Es blieb ruhig. Er wimmerte, sank in eine erneute Art Ohnmacht, verlor in der völligen Dunkelheit nach und nach jedes Gefühl für Zeit.

Wenn er jetzt wach war, schaffte es Ronny kaum noch, seine Hand zu heben, schmeckte er Gallensaft auf seiner pelzigen Zunge. Sein Körper sonderte stinkende Ausdünstungen ab. Angst überfiel ihn wieder. Seine Schläge blieben jetzt schwach. Resigniert rollte er sich zusammen. In seinem Kopf explodierten Schmerzen. Er biss sich auf die Zungenkanten, um mehr Speichel zu produzieren. Ohne Erfolg. *Ich trockne regelrecht aus*. Beim Schlucken brannte seine Kehle wie Feuer.

Dann, wie aus heiterem Himmel, wieder Panik, die jedes vorangegangene Gefühl in den Schatten stellte. Die Zwangsläufigkeit seiner Situation wurde überdeutlich, hässlich wie eine Fratze. Er bäumte sich auf, stieß mit dem Kopf an, rang nach Luft. Japste. Hechelte. Spürte ein unheimliches Beklemmungsgefühl in der Brust, begleitet von heftigem Herzrasen. Er musste raus. Sofort. Ronny schrie, und die Panik steigerte sich. Das Gefühl, keine Luft mehr zu bekommen, hielt er kaum noch aus. Sein Brustkorb wurde immer enger. Er atmete hastig. Flach, schneller. Stoßweise über mehrere Minuten. Dann ebbte die Welle ab, genauso unerwartet, wie sie gekommen war. Erschöpft gab er auf, bibbernd vor Kälte.

»Kein Problem wird gelöst, wenn wir träge darauf warten, dass Gott allein sich darum kümmert.« *Halt doch endlich deine Schnauze, Mutter!*

In der nächsten Stunde rief er laut um Hilfe, hin und wieder unterbrochen von einem schlimmen Reizhusten.

Phyllis kommt nicht zurück. Diese Erkenntnis traf ihn wie aus heiterem Himmel. *Es geht nicht um deine Sicht auf die Dinge. Sie erwartet keine Einsichten, keine Entschuldigung.* Er lachte hysterisch. Holz und Fäkalien. Die letzten Gerüche seines Lebens.

Wo bin ich? Wie lange muss ich hierbleiben? Die meiste Zeit lag er jetzt im Delirium, zu keinem klaren Gedanken fähig. Organversagen. Verwirrung und Angstzustände wechselten sich ab.

Er hatte nichts mehr entgegenzusetzen. Seinen Körper durchzuckten spasmische Bewegungen. Am elften Tag seiner Gefangenschaft fiel Ronald Dallinger in einen komatösen Zustand und wachte nicht mehr auf.

Vier Wochen später

Phyllis hatte die Steine, die sie vor dem kleinen Fenster angebracht hatte, gerade aus der Wand geschlagen, als der Lkw unter den Kiefern ächzend zum Stehen kam. Freitagabend. Leichter Regen. Der Wernerwald war wie leer gefegt.

Sie begrüßte den bierbäuchigen Arbeiter, der erstaunlich leichtfüßig vom Fahrerbock sprang, und gab Anweisungen. Kurze Zeit später gelangte flüssiger Beton durch einen Schlauch mittels einer Rutsche in den Keller. Das Einfüllen und Verstreichen dauerte knapp zwei Stunden.

»Der Abbindeprozess bei der Masse braucht mindestens vierzig Tage«, sagte der ansonsten wortkarge Mann, bevor er sein Ungetüm durch den Wernerwald zurück zur Straße lenkte.

Er hatte ihr einen verständnislosen Blick zugeworfen, als er den kleinen Raum gesehen hatte, das war Phyllis nicht entgangen. Verständlicherweise. Die Fahrt von Oldenburg und zurück dauerte länger als die Arbeit vor Ort. Vielleicht stellte er sich die Frage, warum sie keine lokale Firma beauftragte. Auch der ausdrückliche Wunsch nach einer besonders dicken Betonschicht hatte ein blasses Fragezeichen auf seine Stirn gezaubert. Aber dann hatte er losgelegt. Schnell, gewissenhaft, sauber. Phyllis zahlte ordentlich und gab gutes Trinkgeld, ohne zu übertreiben. Sie wollte ihm nicht noch zusätzlich in Erinnerung bleiben.

Als sie den Waldweg zurückfuhr, blinzelten Sonnenstrahlen zwischen den Baumwipfeln hervor. Phyllis nahm es kaum wahr, fühlte sich ausgelaugt und müde. Zudem bluffte die Sonne nur. Für die Küstenregion waren schwere Unwetter vorhergesagt. Ein Sturmtief trieb schwarze Wolken über den Atlantik auf die Küste zu. In der Nacht sollten die Temperaturen ordentlich fallen. Damit kam der Winter. Unendlich lang und kalt.

Danksagungen

Ich bedanke mich zuerst bei Jelena Zwicker dafür, dass ich ihre »Marie« mit nach Cuxhaven nehmen durfte. Stefanie Biel für das wunderbare Cover-Foto. Marion Hupa für die Beantwortung der medizinischen Fragen. Diesmal ergaben sich einige psychologische und rechtliche Fragen, die mir von sehr unterschiedlichen hilfsbereiten Fachleuten beantwortet wurden. Dafür vielen Dank!

Hilla Czinczoll danke ich für das gute Lektorat. Hejo Emons dafür, dass er mich ermutigt hat, mal einen »etwas anderen« Kriminalroman zu schreiben!

Mein ganz besonderer Dank gilt diesmal meinen einzigartigen Erstlesern: Uschi Zich-Waßer. Tanja Au. Anette Gehrke. Ralf Waßer. Cedric Waßer. Maren Leisner. Ich danke euch von ganzem Herzen für euer Engagement, die Diskussionen, eure Zweifel, eure Fragen, die Zuverlässigkeit, das Bestärken und die wirklich konstruktive Kritik. Ihr seid die Besten!